«PANDORA»

Dello stesso autore

Le pagine della nostra vita
Le parole che non ti ho detto
Il bambino che imparò a colorare il buio
(con Billy Mills)
I passi dell'amore
Un cuore in silenzio
Un segreto nel cuore
Come un uragano
Quando ho aperto gli occhi
Come la prima volta
Il posto che cercavo
Tre settimane, un mondo
(con Micah Sparks)
Ogni giorno della mia vita
Ricordati di guardare la luna
La scelta
Ho cercato il tuo nome
L'ultima canzone
Vicino a te non ho paura
Il meglio di me
La risposta è nelle stelle
Le parole dell'amore
Nei tuoi occhi
La vita in due
Ogni respiro
La magia del ritorno
Quando si avvera un desiderio
Noi due come in un sogno

Tutti i libri di Nicholas Sparks sono disponibili anche in versione ebook, a eccezione de *Il bambino che imparò a colorare il buio* e *Un segreto nel cuore*.

NICHOLAS SPARKS

NOI DUE COME IN UN SOGNO

Traduzione di Alessandra Petrelli

Sperling & Kupfer

Questa è un'opera di fantasia. Nomi, personaggi, luoghi e avvenimenti sono frutto dell'immaginazione dell'autore o sono usati in chiave fittizia. Qualsiasi rassomiglianza con fatti o località reali o con persone realmente esistenti o esistite è puramente casuale.

Pubblicato per

Sperling & Kupfer

da Mondadori Libri S.p.A.

ISBN 978-88-200-7364-0

I Edizione luglio 2022

Anno 2022-2023-2024 - Edizione 1 2 3 4 5 6 7 8 9 10

Per Abby Koons, Andrea Mai ed Emily Sweet

PARTE PRIMA
Colby

1

LASCIATE che mi presenti: mi chiamo Colby Mills, ho venticinque anni e sono seduto su una sdraio a St Pete Beach, Florida. È un bel sabato pomeriggio di metà maggio, il frigo portatile accanto a me è pieno di birre e acqua ghiacciata e la temperatura è quasi perfetta, con una brezza tesa sufficiente a tenere a bada le zanzare. Alle mie spalle c'è il *Don CeSar Hotel*, un albergo di lusso che mi ricorda il Taj Mahal in versione rosa. Dalla piscina arrivano le note di una musica dal vivo. Il tipo che si sta esibendo è passabile; ogni tanto strizza le corde, ma dubito che importi a qualcuno. Da quando mi sono messo qui, ho dato un'occhiata alla piscina un paio di volte e ho notato che la maggior parte degli ospiti non ha fatto che bere cocktail per tutto il pomeriggio, per cui credo che ascolterebbe qualunque cosa senza sconvolgersi.

Io non sono originario della zona, comunque. Prima di venire qui, non avevo mai sentito parlare di questo posto. Quando a casa mi chiedevano dove si trovasse St Pete Beach, rispondevo che era una località balneare dall'altra parte del canale, di fronte a Tampa Bay, nei pressi di St Petersburg e Clearwater, sulla costa occidentale della Florida, ma tanto non serviva a nulla. Per gran parte della gente, Florida significava parchi di divertimento a Orlando e donne in bikini sulle spiagge di Miami, oltre a una manciata di altri posti che non interessavano a nessuno. A essere sincero, prima del mio arrivo, per me era soltanto uno Stato dalla forma bizzarra che si protendeva dalla costa orientale degli Stati Uniti.

Quanto a St Pete Beach, il suo fiore all'occhiello è una splendida spiaggia di sabbia bianca, la più bella che abbia mai visto. Sul lungomare si affacciano un miscuglio di hotel di lusso e motel decrepiti, ma per lo più è una zona popolare, piena di pensionati e operai, oltre che di famiglie che si godono una vacanza a buon mercato. Ci sono i soliti fast food e centri commerciali, le palestre e i negozi che vendono attrezzatura da spiaggia economica, ma, nonostante questi evidenti segnali di modernità, c'è qualcosa in questo posto che lo fa sembrare un po' dimenticato.

Eppure, devo ammettere che mi piace. Tecnicamente sono qui per lavoro, ma in realtà è più che altro una vacanza. Farò quattro serate alla settimana al *Bobby T's Beach Bar* per tre settimane, però lo spettacolo dura solo poche ore, il che significa che avrò un sacco di tempo libero da dedicare al jogging, all'abbronzatura e all'ozio più totale. Ci si abitua facilmente a una vita del genere. I clienti del *Bobby T's* sono simpatici – e sì, alticci come quelli del *Don CeSar* –, ma non c'è niente di meglio che esibirsi per un pubblico che sa apprezzare. Soprattutto considerato che sostanzialmente sono un signor nessuno che viene da un altro Stato e che aveva praticamente smesso di esibirsi due mesi prima di diplomarsi alle superiori. Negli ultimi sette anni ho suonato a qualche festa di amici o conoscenti, ma niente di più. Adesso la musica per me è un hobby, che tuttavia amo molto. Adoro suonare e scrivere canzoni, anche se purtroppo non ho tanto tempo per farlo.

All'inizio del mio soggiorno qui è successa una cosa strana. I primi due spettacoli sono andati più o meno come previsto: il pubblico era quello che mi aspettavo di trovare in un locale come il *Bobby T's*. Soltanto la metà dei posti era occupata e la gente beveva – birra o cocktail – godendosi il tramonto e chiacchierando con la musica in sottofondo. La terza sera, invece, il locale era al completo e ho riconosciuto anche qualche faccia delle due serate precedenti. Quando sono salito sul palco per la quarta volta, non solo tutti i posti a sedere erano occupati, ma c'era persino qualcuno in piedi. Non c'era quasi più nessuno che guardava il tramonto e i clienti hanno cominciato a chiedermi di cantare pezzi originali miei. Era normale che mi facessero richieste di brani classici da bar da spiaggia come *Summer of '69, American Pie, Brown Eyed Girl*, ma la mia musica? E poi ieri c'era gente anche sulla battigia, perciò sono state aggiunte delle sedie e le casse sono state sistemate in modo che tutti potessero sentirmi. Ho pensato che si trattasse della consueta clientela del venerdì sera, ma il proprietario del locale, Ray, mi ha assicurato di non aver mai visto il *Bobby T's* così affollato.

La cosa avrebbe dovuto lusingarmi e, in effetti, è stato così, un pochino almeno. Comunque, non le ho dato tutta questa importanza. In fin dei conti, esibirsi di fronte a villeggianti alticci in un bar sulla spiaggia al tramonto non è come fare il tutto esaurito negli stadi in giro per il Paese. Anni fa, lo ammetto, avevo accarezzato il sogno di essere «scoperto» – come credo accada a chiunque ami il mondo dello spettacolo –, ma pian piano quel sogno si è dissolto alla luce della vita reale. Non mi sento amareggiato per questo. Il mio lato razionale sa che spesso ciò che desideriamo e ciò che otteniamo sono due cose completamente diverse. E, comunque, tra dieci giorni dovrò tornare alla solita vita che conducevo prima di venire qui.

Non fraintendetemi, la mia vita non è male. A dire il vero, sono abbastanza bravo in quello che faccio, anche se a volte mi sento un po' isolato. Non ho mai viaggiato fuori dagli Stati Uniti, non sono mai salito su un aereo e non sono molto informato sull'attualità, soprattutto perché i mezzi busti in tv mi annoiano a morte. Se qualcuno venisse a raccontarmi quello che sta succedendo nel nostro Paese o nel mondo, oppure mi parlasse di qualche argomento di rilevanza politica, rimarrei senz'altro a bocca aperta. Sono consapevole che tante persone potrebbero indignarsi, ma non vado nemmeno a votare, e l'unico motivo per cui conosco il cognome del governatore è perché una volta ho suonato in un bar che si chiamava *Cooper's* a Carteret County, vicino alla costa del North Carolina, a circa un'ora di strada da casa mia.

A proposito di casa mia...

Vivo a Washington, una cittadina sulle rive del fiume Pamlico nella parte orientale del North Carolina, anche se molta gente preferisce chiamarla Little Washington o The Original Washington, per non confonderla con la capitale del Paese, a cinque ore di viaggio in direzione nord. Come se qualcuno potesse sbagliarsi. Non esistono due posti più diversi di Washington e Washington DC, soprattutto perché la capitale è una metropoli circondata da periferie ed è il fulcro del potere, mentre la mia città è minuscola e rurale con un supermercato che si chiama *Piggly Wiggly*. Non arriva a diecimila abitanti e da ragazzino mi domandavo spesso chi mai potesse scegliere di venire a vivere qui. Per buona parte della vita ho desiderato scappare il più lontano possibile. Adesso, invece, sono giunto alla conclusione che esistono posti ben peggiori in cui abitare. Washington è tranquilla, la gente è gentile – di quella che saluta gli automobilisti dalla veranda di casa –, c'è un bel lungofiume con un paio di buoni ristoranti e, per chi ama l'arte, la città vanta il Turnage Theatre, dove gli abitanti del posto possono assistere a spettacoli interpretati da altri abitanti del posto. Ci sono le scuole, un Walmart e dei fast food e, quanto al clima, è ideale. Nevica al massimo un paio di volte ogni due o tre anni e in estate le temperature sono molto più miti rispetto a zone come il South Carolina o la Georgia. Un passatempo molto popolare è andare in barca a vela sul fiume e, se ne ho voglia, posso caricare la tavola da surf sul furgone e cavalcare le onde prima ancora di finire di bere la mia maxi tazza di caffè da asporto. In una ventina di minuti si può raggiungere Greenville, una cittadina piccola ma meritevole di questo nome, che vanta squadre sportive universitarie, cinema e locali vari.

In altre parole, mi piace vivere a Washington. Non mi viene mai da chiedermi se mi sto perdendo qualcosa di più grande o di meglio o che so io. In genere, prendo le cose come vengono, senza grandi aspettative né rimorsi. Forse sembrerà banale, ma con me funziona.

Suppongo che in parte dipenda dall'educazione che ho ricevuto. Da piccolo vivevo con la mamma e mia sorella in una casetta a poca distanza dal fiume. Mio padre non l'ho mai conosciuto. Mia sorella ha sei anni più di me e i ricordi che ho della mamma sono nebulosi, confusi dal trascorrere del tempo. Rammento vagamente una volta in cui davo la caccia a un rospo che saltellava nell'erba e un'altra in cui la mamma che cantava in cucina, ma poco altro. È morta quando avevo cinque anni, e allora mia sorella e io ci siamo trasferiti nella fattoria degli zii alla periferia del paese. Mia zia era molto più grande della mamma e, sebbene non fossero mai state granché unite, era l'unica famiglia che avevamo. Lei e lo zio erano convinti che quello che facevano fosse necessario perché era la cosa giusta da fare.

Mia zia e mio zio erano brave persone, ma siccome non avevano figli, dubito che si fossero resi conto di ciò che li aspettava. Fino a quel momento avevano dedicato tutte le loro energie a mandare avanti la fattoria e, ai tempi, io e mia sorella Paige non eravamo bambini facili da gestire, soprattutto all'inizio. Io mi facevo spesso male; crescevo a vista d'occhio e inciampavo ogni tre passi. Piangevo anche molto, quasi sempre per la mamma, immagino, ma di questo non ho ricordo. Per quanto riguarda Paige, era un caso da manuale di crisi adolescenziali. Urlava, singhiozzava, dava in escandescenze e passava giornate intere chiusa in camera sua a piangere, rifiutandosi di mangiare. Fin da subito Paige e la zia sono state come cane e gatto, ma io mi sentivo sempre al sicuro con mia sorella. Nonostante gli zii si sforzassero di fare del loro meglio, l'impegno era chiaramente superiore alle loro forze, così, a poco a poco, il compito di crescermi passò a mia sorella. Era lei a prepararmi i panini per pranzo e ad accompagnarmi allo scuolabus, era lei a riscaldare la zuppa in scatola o a cucinare i maccheroni al formaggio nel weekend e farmi compagnia mentre guardavo i cartoni animati. Siccome dormivamo nella stessa camera, prima di addormentarmi chiacchieravo sempre un po' con lei. A volte, ma non sempre, mi aiutava nei lavori che toccavano a me, oltre a sbrigare i suoi: per mandare avanti una fattoria bisognava lavorare sodo. Paige era la persona di cui mi fidavo di più al mondo.

Oltretutto aveva anche talento. Le piaceva disegnare e ci si dedicava per ore, ed è per questo che non mi sorprende che alla fine sia diventata un'artista. Al momento, si mantiene riproducendo le lampade Tiffany di vetro colorato, costosissime e molto di moda tra gli interior designer di un certo livello. Si è creata un business online di tutto rispetto e sono fiero di lei, non solo per quello che ha significato per me durante l'infanzia, ma perché la vita l'ha presa a calci nei denti più di una volta. In certi momenti mi sono domandato come sia riuscita a tirare avanti.

Non fraintendetemi, non voglio criticare la zia e lo zio. Sebbene fosse Paige a badare a me, loro si occupavano sempre delle cose importanti. Dormivamo in letti comodi e tutti gli anni ci compravano vestiti nuovi per la scuola. In frigorifero non mancava mai il latte e nella credenza c'erano spuntini a volontà. Nessuno dei due era violento, alzavano raramente la voce e credo di averli visti bere un bicchiere di vino solo per brindare al nuovo anno quando ero adolescente. Gestire una fattoria è faticoso; una fattoria, per molti versi, è come un bambino esigente e sempre bisognoso di attenzioni, e loro non avevano né il tempo né l'energia per partecipare alle manifestazioni scolastiche o per accompagnarci alle feste di compleanno e nemmeno per fare una partita a pallone nei fine settimana. In una fattoria non esistono i weekend: i sabati e le domeniche sono identici agli altri giorni della settimana. L'unica cosa che facevamo come famiglia era cenare ogni sera alle sei. Ho un ricordo preciso dei pasti, soprattutto perché erano tutti uguali. Ci chiamavano in cucina per prendere i piatti da portare in tavola. Una volta seduti, più per senso del dovere che per autentico interesse, la zia chiedeva a mia sorella e a me come fosse andata la giornata a scuola. Mentre rispondevamo, lo zio imburrava due fette di pane per accompagnare le pietanze, qualunque cosa ci fosse per cena, e annuiva in silenzio ai nostri racconti, qualunque cosa dicessimo. Le cene erano contraddistinte soltanto dal tintinnio delle posate sui piatti. A volte Paige e io parlavamo, mentre gli zii erano concentrati a finire di mangiare come se fosse un'altra faccenda da sbrigare. Erano persone silenziose, ma lo zio portava il silenzio a un livello decisamente superiore. Passavano giorni senza che aprisse bocca.

In compenso, suonava la chitarra. Non ho idea di dove avesse imparato, però era abbastanza bravo e aveva una voce ruvida e sonora che catturava l'ascoltatore. Gli piacevano soprattutto pezzi di Johnny Cash e Kris Kristofferson – li definiva country rustico – e un paio di volte alla settimana, dopo cena, si sedeva in veranda a suonare. Quando, intorno ai sette, otto anni, iniziai a mostrare un certo interesse, mi consegnò la chitarra e, con le mani callose, mi insegnò gli accordi. Non avevo un talento naturale, ma lui dimostrò una pazienza sorprendente. Nonostante fossi così piccolo, mi resi conto di aver scoperto la mia passione: Paige aveva l'arte, io la musica.

Cominciai a esercitarmi da solo. Iniziai anche a cantare, quasi sempre il genere di canzoni che piacevano allo zio, perché erano le uniche che conoscevo. Per Natale mi regalarono una chitarra acustica, poi l'anno successivo fu la volta di una chitarra elettrica e mi esercitai pure su quella. Imparai a suonare a orecchio le melodie che sentivo alla radio, senza nemmeno saper scrivere la musica. A dodici anni mi bastava ascoltare un pezzo una volta per riprodurlo quasi alla perfezione.

Crescendo, ovviamente, i miei compiti alla fattoria aumentarono, e così non ebbi mai modo di esercitarmi quanto avrei voluto. Non solo dovevo dare il mangime e l'acqua ai polli tutte le mattine, ero anche incaricato di aggiustare i tubi per l'irrigazione e passavo ore interminabili sotto il sole a togliere i vermi dalle foglie di tabacco e a schiacciarli con le dita. Disgustoso, vero? Fin da subito avevo imparato a guidare qualunque cosa avesse un motore – trattori, ruspe, trebbiatrici, seminatrici – e trascorrevo interi weekend a fare soltanto quello. Imparai anche ad aggiustare qualunque cosa si rompesse, sebbene alla fine odiassi farlo. Il lavoro alla fattoria e la musica mi occupavano praticamente tutto il tempo, di conseguenza i miei voti a scuola cominciarono a peggiorare. Non mi interessava. L'unica lezione che frequentavo con passione era quella di musica, soprattutto perché l'insegnante scriveva canzoni per hobby. Con il suo aiuto, a dodici anni composi la mia prima canzone. Ci presi gusto e iniziai a scrivere non stop, migliorando a mano a mano.

Nel frattempo, Paige collaborava con un artista locale specializzato in vetri colorati. Durante le superiori lavorava con lui part-time, ma dopo il diploma cominciò a creare le sue lampade in stile Tiffany. A differenza mia, Paige continuò a prendere bei voti, però non le interessava andare al college. Si dedicò completamente alla sua attività, finché trovò un tizio e se ne innamorò. Lasciò la fattoria, si trasferì in Texas e si sposò. In quegli anni ebbi pochissimi contatti con lei. Persino dopo che era diventata madre, la vedevo soltanto nel corso di sporadiche chiamate su FaceTime, con l'aria stanca e il neonato che piangeva in braccio. Per la prima volta in vita mia avevo l'impressione che nessuno si prendesse cura di me.

Mettendo tutto insieme – gli zii oberati di lavoro, il disinteresse verso la scuola, il trasferimento di mia sorella, i lavori alla fattoria che ormai odiavo –, non c'è da stupirsi che a un certo punto mi sia ribellato. All'inizio delle superiori cominciai a frequentare un gruppo di adolescenti insofferenti come me e ci aizzavamo a vicenda. Al principio, erano ragazzate da poco – lanciare sassi contro le finestre di case abbandonate, fare telefonate moleste nel cuore della notte, rubare snack –, però nel giro di pochi mesi uno di questi amici sottrasse una bottiglia di gin dal mobile bar di suo padre. Ci incontrammo in riva al fiume e ci passammo da bere. Io esagerai e vomitai per tutta la notte ma, sono sincero, devo ammettere che non mi servì di lezione. Invece di rifiutare la bottiglia tutte le volte che arrivava il mio turno, trascorsi innumerevoli weekend con il cervello annebbiato. I voti a scuola non migliorarono e cominciai a trascurare anche qualche lavoro alla fattoria.

Non vado fiero di com'ero all'epoca, ma sono consapevole che è impossibile cambiare il passato.

Alla fine del secondo anno delle superiori, tuttavia, la mia vita subì un'altra svolta. Mi ero già allontanato da quella cerchia di amici e avevo saputo che una band locale cercava un nuovo chitarrista. Perché no, mi dissi. Avevo solo quindici anni e, quando mi presentai al provino, notai i membri del gruppo – tutti ultraventenni – soffocare una risata. Finsi di non accorgermene, collegai la mia chitarra elettrica e suonai l'assolo di *Eruption* di Eddie van Halen. Chiedete a chiunque se ne intenda e vi risponderà che non è un pezzo facile. Per farla breve, suonai con loro il sabato successivo, dopo aver sentito tutto il repertorio per la prima volta nell'unica prova che facemmo. Paragonato agli altri – con i piercing e i tatuaggi e i capelli lunghi od ossigenati – sembravo un chierichetto, perciò mi tenevano relegato in secondo piano, accanto al batterista, anche durante gli assoli.

Se prima la musica non era stata una passione divorante, lo divenne presto. Smisi di tagliarmi i capelli, mi feci un sacco di tatuaggi e alla fine la band mi permise di esibirmi in prima fila. Alla fattoria, smisi di lavorare del tutto. La zia e lo zio non sapevano come comportarsi, perciò decisero di ignorarmi, così da ridurre al minimo i nostri conflitti. Smettemmo persino di mangiare insieme. Io dedicai ancora più tempo alla musica, fantasticando di suonare davanti a una folla oceanica in posti con il tutto esaurito.

Con il senno di poi, avrei dovuto saperlo che non sarebbe mai successo, considerato che il gruppo non era un granché. Tutti i pezzi erano nello stile urlante post-punk e, a parte qualche eccezione, sono convinto che il pubblico per cui ci esibivamo nella nostra zona del North Carolina orientale non fosse entusiasta. Tuttavia eravamo riusciti a ritagliarci una nicchia e fin quasi all'ultimo anno di superiori suonavamo almeno venti o venticinque sabati l'anno spingendoci fino a Charlotte.

Purtroppo nella band c'erano attriti, che peggiorarono con il tempo. Il cantante pretendeva che suonassimo solo i brani scritti da lui e, anche se sembra una cosa da poco, l'eccesso di protagonismo ha ucciso più gruppi di qualunque altra cosa. Come se non bastasse, tutti noi sapevamo che i suoi pezzi erano mediocri. Alla fine annunciò che voleva trasferirsi a Los Angeles per iniziare una carriera da solista, dal momento che nessuno di noi apprezzava il suo genio. Non appena se ne andò, pure il batterista – aveva ventisette anni ed era il più vecchio – decise di abbandonare la band. Anche questa non fu una sorpresa, dato che la fidanzata lo tormentava da parecchio perché si sistemasse. Quando caricò in macchina la batteria, noi tre rimasti ci scambiammo un'occhiata, consapevoli che era finita, e facemmo i bagagli. Dopo quella volta non ho più parlato con nessuno di loro.

Stranamente, mi sentivo più smarrito che depresso. Per quanto mi piacesse esibirmi, la band, con tutti i suoi drammi interni, non aveva mai raggiunto l'impulso necessario a sfondare altrove. Nello stesso tempo, non avevo idea di che cosa fare della mia vita, perciò mi limitai a seguire la corrente. Presi il diploma – probabilmente perché i professori non volevano avermi tra i piedi per un altro anno – e rimasi chiuso in camera a scrivere musica e registrare canzoni, che poi pubblicavo su Spotify, Instagram e YouTube. Non interessavano a nessuno. A poco a poco ricominciai a dedicarmi alla fattoria, anche se era evidente che gli zii avevano da tempo rinunciato all'idea di poter contare su di me. Ma, soprattutto, passando più tempo in quel luogo, mi capitava più spesso di fare il bilancio della mia vita. Nonostante fossi stato molto concentrato su me stesso, persino io mi rendevo conto che la zia e lo zio stavano invecchiando e che la fattoria era in pessime condizioni. Quando ero arrivato, produceva mais, cotone, mirtilli, tabacco e aveva un allevamento intensivo di polli. Negli ultimi anni la situazione era molto cambiata. Cattivi raccolti e scelte sbagliate, insieme alla diminuzione dei prezzi e a prestiti più sfavorevoli, avevano costretto lo zio a vendere o affittare ai vicini buona parte dei terreni. Come avevo fatto a non accorgermi di questi cambiamenti? Be', conoscevo già la risposta.

E poi, in un caldo mattino d'agosto, lo zio, mentre andava verso il trattore, ebbe un infarto. L'arteria discendente anteriore sinistra era ostruita e, come ci spiegarono i medici all'ospedale, nel caso di un infarto del genere le probabilità di sopravvivenza erano bassissime. Fu la zia a trovarlo e non ho mai sentito nessuno gridare e piangere come lei quel mattino.

Paige tornò a casa per il funerale e si fermò qualche giorno. Aveva lasciato il figlio in Texas, affidandolo alle cure del marito e della suocera. Temevo che il suo ritorno potesse creare ulteriori tensioni, ma mia sorella si rese subito conto che si era rotto qualcosa dentro la zia, come a volte era capitato a lei. Non si può mai sapere che cosa succede nella vita privata degli altri, ma, non avendo mai visto la zia e lo zio in atteggiamenti romantici, mi ero convinto che fossero soci in affari più che innamorati. Ovviamente mi sbagliavo.

La zia era ridotta a uno straccio. Per settimane, non mangiò quasi niente e pianse incessantemente. Paige l'ascoltò per ore raccontare storie di famiglia, si occupò della casa e si assicurò che gli operai della fattoria facessero i lavori per cui erano pagati. E quando lei partì, dovetti sostituirla io.

Oltre a gestire la fattoria e assicurarmi che la zia mangiasse abbastanza, iniziai a dare un'occhiata al mucchio di fatture e documenti fiscali sulla scrivania dello zio. Non ci voleva un genio della matematica per capire che la situazione era critica. La coltivazione del tabacco rendeva piuttosto bene, ma l'allevamento, il mais e il cotone erano in costante perdita. Per evitare la bancarotta, lo zio aveva già preso accordi per affittare altri appezzamenti di terreno ai vicini. Era una soluzione che avrebbe risolto il problema nell'immediato, ma sapevo che a lungo termine avrebbe creato difficoltà ancora maggiori. Inizialmente, cercai di convincere la zia a vendere tutto, comprarsi una casetta e andare in pensione, però lei respinse la proposta con fermezza. Nel frattempo, trovai ritagli di giornali e riviste raccolti dallo zio che parlavano del mercato di cibi più sani ed esotici, corredati di appunti e proiezioni di guadagno. Nonostante fosse un tipo taciturno e poco portato per gli affari, lo zio aveva preso in considerazione l'idea di introdurre dei cambiamenti. Ne parlai con la zia e alla fine anche lei concordò che l'unica possibilità era mettere in atto i progetti di suo marito.

Non avevamo il capitale necessario per buttarci subito nell'impresa, ma, nel corso degli ultimi sette anni – con sforzi indicibili, rischi, sfide, aiuti finanziari da parte di Paige, occasionali colpi di fortuna e innumerevoli notti insonni –, la fattoria è passata dall'allevamento di polli in batteria alla produzione di uova biologiche che vendiamo in tutto il North e il South Carolina con margini di profitto ben maggiori. Continuiamo a coltivare tabacco, ma abbiamo destinato i terreni restanti alla produzione di pomodori cimelio (quelli coltivati prima dell'Ottocento e che deliziarono i palati dei nostri antenati), molto richiesti nei ristoranti di alto livello e dai fruttivendoli più costosi, e particolarmente redditizi. Quattro anni fa la fattoria è tornata in attivo per la prima volta da decenni e con il tempo siamo riusciti a ridurre i debiti. Pian piano ci stiamo anche riprendendo i lotti dati in affitto ai vicini, quindi la fattoria sta crescendo di nuovo e nell'ultimo anno i guadagni sono stati davvero notevoli.

Come ho detto, sono piuttosto bravo in quello che faccio.

Sono un contadino.

2

Sì, lo so. A volte anch'io mi sorprendo a pensare che la mia carriera sia stata piuttosto insolita, soprattutto considerando il fatto che per tanti anni ho snobbato tutto ciò che era legato alla fattoria. Con il tempo, ho imparato ad accettare l'idea che non sempre siamo noi a scegliere la nostra strada nella vita: a volte è lei a scegliere noi.

Sono comunque felice di aver aiutato la zia. Paige è fiera di me e questo lo so per certo, dato che ultimamente ci vediamo spesso. Il suo matrimonio è finito all'improvviso, nel modo peggiore possibile, e sei anni fa è tornata alla fattoria. Per un po' abbiamo vissuto insieme come ai vecchi tempi, ma ben presto mi sono reso conto che dividere la stanza con mia sorella – essendo noi ormai adulti – era complicato e che la cosa non piaceva a nessuno dei due. Alla fine, ho costruito una casetta più piccola e facile da gestire per la zia sull'altro lato della strada, nell'angolo più lontano della proprietà. Adesso mia sorella e io viviamo insieme e, anche se può sembrare strano, a me piace perché lei continua a essere la mia migliore amica. Ha adibito il fienile a laboratorio dove realizza i suoi oggetti di vetro colorato, mentre io mando avanti la fattoria. Mangiamo insieme diverse volte alla settimana: adesso cucina abbastanza bene e, quando ci sediamo a tavola, ogni tanto mi tornano in mente tutte le cene della mia adolescenza.

In altre parole, sono soddisfatto della mia vita, ma il punto è proprio questo: quando dico alla gente che sono un contadino, molti piegano la testa di lato e mi guardano straniti. Spesso non sanno che cosa rispondere. Invece, se dico che la mia famiglia possiede una fattoria, si illuminano, sorridono e iniziano a fare domande. Non so esattamente quale sia la ragione di questa differenza, ma è successo più volte dal mio arrivo in Florida. Capita che, dopo lo spettacolo, qualcuno venga da me a fare due chiacchiere e, una volta scoperto che non sono nessuno nel mondo della musica, mi chieda che cosa faccio per vivere. Se ho voglia di continuare la conversazione, rispondo che possiedo una fattoria, se invece voglio troncarla, dico che faccio il contadino.

Nonostante i successi degli ultimi anni, gestire una fattoria è stressante. La maggior parte delle decisioni ha conseguenze sul lungo periodo e ogni scelta è collegata a un'altra. Porto il trattore in officina così ho più tempo da dedicare ai clienti oppure lo aggiusto io e risparmio un migliaio di dollari? Amplio la produzione di pomodori cimelio, oppure mi specializzo in poche varietà e cerco nuovi sbocchi commerciali? C'è anche da mettere in conto che madre natura è capricciosa e che quindi scelte apparentemente corrette a volte si risolvono in un disastro. Il riscaldamento funzionerà a dovere per tenere al caldo le galline durante le rare nevicate? L'uragano ci risparmierà, oppure il vento e la pioggia rovineranno i raccolti? Ogni giorno devo preoccuparmi che fili tutto liscio con i raccolti e l'allevamento e ogni giorno capita qualcosa che crea nuove sfide. Alcune cose crescono bene e a ritmo costante, mentre altre si deteriorano e muoiono e mantenere l'equilibrio perfetto a volte sembra un'impresa disperata. Anche se lavorassi ventiquattro ore di fila, alla fine non potrei mai dire: «Ecco fatto, adesso non c'è più niente da fare!»

Tutto ciò soltanto per spiegare perché questo viaggio di tre settimane in Florida sia la prima, vera vacanza che faccio da sette anni. Paige, la zia e il nostro amministratore hanno insistito perché accettassi. Prima di venire qui, non mi sono mai preso neanche una settimana di pausa e posso contare sulle dita di una mano i weekend in cui mi sono costretto a staccare. La fattoria è perennemente nei miei pensieri. La prima settimana che ero qui avrò chiamato la zia almeno una decina di volte per sapere come andavano le cose. A un certo punto, lei stessa mi ha categoricamente vietato di telefonarle ancora. Ha detto che lei e l'amministratore se la sarebbero cavata alla grande, perciò negli ultimi tre giorni non l'ho chiamata neanche una volta, anche se ho resistito a stento all'impulso di farlo. Non ho sentito nemmeno Paige: aveva ricevuto una commessa piuttosto consistente prima della mia partenza e, quando è immersa nel lavoro non risponde a nessuno. Pertanto, oltre alla vacanza, mi ritrovo da solo con i miei pensieri per la prima volta da un'eternità.

Sono sicuro che Michelle, la mia ragazza, avrebbe gradito questa versione di me rilassata e vacanziera. O meglio, la mia ex ragazza. Michelle mi ha sempre accusato di preoccuparmi più delle necessità della fattoria che della mia vita.

Ci conosciamo dai tempi delle superiori, però all'epoca non ci frequentavamo, dato che lei usciva con uno dei giocatori di football e aveva due anni più di me. Comunque, pur essendo la ragazza più carina della scuola, era sempre gentile quando ci incrociavamo nei corridoi. Ci siamo persi di vista per qualche anno, e ci siamo incontrati di nuovo a una festa. Lavorava come infermiera al Vidant Medical Center, ma era tornata a vivere con i genitori nella speranza di mettere via i soldi per acquistare un appartamento a Greenville. Dopo la festa ci siamo visti per un primo appuntamento, poi ce n'è stato un secondo e per i successivi due anni mi sono reputato un uomo molto fortunato. Era una ragazza sveglia e seria, con uno spiccato senso dell'umorismo, ma siccome lei lavorava di notte e io tutto il giorno, passavamo davvero poco tempo insieme. Vorrei tanto credere che saremmo riusciti a sistemare le cose, senonché, a un certo punto, mi sono reso conto che mi piaceva, però non l'amavo. Sono convinto che per lei fosse lo stesso e, quando alla fine è riuscita a comprarsi l'appartamento che desiderava, vederci è diventato praticamente impossibile. Non ci sono state scenate, né insulti od offese, semplicemente abbiamo iniziato a scriverci e telefonarci meno, finché siamo arrivati al punto di non sentirci anche per due settimane di fila. Pur non avendo mai troncato formalmente la nostra storia, sapevamo entrambi che era finita. Qualche mese più tardi ha conosciuto un altro e all'incirca un anno fa ho visto sulla sua pagina Instagram che si era fidanzata. Per facilitare le cose a entrambi, ho smesso di seguirla sui social, ho cancellato il suo numero dalla rubrica e da allora non l'ho più sentita.

Da quando sono qui ho pensato spesso a lei, forse perché questo posto è pieno di coppiette. Vengono ai miei spettacoli, camminano sulla spiaggia tenendosi per mano, si guardano negli occhi seduti l'uno di fronte all'altra al ristorante. Ci sono anche parecchie famiglie, ma meno di quante avrei immaginato. Non conosco il calendario scolastico della Florida, però immagino che in questo periodo ci sia ancora scuola.

Ieri, tuttavia, poche ore prima dello spettacolo, ho notato un gruppo di ragazze. Stavo facendo una passeggiata sulla spiaggia dopo pranzo. C'era il sole e faceva caldo, così mi ero tolto la camicia e l'avevo usata per asciugarmi il sudore dal viso. Proprio all'altezza del *Don CeSar*, ho visto qualcosa di grigio affiorare in superficie e poi scomparire sott'acqua a poca distanza dalla riva, seguito da un altro. Ci ho messo un attimo a capire che si trattava di un banco di delfini che si stava spostando lentamente parallelo alla costa. Mi sono fermato a osservarli, dato che era la prima volta che li vedevo in libertà. Stavo seguendo i loro movimenti quando ho sentito le ragazze avvicinarsi e fermarsi a pochi passi da me.

Erano in quattro e parlavano a voce alta e io sono rimasto a bocca aperta quando mi sono accorto che erano tutte molto carine. Sembravano pronte per un servizio fotografico. Indossavano completi da spiaggia colorati e avevano sorrisi perfetti. Chissà quanto tempo avranno passato dal dentista da bambine! ho pensato. Avevano qualche anno meno di me, probabilmente erano studentesse universitarie in vacanza.

Quando mi sono voltato di nuovo a guardare i delfini, una delle ragazze ha lanciato un'esclamazione indicando con il braccio. Con la coda dell'occhio ho notato che tutte fissavano dalla stessa parte. Parlavano a voce così alta che non ho potuto fare a meno di ascoltare.

«Ma quello è uno squalo?» ha chiesto una di loro.

«Probabilmente è un delfino», ha risposto un'altra.

«Però vedo una pinna.»

«Anche i delfini hanno le pinne dorsali...»

Ho sorriso tra me e me, pensando che anche se non avevo frequentato il college non mi ero perso molto. Com'era prevedibile, hanno iniziato a farsi dei selfie, cercando di inquadrare i delfini sullo sfondo. Dopo un po' hanno cominciato con le smorfie tipiche dei social: la bocca a cuoricino, la foto di gruppo estatica della serie «Ci stiamo divertendo alla grande» e la faccia seria da supermodella che Michelle chiamava «espressione da pesce lesso». Ripensandoci ho sbuffato piano.

Una delle ragazze deve avermi sentito perché si è girata a guardarmi. Io ho evitato qualsiasi contatto visivo, continuando a osservare i delfini che nuotavano verso il mare aperto. Quando alla fine si sono spostati al largo, ho pensato che fosse il momento di tornare indietro. Mi sono diretto verso le ragazze, tre delle quali erano ancora impegnate a farsi selfie, mentre quella che si era girata verso di me prima mi ha fissato negli occhi.

«Bei tatuaggi», mi ha detto quando le sono stato più vicino. Ammetto di essere rimasto sconcertato dal suo complimento, non stava proprio flirtando, ma aveva un'aria vagamente divertita. Per un attimo mi sono domandato se fosse il caso di presentarmi, però è stata questione di un secondo. Non ci voleva una laurea per capire che era fuori dalla mia portata, quindi le ho soltanto sorriso e ho proseguito.

Vedendola inarcare un sopracciglio di fronte alla mia reazione, ho avuto la netta sensazione che sapesse esattamente quello che stavo pensando. Lei si è girata di nuovo verso le amiche e io ho continuato a camminare, resistendo all'impulso di voltarmi. Ma più mi sforzavo di non guardare dalla sua parte, più mi veniva voglia di farlo, così, alla fine, ho azzardato un'occhiata furtiva.

Lei sembrava non aspettare altro. Aveva la stessa espressione divertita di poco prima e, quando mi ha rivolto un sorriso complice, io mi sono girato di scatto, il volto paonazzo... che non aveva niente a che fare con il sole.

3

Seduto sulla spiaggia, mi è tornato in mente l'incontro con la ragazza. Non la stavo cercando, ma ammetto di averci fatto un pensierino, per questo ho trascinato la sdraio e il frigo portatile fino a qui. Finora non avevo avuto fortuna, ma mi sono detto che sarebbe stata comunque una bella giornata, qualunque cosa fosse accaduta. Quella mattina, dopo aver fatto una corsa in spiaggia, avevo divorato dei tacos al pesce in un posto chiamato *The Toasted Monkey*. Non avendo nessun impegno urgente, mi ero poi sistemato lì. Probabilmente avrei potuto fare qualcosa di più produttivo che ustionarmi sotto il sole. Ray aveva suggerito di andare in kayak al Fort De Soto Park e, prima di partire, Paige mi aveva ricordato di visitare il Dalí, il museo locale dedicato alle opere del famoso artista. Probabilmente aveva consultato TripAdvisor, e io le avevo risposto che lo avrei aggiunto al mio itinerario, ma, onestamente, mi attirava di più l'idea di sdraiarmi al mare con una birra fredda in mano.

Mentre il sole stava calando, ho sollevato il coperchio del frigo e ho tirato fuori la seconda, e probabilmente ultima, birra della giornata. L'idea era di sorseggiarla con calma fino al tramonto, per poi spostarmi al *Sandbar Bill's*, un chiosco sulla spiaggia che preparava i migliori cheeseburger dei dintorni. Non sapevo che cos'avrei fatto dopo. Avrei potuto fare un giro per i bar di St Petersburg, ma siccome era sabato sera sarebbero stati di certo affollati e non ero sicuro di averne tanta voglia. Quali erano le alternative? Lavorare a una canzone? Guardare Netflix come a volte facevo con Paige? Leggere uno dei libri che mi ero portato, ma che non avevo ancora aperto? Ho deciso che sarei andato a sentimento.

Ho stappato la bottiglia, sorpreso che la spiaggia fosse ancora affollata come al mio arrivo. Gli ospiti del *Don CeSar* occupavano le sdraio sotto gli ombrelloni e a riva c'erano decine di villeggianti su asciugamani colorati. Dei bambini costruivano un castello di sabbia; più avanti una donna passeggiava con un cane con la lingua penzoloni. Dalla piscina alle mie spalle veniva ancora della musica, che mi faceva trasalire a ogni accordo stonato.

Non mi sono accorto del suo arrivo. A un tratto ho percepito qualcuno incombere su di me, gettando un'ombra sul mio viso. Quando ho alzato gli occhi, ho riconosciuto la ragazza del giorno prima che mi sorrideva, i lunghi capelli neri che incorniciavano il mio campo visivo.

«Ciao», mi ha salutato con la massima naturalezza. «Non eri tu che suonavi ieri sera al *Bobby T's*?»

4

Forse dovrei spiegare un'altra cosa: pur avendo sperato di imbattermi nella bellezza mora della spiaggia, in realtà non avevo un piano su come affrontare l'eventualità. Non mi sento a disagio quando si tratta di conoscere una donna, sebbene debba ammettere di essere fuori esercizio. A casa, a parte le rare occasioni in cui suono per gli amici, esco di rado. Di solito m'invento la scusa di essere troppo stanco, ma, in realtà, se passi tutta la vita nella stessa cittadina di provincia, il venerdì e sabato sera fai inevitabilmente le stesse cose, un po' come nel film *Ricomincio da capo*. Vai sempre negli stessi posti e vedi sempre le stesse persone e a un certo punto, dopo una serie infinita di déjà-vu, è naturale che ti venga da chiederti: Che ci faccio io qui?

Fatto sta che non ero più abituato a chiacchierare con una bella sconosciuta, così mi sono ritrovato a fissarla senza spiccicare parola.

«Pronto? C'è nessuno?» ha chiesto lei. «Oppure hai già svuotato il frigo, e quindi dovrei andarmene subito?»

Il tono era chiaramente scherzoso, ma non mi sono

accorto che mi stava prendendo in giro, perché ero troppo concentrato a fissare la sua camicetta bianca e gli shorts di jeans scoloriti che lasciavano intravedere uno stuzzicante bikini rosso. Aveva tratti asiatici e i folti capelli mossi sembravano spettinati dal vento, quasi avesse trascorso la giornata all'aperto, come me. Ho sollevato leggermente la bottiglia di birra.

«È solo la seconda della giornata», ho detto ritrovando la voce, «ma sta a te decidere se andare via. E sì, è possibile che tu mi abbia sentito ieri sera al *Bobby T's*, dipende dall'ora.»

«Tu sei anche il tizio con i tatuaggi di ieri, giusto? Che ha origliato la conversazione tra me e le mie amiche?»

«Macché origliato», ho protestato. «Parlavate a voce altissima.»

«Però mi hai guardato.»

«Stavo guardando i delfini.»

«Hai o non hai girato la testa verso di me quando te ne sei andato?»

«Facevo stretching al collo.»

Lei rise. «Che ci fai qua fuori dietro l'hotel? Stai per caso cercando di spiare di nuovo me e le mie amiche?»

«Sono venuto a godermi il tramonto.»

«Sei qui da ore e manca ancora parecchio al calare del sole.»

«Come fai a sapere da quanto tempo sono qui?»

«Perché ti ho visto quando sei arrivato. Eravamo in piscina.»

«Mi hai visto?»

«Impossibile evitarlo, dato che sei arrivato dalla spiaggia con tutta la tua attrezzatura. Ti saresti potuto sistemare da qualunque parte. Se volevi soltanto ammirare il tramonto, intendo.» Nei suoi occhi castani si è acceso un lampo di malizia.

«Ti va una birra?» ho ribattuto. «Dal momento che è evidente che sei venuta qui a parlare con me.»

«No, grazie.»

Ho esitato. «Hai l'età per bere, vero? Non vorrei passare per il losco venticinquenne che offre alcol a una minorenne.»

«Sì. Ho appena compiuto ventun anni. Ho finito il college e tutto il resto.»

«Dove sono le tue amiche?»

«Ancora in piscina.» Ha scosso le spalle. «Avevano ordinato dei margarita quando me ne sono andata.»

«Un gran bel pomeriggio, mi pare.»

Lei ha indicato la mia sdraio. «Posso prendere in prestito il tuo asciugamano?»

«Il mio asciugamano?»

«Sì, per favore.»

Avrei potuto chiederle perché, invece mi sono alzato, l'ho tolto dalla sdraio e gliel'ho dato.

«Grazie.» Lei l'ha scrollato, poi l'ha disteso sulla sabbia accanto alla sdraio e ci si è seduta sopra. Io mi sono riaccomodato e l'ho guardata appoggiarsi sui gomiti, le lunghe gambe abbronzate distese davanti a lei. Per qualche secondo, nessuno dei due ha parlato. «A proposito, sono Morgan Lee», ha detto alla fine.

«Colby Mills», ho risposto.

«Lo so. Ho visto il tuo spettacolo.»

Ah già. «Di dove sei?»

«Chicago», ha risposto. «Più precisamente Lincoln Park.»

«Non mi dice assolutamente niente. Non sono mai stato a Chicago.»

«Lincoln Park è un quartiere proprio sul lago.»

«Quale lago?»

«Il lago Michigan», ha precisato alzando un sopracciglio incredula. «Uno dei Grandi Laghi, hai presente?»

«È proprio grande? Oppure è un lago medio o normale?»

A questa mia patetica battuta, lei ha riso. Aveva una risata gutturale e profonda, in netto contrasto con la sua figura minuta. «È bellissimo... e immenso. Somiglia un po' all'oceano, ecco.»

«Ci sono spiagge?»

«Certo. Anche se non hanno una sabbia bianchissima né le palme, d'estate sono molto affollate. A volte ci sono persino le onde.»

«Sei andata al college lì?»

«No. Ho frequentato l'Indiana University.»

«Lasciami indovinare. Questo viaggio è il regalo di laurea dei tuoi genitori prima del tuo ingresso nel mondo reale?»

«Sono impressionata», ha detto inarcando un sopracciglio. «Devi averlo capito tra ieri pomeriggio e adesso, il che significa che hai pensato a me?» Non c'è stato bisogno che rispondessi. Beccato, ho pensato. «Comunque hai ragione», ha proseguito. «Forse si sentivano in colpa perché ho dovuto affrontare tutta la menata del Covid, che per un po' ha complicato gli studi. E ovviamente erano felici che mi fossi laureata, così hanno prenotato un viaggio per me e le mie amiche.»

«Mi sorprende che non abbiate preferito Miami. St Pete Beach non è esattamente tra le mete più battute.»

«Sono affezionata a questo posto», ha risposto con un'alzata di spalle. «Da bambina venivamo qui tutti gli anni e stavamo sempre al *Don.*» Mi ha guardato con palese curiosità. «E di te che cosa mi dici? Da quanto vivi qui?»

«Non vivo qui. Sono del North Carolina. Sono venuto per qualche serata al *Bobby T's.*»

«È questo che fai di lavoro? Viaggi e ti esibisci?»

«No. È la prima volta che faccio una cosa del genere.»

«Ma allora come ci sei finito in questo posto?»

«Avevo suonato a una festa dalle mie parti e per una strana coincidenza l'impresario del *Bobby T's*, che era da un amico in città, mi ha sentito. Mi ha chiesto se avevo voglia di venire qui per qualche serata. Mi sono dovuto pagare il viaggio e l'alloggio, ma così ho avuto l'occasione di visitare la Florida e non è questo grande impegno. Credo che sia rimasto sorpreso quando ho risposto di sì.»

«Perché?»

«Be', con tutte le spese non andrò nemmeno in pari, ma è stata una bella scusa per andarmene.»

«Alla gente piaci, mi pare.»

«Credo che le andrebbe bene chiunque», ho ribattuto.

«Tu ti sottovaluti. Un sacco di donne tra il pubblico ti guardavano con gli occhi strabuzzati.»

«Gli occhi strabuzzati?»

«Hai capito benissimo. Quella poi che ti si è avvicinata dopo l'esibizione, sembrava quasi che volesse saltarti addosso.»

«Non credo proprio», ho replicato. Sinceramente non ricordavo di aver parlato con qualcuno finito lo spettacolo.

«Dove hai imparato a suonare?» mi ha chiesto. «Hai preso lezioni oppure facevi parte di una band o...?»

«Alle superiori ero in un gruppo.» Poi le ho fatto un breve resoconto della mia deludente carriera con i post-punk.

«Il cantante solista è riuscito a sfondare?» mi ha domandato ridendo. «A Los Angeles?»

«Non che io sappia.»

«Suonavate in posti come il *Bobby T's?*»

«Macché. Erano... bar e club malfamati. La polizia doveva sempre intervenire perché ogni sera scoppiava una rissa.»

«Avevi delle groupie? Come adesso?»

Mi stava di nuovo prendendo in giro. Però devo ammettere che mi piaceva. «Sì, c'erano delle ragazze che venivano con una certa regolarità ai nostri concerti, ma non erano interessate a me.»

«Poverino.»

«Comunque, non erano il mio tipo.» Ho aggrottato la fronte. «A pensarci bene, dubito che fossero il tipo di qualcuno.»

Lei ha sorriso e sulle guance le sono spuntate due fossette che prima non avevo notato. «Allora... Se non fai parte di un gruppo e non ti esibisci spesso, che cosa fai per vivere?»

Ovviamente ho risposto: «La mia famiglia ha una fattoria».

Lei mi ha scrutato dalla testa ai piedi. «Non hai l'aria di un contadino.»

«Perché non porto la tuta e il cappello di paglia.»

È scoppiata di nuovo a ridere e io mi sono accorto che mi piaceva molto la sua risata profonda. «Che cosa coltivi nella tua fattoria?» Mentre le raccontavo dei nostri raccolti e a chi li vendevamo, lei ha piegato le gambe e le ha cinte con le braccia, mettendo in mostra l'impeccabile smalto rosso. «Io compro solo uova biologiche», ha dichiarato, annuendo. «Mi fanno pena le galline costrette a passare tutta la vita in una gabbia minuscola. Ma il tabacco fa venire i tumori.»

«Solo le sigarette. Io coltivo una pianta dalle grandi foglie verdi che poi provvedo a cimare e a far essiccare prima di vendere.»

«Cimare in che senso?»

«Cimare significa spuntare lo stelo.»

«E allora perché hai usato un termine tecnico?»

«Perché mi piace parlare come un professionista.»

Lei ha sbattuto le lunghe ciglia scure e mi ha rivolto un sorriso indulgente. «D'accordo, professore... E che cos'è un pomodoro cimelio? So che ne esistono di tante varietà, ma in che cosa si differenziano dai pomodori normali?»

«Gran parte dei pomodori che trovi in commercio sono ibridi, vale a dire che il loro DNA è stato manipolato per renderli più resistenti al trasporto. L'aspetto negativo è che gli ibridi sono piuttosto insapori. I pomodori cimelio non sono ibridi, perciò ogni varietà conserva il suo sapore caratteristico.»

C'era molto altro – se si usa l'impollinazione aperta o no, se i semi sono acquistati da un rivenditore oppure raccolti direttamente, l'influenza del suolo sul sapore, il clima –, ma erano dettagli che interessavano solo a chi si dedicava alla coltivazione di pomodori.

«Molto interessante», ha osservato. «Non credo di aver mai conosciuto un contadino prima d'ora.»

«Ti stupirà scoprire che siamo quasi umani.»

«Divertente!»

Ho sorriso, pervaso da un senso di ebbrezza che non c'entrava nulla con la birra. «E tu? Per quanto tempo ti fermi qui?»

«Partiremo tra otto giorni. Siamo arrivate soltanto ieri. Appena prima che ci incontrassimo sulla spiaggia, in realtà.»

«Come mai non avete affittato una casa?»

«Credo che i miei genitori non ci abbiano nemmeno pensato. E poi ho un sacco di ricordi legati al *Don.*» Ha fatto una smorfia. «Senza contare che nessuna di noi sa cucinare.»

«Scommetto che a scuola mangiavate in mensa.»

«È vero, e comunque questa dovrebbe essere una *vacanza.*»

«Non mi sembra di avervi visto allo spettacolo ieri sera.»

«Siamo arrivate gli ultimi quindici minuti. C'era parecchia gente, così siamo rimaste fuori in spiaggia.»

«Era venerdì sera. La gente pensa già al weekend.» Siccome la birra ormai era tiepida, ho versato quel che restava sulla sabbia. «Ti va una bottiglietta d'acqua?»

«Volentieri, grazie.»

Ho controllato il frigo portatile: il ghiaccio si era sciolto, ma le bottiglie erano ancora fresche. Ne ho presa una per lei e una per me.

Lei si è messa a sedere dritta indicando l'oceano con la bottiglia. «Ehi, guarda, sono tornati i delfini!» ha esclamato schermandosi gli occhi con la mano mentre scrutava le onde. «Devono essere abitudinari.»

«Può darsi. Oppure è un altro banco. L'oceano è molto grande, sai.»

«Tecnicamente credo che questo sia un golfo, non un oceano.»

«E qual è la differenza?»

«Sinceramente non ne ho idea», ha ammesso, e stavolta è toccato a me ridere. Siamo rimasti in silenzio, osservando i delfini cavalcare le onde. Non ero ancora sicuro del motivo che l'aveva spinta a venire da me: carina com'era, i ragazzi avrebbero fatto la fila per uscire con lei. Mentre sorseggiavo l'acqua, sbirciavo di sottecchi il suo profilo con il naso leggermente all'insù e le labbra piene, delicato come un disegno a matita.

Il cielo era sempre più pallido all'orizzonte. La gente finalmente cominciava a prepararsi per andare via, scuotendo gli asciugamani, raccogliendo i giocattoli di plastica, ripiegando le sdraio e riempiendo le borse.

Ieri, a quest'ora, avevo visto Morgan e le sue amiche per la prima volta; era incredibile che oggi fossi seduto qui a parlare con lei. A me non era mai capitata una cosa simile, ma forse Morgan era abituata a conquistare la gente senza difficoltà. Di sicuro non le mancava la disinvoltura.

I delfini si stavano spostando lentamente lungo la spiaggia e con la coda dell'occhio ho visto un sorriso malinconico affiorare sulle labbra di Morgan. L'ho sentita sospirare.

«Sarà meglio che torni dalle mie amiche, prima che comincino a preoccuparsi.»

Ho annuito. «Anch'io devo andare.»

«E tutte quelle storie sul tramonto?»

«Mi rifarò più tardi.»

Sorridendo, si è alzata e si è spazzolata via la sabbia dalle gambe. Io ho raccolto l'asciugamano e l'ho scrollato prima di gettarmelo sulla spalla.

«Suonerai anche stasera?» ha chiesto guardandomi negli occhi.

«No, ma ci sarò domani alle cinque.»

«Goditi la tua serata libera, allora.»

Ha dato un'occhiata in direzione della piscina, poi si è voltata di nuovo verso di me. Per la prima volta ho avuto la sensazione che fosse nervosa.

«Mi ha fatto piacere conoscerti, Colby.»

«Anche a me.»

Ha mosso un passo, poi si è fermata di botto. «Hai progetti per la serata?» Ha esitato. «Intendo più tardi.»

«Veramente no.»

Ha incrociato le braccia sul petto. «Noi pensavamo di andare al *MacDinton's*. Lo conosci? A St Petersburg? Credo sia un pub irlandese.»

«Non l'ho mai sentito nominare, ma io non faccio testo.»

«Potremmo vederci là», ha proposto. «Dato che è la tua serata libera.»

«Magari.» Ho annuito, sapendo già che ci sarei stato. Anche lei lo sapeva e, prima di incamminarsi verso l'hotel, mi ha rivolto un sorriso smagliante.

Si era allontanata di qualche passo, quando l'ho chiamata. «Ehi, Morgan?»

Si è girata continuando a camminare all'indietro. «Sì?»

«Perché sei venuta in spiaggia a parlare con me?»

Ha piegato la testa con un lampo divertito negli occhi. «Secondo te?»

«Non ne ho la minima idea.»

«Non è ovvio?» ha gridato per sovrastare il vento. «Mi piace la tua voce e volevo conoscerti di persona.»

5

SULLA strada del ritorno, mi sono fermato a prendere un cheeseburger al *Sandbar Bill's* e poi mi sono diretto al parcheggio dove avevo lasciato la macchina. Arrivato al mio appartamento, ho riscaldato il panino nel microonde. Squisito. Mi sono fatto la doccia e ho infilato un paio di jeans prima di controllare i messaggi sul telefono.

Nessuna notizia dalla zia. Ripensando ai suoi rimproveri, ho preferito scrivere a Paige per sapere come andava e chiederle come stavano venendo le sue ultime riproduzioni delle lampade Tiffany.

Non mi ha risposto, così ho immaginato che fosse immersa nel lavoro con il cellulare in modalità silenziosa.

Mentre il cielo cambiava colore oltre la porta scorrevole, ho preso la chitarra. Pensavo a Morgan. Mi intrigava, ma sapevo che non era solo la sua bellezza ad avermi colpito. Mi piaceva la sua sicurezza, nonostante la giovane età. Poi c'erano il suo calore, la curiosità e la grande energia che avevo potuto cogliere anche se il nostro incontro era stato breve. Sembrava consapevole del suo valore ed era soddi-

«A volte.»

«La suonerai domani?»

«Non è ancora pronta.»

«Hai avuto un'ispirazione particolare?» mi ha domandato.

Ho sorriso. «Non saprei dire di preciso. Le sorprese che ti riserva la vita, l'incontro con te...»

«L'incontro con me?» ha ripetuto inarcando un sopracciglio.

«Non so mai con certezza da dove vengano fuori...»

Mi ha scrutato in viso. «Voglio sentirla.»

«Volentieri. Fammi sapere quando.»

«Ti andrebbe adesso?»

Io sono rimasto interdetto. «Adesso? Vuoi andartene? E le tue amiche?»

Lei si è girata sulla sedia e le ha guardate: Stacy, Holly e Maria stavano chiacchierando fitto, ignorando i tizi al tavolo che non sapevano più che cosa fare per attirare la loro attenzione. Si è voltata verso di me e con un gesto della mano ha detto: «Staranno benissimo. Come sei venuto qui? Un Uber?»

«Ho la macchina», ho risposto, sorpreso ancora una volta dalla velocità con cui Morgan aveva preso in mano la situazione.

«Andiamo», ha detto. Si è alzata, ha recuperato la borsa dalla spalliera della sedia, quindi si è chinata verso le amiche. «Ci vediamo in hotel, okay? Noi andiamo via.»

Ho visto i loro sguardi guizzare tra noi, sbigottiti. Uno dei ragazzi ha incrociato le braccia, chiaramente infastidito.

«Ve ne andate?» ha chiesto Maria.

«Per favore, no», ha implorato Holly.

«Dai, restate con noi!» ha protestato Stacy.

Dal modo in cui mi guardavano ho capito che erano

preoccupate che Morgan se ne andasse via con un emerito sconosciuto.

Lei però aveva già fatto il giro del tavolo e stava abbracciando le amiche una alla volta. «Vi mando un messaggio», ha detto. «Non preoccupatevi.» Poi si è girata verso di me e ha chiesto: «Pronto?»

L'ho seguita verso l'uscita facendo lo slalom tra la calca. Una volta fuori, il frastuono è cessato, ma mi fischiavano le orecchie.

«Dove ce l'hai la macchina?»

«Poco più avanti.»

Dopo qualche passo, mi ha guardato di sottecchi. «Le mie amiche pensano che sia impazzita a fare una cosa del genere.»

«Me ne sono accorto.»

«Mi ero stancata di stare là dentro. Troppo chiasso, e quei tizi al nostro tavolo erano un po' troppo insistenti.»

«A parte tutto, sei convinta che venire via con me sia una buona idea?»

«Perché no?»

«Non mi conosci nemmeno.»

«Sei un contadino del North Carolina. Coltivi tabacco e pomodori cimelio, produci uova biologiche e nel tempo libero componi musica. Rimarrai qui altri dieci giorni e domani suonerai al *Bobby T's*, quindi in pratica tutti sapranno dove trovarti se proverai a farmi qualche scherzo. E, comunque, tengo lo spray urticante nella borsa.»

«Sul serio?»

«Come hai detto tu, una ragazza non è mai troppo prudente. Sono cresciuta a Chicago, ricordi? I miei genitori mi facevano promettere di stare attenta tutte le volte che uscivo di sera.»

«I tuoi genitori mi sembrano gente in gamba.»

«Infatti», ha confermato.

Intanto avevamo raggiunto la macchina e io ho ringraziato il cielo di aver dato una spazzolata ai sedili impolverati prima di partire. Tenere pulita una macchina in una fattoria è un'impresa disperata.

Mentre accendevo il motore, lei ha scrutato l'abitacolo. «Ti sei portato dietro la chitarra? Come se sapessi che te l'avrei chiesto?»

«Lasciamo perdere. Dove andiamo?» ho chiesto.

«Torniamo al *Don*. Possiamo sederci sulla spiaggia dietro l'hotel, dove ci siamo visti oggi pomeriggio.»

«Per me va bene.»

Mentre mi immettevo sulla strada, ho visto che scriveva un messaggio. Al contrario di me usava entrambe le mani, come una dattilografa provetta. Io invece scrivevo con un dito solo. «Stai dicendo alle tue amiche dove siamo diretti?»

«Ovvio», ha risposto. «E ho anche inviato il tuo numero di targa», ha aggiunto. «Ho fatto la foto prima di salire. A proposito, ho cercato in rete i pomodori cimelio dopo la nostra conversazione di oggi. Non sapevo che ne esistessero tante varietà diverse. Come fai a sapere quali coltivare?»

«Ho fatto delle ricerche, come per qualsiasi altra cosa. A Raleigh c'è un tizio che è una specie di esperto mondiale di semi antichi, e abbiamo chiesto a lui quali varietà crescono meglio nella nostra zona e che sapore hanno. Abbiamo parlato anche con altri contadini che li coltivano per scoprire tutto quello che c'era da sapere e poi siamo andati da potenziali clienti come supermercati, ristoranti e hotel. Alla fine abbiamo iniziato con tre varietà, poi ne abbiamo aggiunte altre due.»

«Con 'abbiamo' ti riferisci ai tuoi genitori, a tuo fratello...?»

«A mia zia», ho risposto. Mi sono chiesto che cosa raccontarle, e ho deciso di dirle tutto. «È una specie di mamma per me. Ho perso la mia quando ero piccolo e non ho mai conosciuto mio padre. Mia sorella e io siamo stati cresciuti dagli zii. E poi alla fine è morto anche lo zio.»

«Oddio!» Morgan era sinceramente scioccata. «È orribile!»

«È stata dura. Ora gestisco la fattoria con la zia, ma non siamo soli, chiaramente. Abbiamo un amministratore e molti dipendenti.»

«E tua sorella adesso dove vive?»

«Anche lei alla fattoria. Per la precisione, vive nella casa dove siamo cresciuti, ma lei è un'artista.» Le ho raccontato delle lampade che realizza ispirandosi alle Tiffany. Dall'aletta parasole ho tirato fuori una foto di Paige con una delle sue creazioni e l'ho mostrata a Morgan. Le nostre dita si sono sfiorate.

«Wow! Che bella!» ha esclamato piegando la testa per esaminare la foto. «È bella anche tua sorella.»

«Le sue lampade sono molto richieste; c'è addirittura una lista d'attesa», ho spiegato con una nota di orgoglio nella voce. «Come puoi immaginare, ci vuole tempo per realizzarne una.»

«Lei è più grande o più piccola di te?»

«Ha sei anni in più. Ne ha trentuno.»

«Sembra più giovane.»

«E tu, invece? Parlami di te.»

«Che cosa vuoi sapere?»

«Qualunque cosa.» Mi sono stretto nelle spalle. «Com'è stata la tua infanzia? Come sono i tuoi genitori? Hai fratelli o sorelle? Com'è crescere a Chicago, considerato che devi andare in giro con lo spray urticante nella borsa?»

Lei è scoppiata a ridere. «Lincoln Park è un quartiere molto tranquillo. È una zona residenziale. Grandi case, grandi giardini, grandi alberi frondosi. Addobbi assurdi per Halloween e Natale. Una volta mi sono accampata in giardino per un pigiama party, e mio padre è rimasto seduto in veranda per tutta la notte. Quando sono cresciuta, mamma e papà hanno deciso che dovessi avere lo spray sempre con me, più che altro perché dovevo andare al college e alle feste delle confraternite.»

«Sei stata a molte feste delle confraternite?»

«Qualcuna. Ma avevo sempre molto da studiare. Una volta sono andata a un ricevimento ed è stato divertente, anche se il mio cavaliere non mi piaceva poi tanto. Ma, okay, ti parlo di me... La mia è stata un'infanzia normale sotto molti punti di vista. Andavo a scuola e facevo qualche attività come la maggior parte dei bambini.» Si è interrotta e a me è sembrato di cogliere una certa reticenza.

«E la tua famiglia?»

«Mio padre è un chirurgo. È emigrato dalle Filippine negli anni Settanta per studiare alla Northwestern. È finito alla scuola di medicina dell'Università di Chicago, dove ha conosciuto la mamma. Lei è radiologa, viene da una famiglia tedesco-irlandese del Minnesota. Avevano un bungalow sul lago dove passavano l'estate. Ho una sorella che ha tre anni meno di me, Heidi. Siamo completamente diverse, ma io la trovo eccezionale.»

Ho sorriso. «La tua famiglia mi sembra tutt'altro che convenzionale.»

«Non saprei», ha detto con un'alzata di spalle. «I genitori di molte mie amiche erano dottori o avvocati, quindi per me non c'era niente di speciale e anche le loro famiglie provenivano un po' da tutto il mondo. Non penso che i miei fossero niente di straordinario.»

Da dove vengo io, lo sarebbero stati di sicuro. «E presumo che anche tu abbia le stesse ambizioni universitarie dei tuoi genitori.»

«Che cosa te lo fa pensare?»

«Forse il fatto che a ventun anni hai già finito il college?»

Lei è scoppiata di nuovo a ridere. «Questo non dipende tanto dai voti degli esami, quanto dal fatto che non vedevo l'ora di andarmene di casa. Fidati, mia sorella è molto più brava di me.»

«Perché volevi andartene di casa?» ho chiesto. «Da quanto mi hai raccontato, la tua vita era parecchio comoda.»

«Non vorrei sembrare un'ingrata, perché non è così», ha sottolineato lei. «Ma è una situazione complicata. A volte i miei genitori hanno la tendenza a essere... iperprotettivi.»

Mi sono girato a guardarla. Lei era rimasta in silenzio, come se stesse cercando di decidere quanto confidarmi. Poi ha ripreso a parlare. «All'età di sette anni mi è stata diagnosticata una grave forma di scoliosi. I medici non sapevano come si sarebbe evoluta la mia situazione con la crescita, perciò, oltre a dover indossare un busto per sedici ore al giorno, sono stata operata diverse volte per sistemare la spina dorsale. Ovviamente, i miei genitori, essendo medici, mi hanno affidato alle cure dei migliori specialisti, ma, come puoi ben immaginare, erano preoccupati e mi stavano addosso impedendomi di fare quello che di solito fanno tutti i bambini. E anche se alla fine sono migliorata, per loro sono sempre la bambina fragile e bisognosa di cure di un tempo.»

«Una situazione pesante.»

«Non fraintendermi. So di essere ingiusta. Sono sicura che mi vogliono bene; è solo che... io non sono come loro. Né come mia sorella. A volte mi sembra di essere nata nella famiglia sbagliata.»

«Lo pensa un sacco di gente.»

«Ma ciò non significa che non sia vero.»

Ho sorriso. «Significa che non studierai medicina?»

«Tra le altre cose», ha risposto. «Per esempio... a me piace ballare. Ho iniziato a fare danza su consiglio dei medici, però poi mi sono appassionata. Ho studiato anche tip-tap, jazz e hip-hop, ma più mi vedevano coinvolta, più i miei genitori disapprovavano, anche se a me faceva bene. Era un po' come se non fossi all'altezza delle loro aspettative, capisci? In ogni caso, per rispondere alla tua domanda, quando ho cominciato le superiori, avevo solo voglia di crescere per potermene andare, quindi mi sono iscritta a un community college e ho frequentato la sessione estiva all'Indiana University. Mi sono iscritta ai corsi accelerati per laurearmi prima. In effetti, ero una delle matricole più giovani al campus. Avevo preso la patente giusto da un anno.»

«I tuoi genitori iperprotettivi ti hanno permesso di andartene di casa così giovane?»

«Ho minacciato di non frequentare il college. Hanno capito che dicevo sul serio.»

«Li hai messi alle strette.»

«A volte sono un po' testarda», ha riconosciuto ammiccando. «E tu invece?»

«Che cosa?»

«Sei andato al college?»

«No.»

«Come mai?»

«La scuola non è mai stata il mio forte, quindi non era nel mio destino.»

«Rimpiangi di non esserci andato?»

«Probabilmente non ce l'avrei fatta.»

«Se ti fossi impegnato, sì.»

«Ma di sicuro non ci avrei provato.»

«Lo so che non tutti sono portati per lo studio. E comunque tu hai capito fin da giovane quello che volevi dalla vita, e non è scontato.»

«In effetti sono portato per l'agricoltura», ho riconosciuto, riflettendo sulle sue parole. «E adesso che abbiamo quasi ultimato il lavoro di riconversione della fattoria, non devo più faticare così tanto come prima. Ma non è questo che immaginavo di fare da grande.»

Mi stava scrutando, i lineamenti delicati illuminati a intermittenza dai fari delle macchine di passaggio.

«Ami la musica», ha detto. «Era quello che volevi fare nella vita, giusto?»

«Esatto.»

«Sei ancora giovane, Colby. Hai ancora un sacco di tempo.»

Ho scosso la testa. «Impossibile.»

«Per via della tua famiglia?» Non c'è stato bisogno che rispondessi, lei me l'ha letto in faccia, perché l'ho sentita sospirare. «D'accordo, capisco. Per cambiare argomento, visto che ti ho raccontato della mia noiosissima infanzia, come è stato crescere in North Carolina?»

Le ho fatto un resoconto sommario: le ho parlato dei miei deludenti risultati scolastici, buttandola sul ridere, e ho risposto puntualmente alle sue domande sulla fattoria, che sembrava affascinarla molto. Alla fine le ho chiesto che cosa le piacesse di più del college.

«La gente», è stata la risposta quasi automatica. «È lì che ho conosciuto Stacy, Maria e Holly. E anche altre persone.»

«Alla fine che cos'hai studiato?»

«Non lo indovini?» ha replicato. «Qual è stata l'ultima cosa che ti ho detto in spiaggia?»

Che le piaceva la mia voce, ma che cosa c'entrava con i suoi studi? L'ho guardata con aria interrogativa.

«Mi sono laureata in vocal performance.»

6

Arrivati al *Don CeSar*, Morgan mi ha dato le indicazioni per raggiungere il parcheggio dell'hotel. Ha mostrato la chiave elettronica della sua camera alla guardia del parcheggio e dopo aver posteggiato la macchina e afferrato la chitarra dal sedile posteriore, ci siamo incamminati verso l'hotel. Entrando dal garage, abbiamo percorso gli ampi corridoi rivestiti di moquette, superando boutique eleganti e una gelateria. Il mio abbigliamento era senz'altro inadeguato, ma Morgan non ci ha badato.

Siamo usciti nella zona piscina perfettamente curata. A destra, c'era un ristorante con i tavoli sistemati anche sulla spiaggia; davanti a noi, a sinistra, due piscine circondate da decine di sdraio e il bar affollato. Al ristorante, ormai chiuso, c'erano ancora due o tre coppie che indugiavano ai tavoli godendosi la brezza marina.

«È l'hotel più elegante che abbia mai visto», ho commentato, cercando di non guardarmi intorno come un ebete.

«È piuttosto vecchio. Negli anni Trenta attirava clienti da tutta la costa orientale e durante la Seconda guerra mondiale è stato prestato all'esercito per curare i soldati affetti da sindrome da stress post-traumatico. Ovviamente all'epoca non si chiamava così. Successivamente è un po' decaduto, ma poi i proprietari attuali l'hanno fatto rifiorire riportandolo allo splendore originario.»

«Sei molto informata, vedo.»

Mi ha dato una gomitata facendo una smorfia. «Nell'atrio che abbiamo attraversato ci sono cartelloni con la storia dell'hotel.»

Mi sono limitato a sorridere, piacevolmente sorpreso dal contatto fisico. Passando tra due piscine, abbiamo superato il bar fino a una passerella di legno vicino alle dune. Appena siamo scesi in spiaggia, lei si è fermata per tirare fuori il cellulare.

«Devo dire alle mie amiche dove sono», mi ha spiegato e, qualche secondo dopo, le è squillato il telefono. «Anche loro stanno per andare via, quindi arriveranno tra un po'.» Tutt'a un tratto ha allungato il braccio e mi ha appoggiato una mano sulla spalla. «Resta fermo un secondo, così mi tolgo gli stivali», mi ha ordinato rimanendo in equilibrio su un piede. «Non voglio rovinarli. Però ricordami di prenderli, okay?»

«Scommetto che te lo ricorderai tu stessa non appena ti accorgerai di essere a piedi nudi.»

«È probabile», ha ribattuto con un sorriso malizioso. «Ma mi servirà per capire se sei un tipo affidabile. Pronto?»

«Dopo di te.»

Ci siamo incamminati lungo la spiaggia fianco a fianco, ma non troppo vicini da toccarci. Il cielo scuro era punteggiato di stelle e una falce di luna era sospesa sopra l'orizzonte.

L'oceano mi appariva pacifico e sinistro allo stesso tempo, il fragore delle onde a ricordare la sua potenza. Vidi una coppia che passeggiava sulla riva, e da lontano arrivavano le voci dal bar. Accanto a me, Morgan sembrava scivolare sulla sabbia, i lunghi capelli mossi dalla brezza salmastra.

Appena oltre l'alone di luce dei lampioni dell'hotel c'erano due sdraio: qualcuno le aveva dimenticate lì oppure ce le aveva appena trascinate.

Morgan le ha indicate. «Aspettano proprio noi.»

Ci siamo seduti l'uno di fronte all'altra e Morgan si è girata verso l'acqua, l'espressione calma e serena nel chiaro di luna. «L'oceano è così diverso al buio», ha osservato. «Di giorno sembra invitante, ma di notte mi immagino sempre che ci siano squali giganti in agguato tra le onde.»

«Non hai mai fatto un bagno a mezzanotte, allora?»

«Neanche per sogno», ha risposto, poi si è girata verso di me.

Nonostante l'oscurità, ho intravisto il suo sorriso. «Posso farti una domanda?» ho azzardato, chinandomi in avanti. «Che cosa intendevi quando hai detto di esserti laureata in vocal performance?»

«È il nome del corso di laurea.»

«In pratica... canto?»

«Qualcosa del genere. Ma bisogna superare l'esame di ammissione.»

«In che cosa consiste?»

«Oltre all'esibizione registrata o dal vivo, c'è anche una prova alle tastiere, quindi devi saper suonare il piano. E poi le solite cose: trascrizioni, storia della musica, esibizioni, premi... E chi più ne ha, più ne metta.»

«Ci sono lezioni vere e proprie o canti e basta?»

«Certo che ci sono lezioni – cultura generale, teoria e storia della musica, allenamento dell'orecchio, tanto per cominciare –, ma, come puoi immaginare, quello che facciamo al di fuori delle lezioni è altrettanto importante. Ci sono cori, prove, esercitazioni al piano, esibizioni e concerti. La scuola offre uno dei migliori programmi d'opera di tutto il Paese.»

«Vuoi diventare una cantante lirica?»

«No, ma se pensi ad artiste come Mariah Carey o Beyoncé o Adele, è il loro controllo vocale – la precisione, l'ampiezza e la potenza – a renderle speciali. Il repertorio lirico ti può aiutare in queste cose. Ecco perché ho voluto studiarlo.»

«Pensavo che ti piacesse ballare.»

«Si possono amare entrambe le cose, no?» ha ribattuto. «In ogni caso, il canto è stato il mio primo amore. Da piccola cantavo sempre, in bagno, in camera, in giardino, dovunque, come fanno tante bambine. Quando ho iniziato a portare il busto, prima di cominciare a ballare, è stato difficile per me, e non solo per via dei miei genitori o degli interventi. Non potevo praticare nessuno sport e nemmeno scorrazzare per il quartiere con i miei amici; la mamma doveva portarmi lo zaino a scuola e in classe avevo bisogno di una sedia speciale... e a volte i bambini sono spietati. In quel periodo ho iniziato a cantare più spesso perché mi faceva sentire... normale e libera, non so se mi spiego.»

L'ho guardata, immaginandomi una bambina costretta a portare un busto, che avrebbe voluto essere come tutti gli altri ma non poteva. Chissà quanto avrà sofferto!

Lei ha capito a che cosa stavo pensando perché si è girata

verso di me con un'espressione quasi desolata. «Scusami. Di solito non racconto queste cose alle persone che ho appena conosciuto.»

«Lo considero un onore.»

«Però... non devi pensare che voglia la tua compassione, perché non è così. Ognuno ha le sue sfide da affrontare e tante persone hanno avuto una vita più difficile della mia.»

Ho intuito che si riferisse al fatto che io avevo perso mia madre, così ho annuito. «Quindi... canto?»

«Già», ha confermato. «Per farla breve, alla fine i miei genitori mi hanno iscritto a lezioni di canto e pianoforte, così anch'io avevo qualcosa da fare dopo la scuola, come i miei compagni. Credevano fosse una fase passeggera, ma proprio come è accaduto per la danza, più mi esercitavo, più per me diventava importante. Ho continuato a cantare per tutte le superiori e per anni ho preso lezioni private. La mia esperienza alla IU è stata una specie di ciliegina sulla torta. Ovviamente i miei genitori non sono entusiasti della mia carriera universitaria, ma non ho lasciato loro scelta.»

«Perché non dovrebbero essere entusiasti?»

«Sono dottori», ha risposto lei, come se questo spiegasse tutto. Io l'ho guardata e lei ha aggiunto: «Avrebbero preferito che avessi sogni più tradizionali».

«Quindi per te cantare è una cosa seria.»

«È la mia vocazione», ha detto guardandomi negli occhi.

«E adesso, quali sono i tuoi progetti ora che ti sei laureata?»

«Tra qualche settimana partirò per Nashville. Un altro dei motivi che mi ha spinto a laurearmi in fretta. Ho vent'anni, quindi ho tutto il tempo di sfondare nel mondo della musica.»

«Come pensi di mantenerti? Ti troverai un lavoro?»

«I nonni mi hanno dato dei soldi per la laurea. Non ci crederai, ma i miei genitori hanno accettato di aiutarmi con l'affitto, quindi per un po' dovrei cavarmela.»

«Strano che i tuoi abbiano accettato, considerato quello che mi hai detto finora.»

«L'ho pensato anch'io, ma papà era terrorizzato all'idea che finissi a vivere in un posto pericoloso, quindi ha convinto la mamma a darmi una mano. Non so per quanto abbiano intenzione di aiutarmi, ma gliene sono grata. So che è difficile sfondare nel mondo della musica e che l'unico modo per riuscirci è impegnarsi al cento percento. Quindi è quello che ho intenzione di fare e continuerò finché potrò. È il mio sogno.»

Sono rimasto profondamente colpito dalla sua determinazione, anche se comunque – dovevo ammetterlo – era una privilegiata: poche persone potevano contare sul sostegno e le opportunità di cui lei godeva. «Anche le tue amiche hanno la tua stessa passione?»

«No, ma balliamo insieme. È così che ci siamo conosciute. Tutte e tre postavano su TikTok i video dei nostri balli, così abbiamo iniziato a esibirci come gruppo.»

«Qualcuno vi guarda?»

Lei ha piegato la testa di lato. «Sono tutte bravissime, meglio di me. Maria, per esempio, è diplomata in danza e ha appena ottenuto un provino con la compagnia di Mark Morris. Le hai viste, comunque. Secondo te?»

«Posso vedere un vostro video?»

«Non ti conosco ancora abbastanza bene.»

«Però permetti a dei perfetti sconosciuti di guardarli.»

«Quando conosci la persona è diverso. Non ti è mai capitato quando canti? Se tra il pubblico c'è qualcuno che conosci – e desideri conoscerlo meglio –, ti innervosisci. O una cosa del genere.»

«Tu vuoi conoscermi meglio?» ho domandato malizioso.

«Non è questo il punto.»

Ho alzato le mani in segno di resa. «Ho capito. Avete molti follower?»

«Difficile rispondere. Che cosa significa 'molti'? C'è chi ha diverse centinaia di milioni di follower e molti altri arrivano tra i cinquanta e i cento milioni. Noi ne abbiamo un po', ma non a quel livello.»

«Quanti sono?»

«Singolarmente o del gruppo nel suo complesso?»

«Entrambi.»

«Io quasi due milioni e più di otto milioni per il gruppo.»

Ho strabuzzato gli occhi, pensando ai quattrocentosettantotto follower o giù di lì che avevo in totale sui miei tre account social. «Avete più di otto milioni di follower su TikTok?»

«Pazzesco, vero?»

«Incredibile», ho detto, senza preoccuparmi di nascondere l'incredulità. «Come siete riuscite a ottenere un risultato simile?»

«Con tanto impegno e altrettanta fortuna, se non di più. Stacy è un genio quando si tratta di conquistare follower e Holly è fantastica nel montaggio video. All'inizio postavamo video sui nostri account. Poi abbiamo cominciato a esibirci agli eventi del campus, e un sacco di studenti hanno iniziato a seguirci. Successivamente abbiamo scoperto gruppi di danza di altri college che facevano la stessa cosa e ci siamo collegate anche ai loro account. E infine, lo scorso novembre, a una partita di basket...» Ha esitato. «Sai che il basket è molto popolare nell'Indiana, vero? Be', la partita era trasmessa a livello nazionale e Stacy conosceva uno dei cameramen. Indossavamo delle magliette con su scritto il nostro account TikTok, e durante un time out l'emittente ha inquadrato gli spettatori. Il cameraman ha zoomato su di noi che facevamo la nostra esibizione a bordocampo. E poi hanno continuato a inquadrarci durante gli intervalli finché, a un certo punto, il telecronista ha citato il nostro nome su TikTok! Infine uno dei filmati è finito su ESPN e il nostro account è diventato popolare. Migliaia di follower, poi decine di migliaia, centinaia... E da lì è stato un crescendo.»

«Ci fate qualche soldo?» ho chiesto affascinato.

«Sì, ma solo recentemente. Capire come guadagnarci qualcosa richiede un sacco di lavoro extra e bisogna decidere quali marchi scegliere, se sono aziende serie o che ci interessa promuovere. In genere, sono Stacy e Holly a occuparsene. Io non ho il tempo di starci dietro, ma le altre tre hanno cominciato a ricavarci qualcosa, e siccome è tutto merito loro, è giusto così. E comunque, ne hanno bisogno. Stacy entrerà alla facoltà di medicina in autunno e Holly deve pagare i prestiti scolastici. Paradossalmente, ha ottenuto un lavoro proprio con ESPN, è incredibile. Vuole diventare broadcaster.»

«E Maria?»

«Be', si vedrà dopo il provino con Mark Morris, ma sua

madre è coreografa e ha lavorato anche a Broadway, perciò è Maria che si occupa delle nostre coreografie. È stata sua madre a mandare le mie registrazioni ad alcuni agenti che conosce a Nashville, perciò vedremo come andrà.»

In base alla mia esperienza, certamente limitata, avere contatti non era una garanzia di successo – anche la band di cui avevo fatto parte aveva incontrato potenziali agenti, sebbene di livello modesto –, ma non avevo nessuna intenzione di dirglielo. «Fantastico», ho detto invece. «Sono sicuro che la vostra presenza su TikTok e Instagram ti sarà utile.»

«Lo spero», ha commentato inaspettatamente. Di fronte alla mia perplessità, ha subito aggiunto: «Sinceramente, non so cosa pensare di tutta questa faccenda dei social e dell'ansia continua di aumentare il numero dei follower».

«Ma avere già dei fan ti aiuterà a fare carriera, giusto?»

«Può darsi. Abbiamo quasi tutte fan femmine, che ci seguono perché amano il nostro look e i nostri passi di danza. Ammetto che cerchiamo di essere il più sexy possibile nelle movenze e nell'abbigliamento: è quello che vende di più.»

Dato che non aggiungeva altro, l'ho incalzata. «Ma?»

Ha sospirato. «Voglio farmi conoscere perché so cantare, non perché sono una ragazza sexy che sa ballare, capisci? E poi c'è il fatto che i social non sono necessariamente positivi per delle adolescenti. I video sono così rimaneggiati che quello che si vede non è propriamente reale, ma la gente ha difficoltà a separare realtà e fantasia. Insomma, non è che ci mettiamo a ballare senza aver fatto prima delle prove, e passiamo un sacco di tempo a sistemarci i capelli, il make-up e gli outfit prima di registrare. Quindi, che senso ha essere considerata un'influencer? O, peggio ancora, una figura di riferimento? Se in un certo senso è tutto finto, intendo.»

Colpito dalle sue parole, non ho commentato. Se devo essere sincero, io non avevo mai riflettuto su queste cose. Del resto, non mi seguiva quasi nessuno, quindi che importanza poteva avere?

«In ogni caso, vedremo come finirà», ha detto, liquidando l'argomento con un gesto della mano. «Adesso voglio sentire la canzone che hai scritto.»

Ho tirato fuori la chitarra dalla custodia e nel tempo necessario ad accordarla ho cercato di fare mente locale su tutti i cambiamenti che avevo apportato. Appena mi sono sentito pronto, ho intonato la prima strofa, dando particolare enfasi al ritornello.

Morgan mi fissava, con un sorriso rapito sulle labbra. Osservandola ondeggiare inconsciamente a tempo di musica, mi sono reso conto ancora una volta di quanto avesse ispirato la canzone. Non solo il testo, ma anche la melodia; nel ritornello c'erano la sua energia e la sua passione.

Alla fine, lei si è sporta verso di me e ha sospirato: «È bellissima. Sei incredibile».

«Devo ancora rifinirla», ho detto. I complimenti mi hanno sempre messo in imbarazzo, ma sapevo già che avrei inserito questo pezzo nel mio repertorio, se non altro per onorare il ricordo di una ragazza tanto speciale.

«Com'era quel pezzo che hai suonato l'altra sera? Quello che parlava del sentirsi perduti...» Ha accennato brevemente alla melodia. «Potresti suonare anche quello?»

Ho capito a quale canzone si riferiva; avevo scritto il testo dopo una giornata particolarmente faticosa alla fattoria, ed esprimeva tutta la mia incertezza e la mia ansia. Era una canzone molto amata dal pubblico, che avrei saputo suonare a occhi chiusi, quindi ho attaccato senza esitare. Poi sono passato a un'altra canzone che avevo scritto tanti anni prima – e che riecheggiava i Lady A – e non ho più smesso. Morgan dondolava o batteva il piede a ritmo di musica. Chissà se mi chiederà di suonare qualcosa che può cantare, mi sono domandato all'improvviso.

Invece non l'ha fatto. Sembrava che le bastasse ascoltarmi e lasciarsi trasportare dalla musica come succedeva a me. Ogni canzone portava con sé un ricordo e ho pensato che non avrei potuto immaginarmi un modo migliore di concludere la serata: in compagnia di una splendida donna su una spiaggia inondata dalla luce bianca della luna.

Quando alla fine ho messo giù la chitarra, dall'hotel si è levato un lieve applauso. Mi sono girato e ho visto sei o sette persone agitare la mano dalla passerella di legno.

Morgan ha inclinato la testa. «Te l'ho detto che hai una voce speciale.»

«Dev'essere un pubblico di bocca buona.»

«Hai scritto tutte queste canzoni da solo? Senza aiuto?»

«Sempre.»

Lei sembrava colpita. «Anch'io ho provato a scrivere e riesco a mettere insieme dei pezzi anche discreti, ma di solito ho bisogno di qualcun altro per il tocco finale.»

«Quante canzoni hai già scritto? Da sola, intendo.»

«Una decina. Ma ho iniziato solo un paio di anni fa. Sto ancora imparando.»

«Una decina è già un bel numero.»

«Tu quante ne hai scritte?»

Non volevo confessarle tutta la verità, quindi gliene ho detta soltanto una parte. «Più di una decina.»

Lei è scoppiata a ridere, perché aveva capito le mie intenzioni. «Mentre cantavi, ti ho immaginato alle superiori quando suonavi in una band. Non ti ci vedo con i capelli lunghi.»

«Anche i miei zii non ne erano particolarmente entusiasti. E tutte le volte che mia sorella mi vedeva su FaceTime, minacciava di tornare a casa e di tagliarmi i capelli mentre dormivo. Ma la cosa terribile è che non avrebbe esitato a farlo davvero.»

«Sul serio?»

«Quando si fissa su una cosa, è impossibile farle cambiare idea.»

In quel momento, qualcuno ha chiamato Morgan. Ho alzato gli occhi e ho visto Stacy, Holly e Maria scendere in spiaggia e venire verso di noi.

«Penso che siano venute a salvarmi», ha bisbigliato Morgan.

«Hai bisogno di essere salvata?»

«No, ma loro non lo sanno.»

Appena ci hanno raggiunto, hanno valutato velocemente la situazione, senza dubbio per capire come mai una ragazza carina come Morgan fosse in compagnia di uno come me.

«Siete venuti qui solo per cantare?» ha chiesto Holly.

«Ho insistito io», si è affrettata a rispondere Morgan. «Ha scritto una nuova canzone e volevo sentirla. Com'è andata al *MacDinton's*?»

Hanno sbuffato in coro, annoiate. «Niente di che», ha risposto Stacy. «Quando hanno smesso di suonare, finalmente siamo riuscite a sentire quello che dicevamo, ed è stato bello, ma poi hanno riattaccato e a quel punto abbiamo deciso di darci un taglio. Si sta facendo tardi.»

C'era un che di protettivo nel tono in cui Stacy lo aveva detto e siccome Morgan non rispondeva, sono intervenuto io schiarendomi la voce: «Anch'io dovrei andare».

Ho iniziato a mettere via la chitarra, dispiaciuto che la serata fosse conclusa. Se Morgan e io avessimo potuto stare ancora un po' di tempo da soli, avrei provato a baciarla, ma pareva che le sue amiche mi avessero letto nel pensiero perché, a quanto pareva, non avevano alcuna intenzione di concederci un ultimo istante di intimità.

«Sono stata bene stasera», ha detto Morgan.

«Anch'io», ho risposto.

Lei si è girata verso le amiche. «Siete pronte?»

«Non dimenticare gli stivali.»

Mi è sembrata divertita dal fatto che glielo avessi ricordato e mi ha salutato con un ultimo cenno della mano prima di incamminarsi verso l'hotel insieme alle amiche. Ho aspettato che arrivassero in fondo alla passerella, dove Morgan ha raccolto gli stivali e se li è messi sottobraccio.

Appena sono entrate nell'hotel, anch'io mi sono incamminato dalla stessa parte, ma mi sono subito accorto del mio errore. La porta era chiusa – serviva la chiave della camera per entrare –, perciò sono dovuto tornare in spiaggia. Alla fine ho scoperto un sentierino di fianco all'hotel che mi ha riportato al parcheggio.

Durante il tragitto di ritorno in macchina, ho pensato a Morgan. Era ricca, raffinata, intelligente, colta, popolare e, manco a dirlo, bellissima. Come le sue amiche, mi domandavo che cosa ci trovasse in uno come me. Apparentemente, non avevamo alcuna affinità. Le nostre vite erano diversissime eppure, per qualche motivo, tra noi era scattato qualcosa. Non necessariamente un sentimento romantico, ma con lei mi ero sentito a mio agio, molto più che con Michelle.

Più tardi, a letto, mi sono chiesto che cos'avrebbe pensato di lei Paige. Secondo me sarebbero andate d'accordo – sono sicuro che Morgan vada d'accordo con tutti –, e mia sorella ha sempre avuto un istinto infallibile riguardo alle persone. Era evidente che fossi attratto da Morgan ed ero affascinato dalla misteriosa sintonia che avevamo instaurato. Nonostante conducessimo vite completamente diverse, trascorrere del tempo lei era stato come tornare a casa.

PARTE SECONDA
Beverly

7

Quand'era bambina – forse aveva nove o dieci anni –, Beverly e la mamma erano andate a New York in autobus. Avevano viaggiato di notte e lei si era addormentata con la testa sul grembo della madre. Quando aveva riaperto gli occhi, si era ritrovata circondata da edifici altissimi, come non ne aveva mai visti prima. Il terminal degli autobus era gremito – Beverly non aveva mai visto tanta gente tutta insieme – ed era solo l'inizio di un viaggio che le era rimasto impresso indelebilmente nella memoria. La mamma voleva che quel viaggio fosse speciale, così aveva preparato un elenco di *Cose da fare*. Al MoMA avevano visto *La notte stellata* di Vincent van Gogh, che era «Un quadro importante di un importante artista famoso», poi avevano pranzato con un trancio di pizza. Nel pomeriggio erano state al Museo di storia naturale, dove Beverly aveva osservato scheletri di varie creature – tra cui una balenottera azzurra e un Tyrannosaurus rex con i denti più grossi di una banana –, rocce meteoritiche e diamanti e rubini. Poi era stata la volta del planetario, dove aveva sollevato lo sguardo su un cielo generato a computer con delle linee che rappresentavano le costellazioni. Erano solo loro due, la mamma l'aveva chiamata «una gita da ragazze» e aveva impiegato più di un anno per mettere da parte i soldi necessari per fare le cose che i ricchi fanno quando vanno a New York. Beverly non lo sapeva, ma sarebbe stato l'unico viaggio che avrebbero fatto insieme. In seguito, per un certo periodo, lei e sua madre non si sarebbero più rivolte la parola, ma quel giorno la mamma in pratica non aveva mai chiuso la bocca e lei era stata felice di tenerla per mano mentre uscivano dal museo e camminavano per Central Park, dove le foglie brillavano arancioni, rosse e gialle. Era autunno, però le temperature erano più vicine a quelle invernali che alle estive e Beverly aveva il naso arrossato per la brezza gelida. La mamma aveva dei fazzoletti di carta nella borsa e, uno dopo l'altro, Beverly li aveva consumati tutti. Avevano cenato in un posto dove il cameriere era vestito come a un matrimonio. Le parole sul menu erano prive di senso per Beverly. La mamma le aveva detto che era un «vero ristorante», ma sebbene il cibo fosse buono, lei avrebbe preferito un altro trancio di pizza. Per raggiungere l'hotel avevano dovuto camminare quasi un'ora. Accanto all'ingresso c'erano due tipi dall'aria losca che fumavano e, una volta dentro, la mamma aveva pagato la camera in contanti a un uomo con una maglietta lurida dietro il bancone. La loro camera aveva due letti con le trapunte macchiate e puzzava un po', come di scarico di gabinetto, ma la mamma era lo stesso al settimo cielo perché, sosteneva, era molto importante vivere la «vera New York». Beverly era talmente stanca che si era addormentata all'istante.

Il giorno successivo lo avevano passato a Times Square, che era dove «andavano i turisti». Beverly aveva ammirato le insegne luminose e i giganteschi cartelloni pubblicitari. Avevano guardato la gente ballare per strada e Beverly aveva visto delle persone mascherate da Topolino o da Statua della Libertà. Le locandine dei teatri reclamizzavano spettacoli vari, ma l'unico che Beverly aveva riconosciuto era stato *Il re leone*. Non erano potute entrare perché i biglietti avevano prezzi «da ricchi», perciò avevano passato gran parte del giorno a curiosare nei negozi di ninnoli e souvenir senza comprare niente a parte un pacchetto di M&M's che Beverly aveva diviso con la mamma. Per pranzo avevano preso due tranci di pizza a testa e per cena un hot dog da un chiosco. In una delle vie secondarie, a Beverly era sembrato di vedere Johnny Depp, l'attore, e una fila di persone che aspettava di farsi fotografare con lui. Anche Beverly aveva chiesto alla mamma una fotografia, ma lei le aveva spiegato che era solo una statua di cera e non l'attore in carne e ossa.

L'ultima sera del loro soggiorno erano salite sull'Empire State Building e a Beverly si erano tappate le orecchie per la velocità dell'ascensore. Sulla terrazza panoramica soffiava un gran vento e c'era un sacco di gente, ma alla fine Beverly era riuscita a intrufolarsi fino a raggiungere un punto in cui poteva ammirare il panorama della metropoli. Accanto a lei c'era un uomo vestito da pirata che muoveva le labbra come se bisbigliasse, ma lei non era riuscita a sentirlo e si era chiesta con chi stesse parlando.

Molto più in basso, i fari delle automobili illuminavano le strade, e nei grattacieli c'erano tutte le luci accese. Nonostante non ci fossero nubi, in cielo non brillavano stelle e la mamma le aveva spiegato che erano state cancellate dalle luci della città. Beverly non aveva capito che cosa intendesse dire – com'era possibile cancellare le stelle? –, ma non aveva avuto modo di chiedere spiegazioni, perché la mamma l'aveva presa per mano e condotta in un altro punto della terrazza dove, in lontananza, si scorgeva la Statua della Libertà. La mamma le aveva raccontato che le sarebbe tanto piaciuto vivere nella «grande metropoli», anche se glielo aveva già ripetuto almeno una decina di volte. Quando Beverly le aveva chiesto come mai non lo avesse fatto, lei le aveva risposto: «Certe cose non è destino che si avverino».

Beverly aveva perso di vista il pirata. Chissà se sta ancora bisbigliando tra sé parole che nessuno sente, si era chiesta. Aveva pensato a Fran e Jillian, le sue compagne di classe, domandandosi se avrebbero festeggiato Halloween insieme. Avrebbe potuto travestirsi da pirata, ma era più probabile che avrebbe usato lo stesso costume da cowgirl dell'anno prima. La mamma aveva già il cappello e la camicia a quadri e la pistola giocattolo con la fondina, e se Beverly le avesse chiesto un costume da pirata, sapeva che le avrebbe risposto che non potevano permetterselo.

La mamma continuava a parlare e parlare, ma lei non l'ascoltava. A volte, quando sua madre chiacchierava, Beverly già sapeva che non erano cose importanti. In un altro punto della terrazza, avevano visto il ponte di Brooklyn, che pareva piccolo come un giocattolo. Avevano passato quasi un'ora sulla terrazza e quando, alla fine, Beverly si era girata verso la mamma, si era accorta che aveva le guance rigate dalle lacrime. Sapeva che era inutile chiederle perché stesse piangendo, ma in quel momento avrebbe tanto desiderato che potesse esaudire il suo sogno di vivere nella «grande metropoli».

Tutt'a un tratto Beverly aveva udito delle grida e del trambusto e qualcuno l'aveva urtata così forte da farla quasi cadere. Si era afferrata alla mano della mamma e insieme si erano ritrovate imprigionate nel flusso della folla come pesci nella corrente. Se si fossero fermate, sarebbero state calpestate – Beverly se ne rendeva perfettamente conto –, così avevano continuato ad avanzare barcollando. Beverly vedeva solo gente intorno, gomiti che si sollevavano, borse che ondeggiavano. Poi le grida erano aumentate e altra gente si era unita alla ressa; tutte le persone sulla terrazza si stavano dirigendo dalla stessa parte, tutte catturate nello stesso gorgo, finché Beverly e sua madre erano state sputate fuori e avevano ritrovato l'equilibrio.

«Che cosa succede?»

«Non lo so.»

Sopra il ruggito della folla, Beverly riusciva a distinguere grida isolate. «No!» e «Torna indietro!» e «Fermo!» e «Che cosa fai?» e «Scendi giù!» Beverly non capiva il significato, sapeva soltanto che stava succedendo qualcosa. Anche sua madre lo sapeva; si era sollevata in punta di piedi cercando di sbirciare oltre la folla, quando improvvisamente tutti avevano smesso di muoversi. Per qualche secondo era regnato il silenzio più assoluto ed era stata la sensazione più innaturale che Beverly avesse mai sperimentato, finché le grida avevano ricominciato, stavolta addirittura più forti di prima.

«Che cos'è successo?» aveva urlato una voce.

«È saltato», aveva risposto un'altra.

«Chi è saltato?»

«L'uomo vestito da pirata!»

C'erano barriere e recinzioni e Beverly si domandava se avesse sentito male. Perché il pirata sarebbe dovuto saltare? Gli altri edifici erano troppo lontani perché potesse raggiungerli.

La mamma l'aveva presa per mano e la stava tirando. «Andiamo. Dobbiamo scendere.»

«Il pirata è saltato?»

«Quale pirata?»

«Quello che era vicino a me quando siamo arrivate.»

«Non ne ho idea», aveva risposto la mamma. Avevano attraversato il negozio di souvenir e raggiunto gli ascensori dove si era già formata la coda.

«Hanno cercato di afferrarlo, ma nessuno è riuscito a fermarlo», aveva sentito dire Beverly da un uomo accanto a lei. Quando era salita in ascensore, aveva pensato al pirata e alla caduta e si era chiesta che cosa si provasse a cadere sempre più giù, sempre più in basso, finché non restava nessun altro posto dove andare.

8

Beverly era seduta sul letto e sbatteva le palpebre nel buio, consapevole che più che un sogno era stato un ricordo, solo che stavolta anche lei era precipitata, mano nella mano con il pirata. Come sempre, quando riaffiorava dal sogno, si svegliava con il cuore in gola, il respiro mozzo e le lenzuola intrise di sudore.

Non sto cadendo, pensò affannata. Non sto cadendo, ma quella brutta sensazione tardava a passare. Il cuore le batteva ancora forte, il respiro era convulso, e anche quando il sogno iniziò a sbiadire, sapeva di non essere completamente in sé. Il mondo le appariva sfasato ed estraneo. Si costrinse a concentrarsi sugli oggetti nella stanza, a mano a mano che si delineavano in sagome vaghe e scure. Scorse la finestra con le tendine tirate, il cielo bianco dell'alba che occhieggiava da fuori. Vide i suoi vestiti ammucchiati sul pavimento. C'erano una lampada e un bicchiere d'acqua mezzo pieno sul comodino accanto a lei. Dall'altra parte della camera un cassettone e, accanto, uno specchio a figura intera. A poco a poco, cominciò a riconoscere l'ambiente circostante.

Era mattina. Era nella camera da letto della casa che aveva appena affittato e Tommie, suo figlio di sei anni, dormiva nella stanza dall'altra parte del corridoio. Poi ricordò: era da poco arrivata in città. *Sì, la mia nuova vita. Sto iniziando la mia nuova vita*, e solo allora fu in grado di scostare le coperte. Si alzò, avvertì il sottile scendiletto di seta sotto i piedi e ne fu piacevolmente sorpresa. La porta della camera era chiusa, ma sapeva che, al di là, il piccolo corridoio portava alle scale che scendevano al pianterreno, dove c'erano un salotto e un angolo cottura con un tavolo di formica e quattro vecchie sedie di legno.

Beverly si infilò i jeans e la maglietta che erano sul pavimento e si domandò per quanto tempo avesse dormito. Non ricordava a che ora fosse andata a letto, a parte che era molto, molto tardi. Ma che cos'aveva fatto? I ricordi della sera precedente erano vaghi e nebulosi, con gli angoli sfumati e neri al centro. Non ricordava che cos'avesse mangiato per cena, né se avesse cenato, ma si ripeté che non aveva importanza. Ricominciare da capo era sempre fonte di stress e lo stress faceva strani scherzi alla mente.

Uscì in silenzio dalla camera e andò a controllare Tommie: dormiva raggomitolato sotto le coperte. Scese in cucina. Mentre si versava un bicchiere d'acqua del rubinetto, ripensò a una sera di poco tempo prima quando era uscita di soppiatto dalla camera, muovendosi in silenzio e senza accendere le luci. Vestita di tutto punto, era andata a svegliare Tommie. Il suo zainetto era già pronto, nascosto dietro il letto. Lo aveva aiutato a vestirsi e poi erano scesi giù per le scale. Anche lei, come Tommie, portava solo uno zaino con sé, per comodità e per essere più veloce. Sapeva che i vicini avrebbero notato una donna e un bambino che camminavano sul marciapiede nel cuore della notte trascinando dei trolley; sapeva che suo marito Gary avrebbe rintracciato quei vicini e che loro gli avrebbero detto quello che aveva bisogno di sapere per ritrovarla. Nello zaino di Tommie era riuscita a infilarci Iron Man, il suo action figure preferito, e *Go, Dog. Go!* – il libro che gli leggeva ancora tutte le sere –, due magliette, un paio di pantaloni di ricambio, calzini, biancheria, spazzolino e dentifricio e il gel per il suo ciuffo ribelle. Nel suo bagaglio aveva messo più o meno le stesse cose più qualche cosmetico, una spazzola, occhiali da sole, una benda elastica e una parrucca. Passando davanti alla finestra dell'ingresso, non aveva perso tempo a controllare se il SUV nero con i finestrini fumé parcheggiato là fuori da tre giorni fosse sempre al suo posto. Sapeva che sarebbe stato là, magari leggermente più spostato. Dopo aver aiutato Tommie a infilarsi il giubbotto, erano usciti dalla porta di servizio. Aveva fatto attenzione che la zanzariera non sbattesse né cigolasse, richiudendola il più lentamente possibile. Avevano attraversato l'erba bagnata di rugiada fino alla recinzione di legno che delimitava il prato e Beverly aveva aiutato il figlio a scavalcarla per entrare nel giardino dei vicini. Per tutto il tempo Tommie non aveva fiatato. Camminava barcollando, come se fosse ancora mezzo addormentato. Avevano scavalcato una seconda recinzione e avevano proseguito camminando rasente le altre staccionate fino a raggiungere la strada parallela alla loro. Si erano nascosti dietro una macchina parcheggiata e Beverly aveva guardato in entrambe le direzioni. Nessun SUV nero con i finestrini fumé in vista.

«Dove andiamo?» le aveva chiesto Tommie alla fine.

«A fare un viaggio», aveva bisbigliato lei.

«Viene anche papà?»

«Sta lavorando», aveva risposto, ed era la verità, anche se non proprio la risposta giusta alla domanda del figlio.

Era notte fonda, non c'era nessuno in giro, ma le luci della luna e dei lampioni illuminavano le strade. Però lei aveva bisogno di oscurità e ombre per restare invisibile, così aveva condotto Tommie attraverso prati e vialetti, tenendosi addossata alle case. Le rare volte che sentiva avvicinarsi una macchina, si riparava con il figlio dietro un cespuglio, un graticcio, e una volta persino dietro un vecchio camper. Ogni tanto si sentiva abbaiare un cane, ma era sempre lontano. Avevano continuato a camminare, ma Tommie non piagnucolava, non si lamentava nemmeno. Le vie residenziali a poco a poco avevano lasciato il posto a zone commerciali e, infine, un'ora e mezza più tardi, a un'area industriale con magazzini, uno sfasciacarrozze e parcheggi con recinzioni metalliche. Non c'era nessun posto dove nascondersi, ma le strade erano deserte. Quando avevano raggiunto la stazione degli autobus, l'atrio sapeva di fumo di sigaretta e frittura e urina. In bagno, Beverly si era raccolta i lunghi capelli e aveva indossato la parrucca. Da bionda si era trasformata in mora con un caschetto cortissimo. Si era stretta una lunga fascia elastica intorno al seno per schiacciarlo, tirandola sino a farsi mancare il respiro. Si era calcata in testa anche il berretto da baseball e, sebbene fosse ancora buio, si era infilata gli occhiali da sole. Tommie non l'aveva riconosciuta quando era uscita. Gli aveva detto di restare seduto spiegandogli che era importante che non andasse in giro, e solo quando gli si era parata di fronte e si era tolta gli occhiali da sole lui l'aveva guardata con gli occhi strabuzzati. Lo aveva fatto spostare su un sedile ancora più isolato in un angolo del terminal, lontano dalla biglietteria, e gli aveva detto di rimanere fermo lì.

Quando era andata a comprare i biglietti c'erano solo poche persone in fila. Aveva aspettato il suo turno dietro una signora anziana con indosso un pesante cardigan marrone. Il bigliettaio era un uomo con le borse sotto gli occhi e un lungo riporto di capelli grigi. Aveva chiesto due biglietti per Chicago e, mentre li pagava, aveva accennato casualmente al fatto che lei e la sorella volevano andare a trovare la madre. Non voleva che l'uomo dietro il plexiglas sapesse che era in viaggio con suo figlio, ma a lui evidentemente non interessava nulla. Non l'aveva nemmeno guardata quando le aveva allungato i biglietti, e lei si era accomodata sul sedile vicino a quello di Tommie, per tenerlo d'occhio senza far vedere che erano insieme. A intervalli di un paio di minuti lo guardava, poi scrutava l'ingresso, per controllare che non arrivasse il SUV nero, ma, grazie al cielo, non si era fatto vedere. Esaminava anche le facce dei passeggeri in attesa, cercando di memorizzarle, per assicurarsi che nessuno prestasse particolare attenzione a un bambino seduto tutto solo. Ma era chiaro che non importasse a nessuno.

Era arrivata l'alba, con uno squillante chiarore primaverile. Finalmente l'autobus giusto aveva acceso il motore sotto la tettoia all'esterno. Con lo stomaco stretto per il nervosismo, aveva mandato avanti Tommie, perché sembrasse che stava salendo a bordo con un uomo che indossava un bomber: padre e figlio che viaggiavano insieme. Dal finestrino lo aveva visto seguire l'uomo verso il fondo del veicolo. Aveva lasciato salire altre persone, quindi era salita superando l'autista dal fisico esile e dai capelli scuri. Aveva preso posto in penultima fila; sull'altro lato, una fila più avanti, c'era un'anziana che lavorava a maglia muovendo i ferri come un direttore d'orchestra. Tommie era rimasto seduto sul sedile davanti a lei finché l'autobus si era messo in movimento, proprio come gli aveva chiesto di fare e, una volta imboccata l'autostrada, si era alzato e l'aveva raggiunta. Le aveva appoggiato la testa sulla spalla mentre lei teneva sempre d'occhio gli altri passeggeri, sforzandosi di memorizzare i loro visi e cercando di capire se qualcuno di loro avesse notato qualcosa di strano.

Aveva ricordato a se stessa che era stata estremamente prudente. Gary era fuori città, a occuparsi delle faccende segrete che gli assegnava il governo. Inoltre, se n'erano andati di sabato, e nei quattro weekend precedenti non aveva messo il naso fuori di casa neanche per un secondo e non aveva nemmeno permesso a Tommie di giocare in giardino, così nessuno si sarebbe insospettito se non li avesse visti per tutta la giornata, facendole guadagnare tempo. Aveva speso una parte dei soldi risparmiati in segreto per sei mesi per mettere un timer alle luci, in modo che si accendessero e si spegnessero la sera. Con un po' di fortuna, l'autista del SUV nero non si sarebbe accorto della loro partenza fino al lunedì mattina, quando sarebbe arrivato lo scuolabus per prendere Tommie.

L'autobus viaggiava spedito e le ore trascorrevano lente. Beverly si ripeteva che ogni minuto passato a bordo era un chilometro in più lontano dalla casa da cui era dovuta scappare. Tommie dormiva accanto a lei mentre attraversavano il Texas e l'Arkansas fino al Missouri. Superavano campi e pascoli, si fermavano in città e paesi quasi tutti con nomi che lei non conosceva. A ogni fermata c'era gente che scendeva e altra che saliva, i freni stridevano, l'autobus sobbalzava e ripartiva per la tappa successiva. Avevano viaggiato così per tutto il giorno e poi la notte, con il motore che rombava sotto i sedili. Quando il nuovo autista aveva dato il cambio al vecchio, sull'autobus non c'era più nessuno dei passeggeri saliti con lei, ma aveva comunque continuato a cercare di memorizzare tutte le facce che vedeva. Al posto della donna che sferruzzava c'era un ragazzo con i capelli corti e una sacca di tela verde scuro. Forse un militare. Quando Beverly lo aveva visto tirare fuori di tasca il cellulare, aveva sentito un tuffo al cuore. Si era abbassata il berretto sulla fronte e aveva guardato fuori dal finestrino, chiedendosi se il giovane lavorasse con Gary e se suo marito fosse già riuscito a rintracciarla. Aveva pensato ancora una volta ai poteri occulti del Dipartimento di sicurezza nazionale. Lei aveva mentito a Gary e a Tommie, ai vicini e agli amici: non era abituata a farlo, ma non aveva avuto altra scelta. Sull'altro lato dell'autobus il ragazzo con i capelli corti aveva messo via il telefono, chiuso gli occhi e appoggiato la testa al finestrino. Non aveva rivolto nemmeno uno sguardo dalla sua parte e a poco a poco lei si era calmata. Per quanto fosse esausta, non riusciva a dormire.

In Missouri l'autobus si era fermato di nuovo. Un'altra stazione, un altro posto senza nome. Beverly aveva mandato avanti Tommie per primo, lo aveva fatto scendere dall'autobus e lo aveva seguito. Lo aveva portato nel bagno delle signore, ignorando l'occhiata perplessa di una donna corpulenta con una camicetta a fiori. Con l'acqua e il gel gli aveva inumidito il ciuffo, e nonostante avesse i soldi contati, aveva deciso di comprare qualcosa da mangiare. Tommie aveva sei anni e cresceva in fretta e le due mele che aveva portato da casa insieme alle due barrette di cereali non erano abbastanza. Al minimarket dall'altra parte della strada aveva comprato latte e due hot dog, ma niente per sé, anche se aveva lo stomaco che brontolava. Si era ripromessa di mangiare una mela di lì a un'ora, pur consapevole che, anche mangiandole entrambe insieme alle barrette, avrebbe continuato ad avere fame. Siccome la cassa era videosorvegliata, aveva fatto in modo di tenere la testa piegata in avanti così che la tesa del berretto le nascondesse il viso.

Erano risaliti a bordo. Tommie era tranquillo e sfogliava le pagine del suo libro. Glielo aveva letto così tante volte che probabilmente lo aveva addirittura imparato a memoria. Sapeva che Tommie era più intelligente della maggior parte dei bambini della sua età, imparava in fretta e capiva situazioni e concetti molto complessi per i suoi anni. Quando lo guardava, a volte vedeva gli occhi di Gary, ma il sorriso era diverso e il naso lo aveva preso da lei. Lo rivedeva appena nato, da lattante e all'asilo nido e, nella sua testa, le figure si mescolavano, facendo di lui un'immagine eternamente familiare e nel contempo sempre nuova e diversa.

Oltre il finestrino c'erano campi e mucche e silos e cartelli autostradali che indicavano un fast food o le uscite successive. Beverly aveva mangiato una delle mele, masticando lentamente, cercando di gustarne il sapore, cercando di farla durare. Si era cucita quasi tutti i soldi che aveva in una tasca nascosta nel giubbotto.

Più tardi erano scesi dall'autobus. Erano già in Illinois, ma ancora molto distanti da Chicago. Aveva guardato Tommie sedersi sulla panca del terminal. Un paio di minuti più tardi era scesa anche lei ed era andata in bagno dove si era chiusa in un cubicolo. Aveva detto al figlio di aspettare e lui aveva ubbidito. Dieci minuti, quindici, venti, finché era stata sicura che tutti i passeggeri scesi dall'autobus avessero già lasciato la stazione. Quando si era sentita tranquilla, si era guardata nello specchio crepato e sporco davanti ai lavandini. Si era tolta la parrucca e, sempre con i capelli raccolti, si era rimessa il berretto da pesca. Adesso era una bionda con i capelli corti. Aveva infilato gli occhiali da sole nello zaino e si era truccata pesantemente gli occhi di nero. Quando era uscita, il terminal era deserto, a parte Tommie. Gli aveva detto di restare in piedi in un angolo mentre andava alla biglietteria. Aveva comprato due biglietti per il primo bus in partenza senza curarsi di dove fosse diretto, l'importante era che la portasse in un posto a caso cosicché fosse più difficile seguire il suo itinerario. Anche stavolta aveva accennato al fatto che viaggiasse con la sorella e si era seduta lontano da Tommie e anche stavolta erano saliti a bordo separatamente.

Dopo un altro giorno e mezzo di viaggio, lei e Tommie si erano finalmente fermati. Erano usciti dalla stazione e si erano incamminati lungo la statale. In prossimità della rampa di accesso, Beverly aveva fatto l'autostop. Li aveva caricati una donna con una station wagon che le aveva chiesto dove fossero diretti. Quando Beverly aveva risposto di lasciarli in un punto qualunque, la donna l'aveva guardata stupita, ma aveva capito al volo che non era il caso di fare altre domande. Da lì avevano trovato un altro passaggio – stavolta un uomo di mezza età che sapeva di Old Spice e per vivere vendeva tappeti – e quando Beverly si era inventata che le si era rotta la macchina, Tommie non l'aveva contraddetta. Erano arrivati in un'altra cittadina. Avevano preso gli zaini e Beverly aveva portato Tommie a mangiare qualcosa in una tavola calda al lato della strada. Aveva chiesto un bicchiere d'acqua calda e ci aveva aggiunto del ketchup per farne una minestra allungata, mentre Tommie mangiava un cheeseburger con patatine fritte e una fetta di torta ai mirtilli con due bicchieri di latte.

All'incrocio, Beverly aveva scorto un motel economico. Si era diretta là, pur sapendo di non poterci rimanere più di un paio di notti. Non poteva sprecare soldi se voleva affittare un appartamento. Ma al momento non aveva scelta e dopo aver sistemato Tommie nella stanza, fuori moda ma funzionale, era tornata alla tavola calda e chiesto alla cameriera se poteva prestarle il cellulare per fare una chiamata veloce, insieme a una penna e a un tovagliolo. La donna, che a Beverly ricordava vagamente sua madre, aveva capito l'urgenza della sua richiesta. Beverly aveva soltanto finto di telefonare e, dandole le spalle, aveva cercato in rete alloggi in affitto nella zona. Non erano molti e si era annotata gli indirizzi, quindi aveva cancellato la cronologia prima di restituire l'apparecchio. Era uscita dalla tavola calda e aveva domandato indicazioni ai passanti per andare a visionare le case. Aveva iniziato dagli appartamenti più economici, poi era passata all'unica bifamigliare che aveva trovato e infine alla villetta indipendente. Nessun alloggio faceva al caso suo, ma ce n'era ancora uno da vedere.

Al mattino, dopo aver portato Tommie a fare colazione alla tavola calda e quindi di nuovo al motel, aveva ripreso le ricerche. A parte le due mele e le barrette di cereali non mangiava da tre giorni. Camminava lentamente, ma doveva comunque fermarsi ogni pochi minuti e aveva impiegato molto tempo a trovare la casa. Era alla periferia della città, in campagna: un'imponente costruzione a due piani circondata da grandi querce che allungavano i loro rami contorti in tutte le direzioni, simili a dita artritiche. Il prato stentato sul davanti era coperto di erbacce: tarassaco, gramigna e correggiola. Un viottolo sterrato conduceva a una veranda coperta arredata con due vecchissime sedie a dondolo. La porta d'ingresso era di un rosso brillante, assurdo a confronto della pittura bianca sporca e scrostata dei muri esterni. Ai lati della casa c'erano aiuole di azalee e gigli dorati, i fiori ormai avvizziti simili a chiazze di colore in una foresta dimenticata. La casa doveva avere almeno cinquanta o cento anni, ed era abbastanza isolata da non attirare sguardi curiosi.

Beverly aveva sbirciato dentro diverse finestre. I colori al pianterreno erano accesi. La cucina era tinteggiata di arancione, il salotto aveva una parete borgogna e i mobili erano scompagnati. Il pavimento era di grandi assi di pino consunte e in cucina c'era del linoleum. I davanzali erano stati ripitturati così tante volte che Beverly si era chiesta se le finestre si aprissero ancora. Tornata in città, aveva domandato alla cameriera della tavola calda se poteva prestarle il telefono. Aveva chiamato il proprietario della casa e ci era tornata nel pomeriggio per vederla dentro. Per sicurezza, aveva cancellato la chiamata. Per visitare l'alloggio si era travestita come la notte in cui era fuggita.

Mentre camminava per le stanze, si era resa conto che c'era parecchio lavoro da fare. Il lavandino era incrostato di sporco, i fornelli unti di grasso, il frigorifero pieno di cibo probabilmente scaduto da mesi. Al piano superiore c'erano due camere da letto e un salottino oltre a due bagni e a un armadio per la biancheria. Per fortuna, non c'erano macchie di umidità sui soffitti e gli scarichi e le docce funzionavano. Nella veranda posteriore c'erano una lavatrice e un'asciugatrice, entrambe un po' arrugginite ma ancora funzionanti. Accanto e dietro gli elettrodomestici c'erano armadietti pieni di cianfrusaglie insieme a decine di barattoli di vernice al lattice, una scorta sufficiente a ridipingere tutta la casa, di almeno una dozzina di colori diversi. Non assomigliava per nulla alla casa che aveva condiviso con Gary, moderna ed essenziale all'esterno e arredata con mobili dalle linee pulite e armadietti perfettamente organizzati, senza niente fuori posto. La loro casa sembrava uscita dal futuro, fredda e priva di emozioni come lo spazio siderale, mentre questa emanava un senso di accogliente comodità.

La cosa bella era che la padrona di casa aveva un tuttofare che si occupava delle riparazioni, quindi le sarebbe bastato chiamare in caso di bisogno. Le utenze erano incluse nell'affitto e la casa era ammobiliata, sebbene l'arredamento fosse tutt'altro che nuovo. Il divano era logoro ma comodo, il televisore era invece più recente e in un armadietto c'era un vecchissimo lettore DVD; i tavolini e le lampade erano di stili completamente diversi. Nelle camere c'erano letti e cassettoni e nei bagni anche gli asciugamani. Nel piccolo ripostiglio di fianco alla cucina c'erano una scopa, uno spazzolone, detersivi vari, in gran parte già mezzo utilizzati, e un assortimento di altra roba: lampadine di ricambio, due prolunghe, lo scopino per la tazza e lo sturalavandini, una paletta per le mosche, una scatola di chiodi e viti e un martello. C'erano anche una pinza e due cacciaviti. Vicino agli attrezzi c'era mezza scatola di batterie AA e due da 9 volt. Un deumidificatore. Stracci, cartavetrata e una scala. Di sopra, nell'armadio della biancheria, c'erano lenzuola e federe, che però sarebbe stato necessario lavare nell'elettrodomestico arrugginito nella veranda posteriore. Negli armadietti della cucina c'erano piatti e bicchieri e utensili, padelle, tegami e persino qualche Tupperware. Era come se gli abitanti della casa fossero svaniti all'improvviso, risucchiati nell'etere o sgattaiolati via nottetempo, portandosi dietro solo lo stretto indispensabile. Consapevoli di doversene andare, che era il momento di scappare. Avevano preso solo quello che entrava nel portabagagli della macchina e abbandonato tutto il resto per necessità.

Proprio come me e Tommie.

Beverly aveva passato un dito sul bancone, mentre una mosca le ronzava intorno, e aveva notato ditate sporche sullo sportello del frigo e macchie di unto sui muri della cucina. Avrebbe potuto senz'altro vivere lì, anche se la casa era troppo grande, e l'idea l'aveva inebriata con le sue implicazioni. Avrebbe potuto trasformarla in una vera casa e sarebbe stata soltanto sua e di Tommie, di loro due e basta. Fuori dalla finestra aveva visto il fienile, che, a quanto le era stato detto, veniva usato come deposito ed era off limits per lei. Non le interessava, dal momento che non aveva portato quasi niente con sé, tantomeno delle cose da sistemare in un fienile. Si era voltata a guardare Tommie, seduto su un ceppo sul ciglio della strada. Lo aveva portato con sé stavolta, chiedendogli però di aspettarla fuori. Si stava studiando il dorso della mano e Beverly si era chiesta a che cosa stesse pensando. A volte avrebbe preferito che si aprisse un po' di più, ma era un bambino che teneva per sé i suoi pensieri, come se la sua massima aspirazione fosse muoversi per il mondo in silenzio, senza attirare l'attenzione. Con gli anni sarebbe cambiato, probabilmente, e mentre lo osservava aveva capito che era la persona che amava di più al mondo.

Adesso era mattina ed erano nella loro nuova casa, ma gli altri particolari erano sempre sfocati. Ricordava che la padrona di casa non le aveva fatto troppe domande né le aveva chiesto referenze, e questa era stata una sorpresa e una fortuna; aveva pagato in contanti la cauzione e il primo mese di affitto, ma quanto tempo era passato? Quattro giorni? Cinque? In ogni caso, era riuscita a iscrivere Tommie a scuola e ad assicurarsi che lo scuolabus passasse a prenderlo; era anche andata a fare un po' di spesa, quindi lui avrebbe avuto latte e cereali per colazione e panini per pranzo. In un negozietto poco più avanti lungo la via aveva comprato lo stretto necessario, andando a caccia di sconti. Per sé si era presa avena e fagioli secchi, due sacchetti di riso, burro, sale e pepe, ma Tommie aveva bisogno di una dieta più varia, così aveva speso uno sproposito per comprare sei mele. Aveva acquistato anche hamburger e cosce di pollo in offerta a meno di un terzo del prezzo normale perché prossimi alla scadenza. Aveva diviso la carne in porzioni singole e l'aveva messa nel freezer; ne avrebbe tirata fuori una porzione al giorno per Tommie, accompagnandola con fagioli o riso. Di sera, dopo aver guardato la tv, gli leggeva *Go, Dog. Go!* e si accertava che si lavasse i denti. Le giornate si stavano allungando, così gli aveva promesso che sarebbero andati a esplorare la proprietà dietro la casa.

Non aveva avuto l'energia di fare molto altro. Restava seduta per ore sulla sedia a dondolo in veranda e dormiva molto mentre Tommie era a scuola e la casa era silenziosa.

Nonostante la profonda spossatezza che l'aveva travolta dal loro arrivo, fissare le pareti arancioni della cucina le ricordò che aveva del lavoro da fare prima che la casa acquistasse un aspetto familiare. Dopo aver posato il bicchiere vuoto nel lavandino, tirò fuori dalla credenza la vecchia scatola di biscotti. Alzò il coperchio e tolse il rotolo di banconote che ci aveva nascosto il primo giorno. Sfilò qualche banconota, sapendo che doveva tornare a fare la spesa, dato che le provviste erano quasi terminate. Poi avrebbe pulito la cucina da cima a fondo, a partire dai fornelli. Doveva anche svuotare il frigo di tutti gli avanzi. Se voleva levare l'arancione dalle pareti, avrebbe dovuto prima togliere le macchie di sporco. Aveva sempre sognato una cucina di un bel giallo, allegro e caldo, con gli armadietti bianchi. Infine avrebbe potuto cogliere un mazzolino di fiori, da mettere in uno dei vasetti di marmellata vuoti che aveva trovato nella credenza. Chiuse gli occhi, elettrizzata al pensiero dell'aspetto che avrebbe avuto la cucina una volta terminata.

Contò il denaro rimanente prima di rimetterlo via. Pur

avendo fatto i calcoli mentalmente, toccando con mano le banconote aveva la sensazione che la somma, in un certo senso, fosse più vera. Non sarebbe bastata per chissà quanto tempo, ma finché si fosse accontentata di piccole porzioni di riso e fagioli e avena, le sarebbe durata per un altro po', compreso l'affitto per un mese. Però era dura. L'ultima volta che era stata a fare la spesa, aveva rubato due acini d'uva da un grappolo che non poteva permettersi e il gusto zuccherino l'aveva fatta quasi gemere di piacere.

In ogni caso, i soldi sarebbero finiti piuttosto in fretta, per quanto avesse economizzato. Avrebbe dovuto cercarsi un lavoro, ma avrebbe voluto dire compilare moduli e presentare documenti. Il numero di previdenza sociale, forse persino la patente. Qualche datore di lavoro richiedeva anche un numero di telefono. I primi due non avrebbe potuto usarli, perché Gary di sicuro li aveva già segnalati, per questo non se li era nemmeno portati dietro. E non aveva neppure un telefono. Ne aveva trovato uno abbandonato nel cassetto del comodino il primo giorno, ma serviva una password o l'impronta digitale per essere sbloccato, quindi era inutilizzabile, senza contare che apparteneva a un'altra persona, sebbene fosse stato dimenticato lì. Il che stava a significare che era completamente isolata e questo, pur essendo un vantaggio per lei, aveva anche dei risvolti negativi. Avrebbe potuto fornire informazioni false – scrivendo un numero qualunque sul modulo –, ma sarebbe stato rischioso. Gli stipendi erano comunicati all'IRS, l'agenzia governativa per la riscossione dei tributi, e prima o poi il datore di lavoro avrebbe scoperto la verità. E, di conseguenza, l'avrebbe scoperta anche Gary. Dalla sua posizione di prestigio al

Dipartimento di sicurezza nazionale, aveva accesso a qualsiasi informazione.

Doveva trovare un lavoro pagato in contanti. Come baby-sitter o donna delle pulizie, o magari avrebbe potuto proporsi per cucinare o fare compagnia a una persona anziana. Magari c'era una bacheca con le offerte di lavoro in città, e si ripropose di cercarla.

Oggi, pensò. Troverò l'energia di fare tutto quello che serve.

Dal piano di sopra le giunse lo scricchiolio della porta di Tommie che si apriva. Lo guardò scendere le scale strofinandosi gli occhi ancora assonnati, il ciuffo ribelle scompigliato. Indossava una delle due magliette che gli aveva messo nello zaino. Quanto tempo sarebbe passato prima che gli altri bambini cominciassero a prenderlo in giro perché portava sempre gli stessi vestiti? si domandò Beverly. Tirò fuori il latte dal frigorifero e una scatola di Cheerios dalla credenza. Gli inquilini precedenti avevano lasciato dello zucchero, ma lei non si fidava a usarlo. Chissà quali rivoltanti creature avevano deciso di farci il nido.

Versò i cereali in una scodella e li portò in tavola insieme a un cucchiaio. Sul bancone c'era il flacone di gel per capelli e lei se ne mise qualche goccia sulle mani, poi le passò sui capelli del figlio.

«Come hai dormito, tesoro?» gli chiese baciandolo sulla guancia.

Tommie si limitò a scrollare le spalle, ma lei non se ne stupì. Era un bambino normalmente taciturno, ma riuscire a farlo parlare la mattina era un'impresa quasi disperata. Prese dal bancone il burro di arachidi e la marmellata e le ultime due fette di pane. Preparò un panino, lo avvolse nel cellophane e lo mise in un sacchetto di carta insieme all'ultima mela e agli spiccioli sufficienti per comprare del latte. Avrebbe voluto avere abbastanza soldi da potersi permettere uno snack ai cereali o una tavoletta di cioccolato, o magari del prosciutto o del tacchino a fette, ma non era possibile. Infilò il sacchetto con il pranzo nello zaino di Tommie, poi si mise seduta a tavola guardandolo con amore.

«Tesoro? Ti ho fatto una domanda.»

Lui prese un boccone di cereali e, dopo averlo ingoiato, rispose: «Bene».

«E basta?»

Lui annuì e lei aspettò. «Hai fatto un brutto sogno?» Subito dopo averlo chiesto, si rese conto che in realtà stava parlando di se stessa.

Lui scosse la testa.

«Tesoro? Sto parlando con te. È successo qualcosa stanotte?»

«C'era tanto rumore.»

«In che senso?» Lei cercò di parlare con tono tranquillo. Non poteva trattarsi di Gary; non era possibile che l'avesse già rintracciata.

«C'erano i grilli. A milioni. E anche delle rane, credo.»

Lei sorrise. «Siamo in campagna, hai ragione.»

Lui annuì. Prese un'altra cucchiaiata di cereali.

«Com'è la scuola? E la tua maestra?»

Beverly non riusciva assolutamente a ricordare il nome dell'insegnante, ma, dopotutto, non mancava più molto alla fine dell'anno scolastico e lei era stata a scuola solo per iscriverlo, quindi era assolutamente scusata.

«Tommie?»

«È brava», disse lui con un sospiro.

«Ti sei già fatto qualche amico?»

Dopo un altro cucchiaio di cereali, Tommie si decise a guardarla. «Possiamo prendere un cane?»

Lo aveva già chiesto in passato: era un'altra di quelle cose che le ricordava che avrebbe voluto fare decisamente di più per lui. Gary non glielo aveva mai permesso, ma anche se ormai lui faceva parte del loro passato, Beverly era consapevole che al momento non potevano concedersi di avere un cane. E se avessero dovuto fuggire di nuovo? «Vedremo», disse per prendere tempo.

Tommie annuì, sapendo perfettamente che quella risposta equivaleva a un no.

Finita la colazione, Beverly gli sistemò la maglietta, gliela lisciò, poi lo aiutò a mettersi in spalla lo zaino. Salì in camera per infilarsi le scarpe, quindi accompagnò il figlio fino al ceppo sul ciglio della strada dove si sedevano ad aspettare lo scuolabus. L'aria era già pesante e Beverly sapeva che sarebbe stata un'altra giornata torrida.

L'autobus arrivò di lì a pochi minuti e mentre Beverly guardava Tommie salire a bordo in silenzio, notò che la calura aveva già reso l'orizzonte liquido.

9

Il minimarket più vicino a casa non avrebbe aperto prima di un'ora, perciò Beverly rimase a guardare lo scuolabus sparire in una nuvola di polvere e tornò in casa con l'intenzione di dedicarsi alla pulizia dei fornelli.

Andò in bagno e si legò i capelli in una coda usando un elastico recuperato in uno dei cassetti in camera da letto, quindi rovistò sotto il lavandino in cucina e nel ripostiglio per trovare il detersivo giusto. Lo spruzzò sul piano cottura e cominciò a strofinare – c'erano bruciature e graffi ovunque –, ma alcune incrostazioni erano così resistenti che alla fine prese un coltello da burro, avvolse il panno intorno alla punta e si mise a grattare energicamente, provando una strana soddisfazione nel vedere che si arricciavano e si staccavano.

Terminata la pulizia dei fornelli, grondava sudore per lo sforzo. Spruzzò il detergente dentro il forno, sapendo di doverlo lasciare agire per un po', e salì in camera a cambiarsi la maglietta. La lavò con un po' di shampoo e la appese ad asciugare sul bastone della doccia. Non aveva senso usare la lavatrice per un solo indumento. Poi si preparò. Indossò una maglietta pulita, raccolse i capelli e si infilò la parrucca, tornando a essere una bruna con il caschetto, quindi si strinse la benda elastica sul petto. Si mise del fondotinta scuro per cambiare colore alla pelle e si applicò un rossetto vivace. Con gli occhiali da sole e il berretto da baseball faticava a riconoscersi allo specchio. Perfetto.

Uscì di casa e imboccò il vialetto di ghiaia che portava in città, sentendola scricchiolare sotto i piedi. Si fermò un paio di volte a guardare la casa alle sue spalle, cercando di stabilire a quale altezza diventava invisibile dalla strada. Da quando erano arrivati, si girava istintivamente verso le finestre tutte le volte che sentiva avvicinarsi una macchina, per capire se rallentava, e adesso voleva controllare a quale distanza poteva fermarsi senza essere notata.

Impiegò quasi un'ora a percorrere i quattro chilometri e mezzo fino al negozio; al ritorno ci avrebbe messo di più, dato che avrebbe avuto le borse della spesa, di cui una con quattro litri di latte. Sapeva che era un ottimo allenamento, così come sapeva di essere già fin troppo magra e che l'ultima cosa che le serviva era fare esercizio. Guardandosi allo specchio mentre appendeva la maglietta, era riuscita a contarsi tutte le costole.

Il negozio era a conduzione famigliare, non faceva parte di una catena. Si chiamava *Red's* e sembrava risalire agli anni Sessanta, quando Kennedy era presidente. Sull'altro lato della via c'era una stazione di servizio altrettanto antiquata con accanto un negozio di ferramenta. Poi più di un chilometro di campi e quindi il motel e la tavola calda. Se avesse proseguito per il centro, forse avrebbe trovato un negozio meno costoso e più fornito, ma avrebbe dovuto camminare di più anche al ritorno.

La scelta era limitata, ma non aveva importanza, in quanto anche la sua lista lo era. Mise nel cestino mele, latte, pane e una scatola di cereali. Trovò hamburger e cosce di pollo, ma stavolta non in offerta. Nonostante fosse preoccupata per i soldi, acquistò del burro, oltre a qualche carota e a un cavolfiore, perché Tommie aveva bisogno di verdure. Poteva cuocere a vapore il cavolfiore, poi aggiungere latte e burro e servirlo come un purè. Ogni volta che aggiungeva qualcosa alla spesa, sottraeva il costo dai soldi che aveva portato con sé. Non voleva chiedere alla cassiera di togliere un articolo già battuto. E non voleva attirare inutilmente l'attenzione.

Davanti a lei in coda c'era una signora e Beverly notò che la cassiera era un tipo ciarliero. Accanto alla cassa c'era l'espositore dei giornali, così ne prese uno. Quando arrivò il suo turno, la cassiera avvicinò il cestino e iniziò a svuotarlo mettendosi a chiacchierare. Beverly si era messa di profilo, per nascondere il più possibile il viso, e teneva lo sguardo incollato alla rivista per non essere costretta a parlare. Con la coda dell'occhio, vide la cassiera battere gli articoli. Sulla targhetta del nome c'era scritto PEG. Beverly appoggiò la rivista quando fu passato l'ultimo articolo e tirò fuori le banconote che si era infilata in tasca. Poi le venne in mente che doveva chiedere una cosa. «C'è una bacheca con le offerte di lavoro da qualche parte? Per donne delle pulizie o baby-sitter?»

«C'è una bacheca vicino all'uscita, ma non ho idea di che cosa ci sia attaccato», rispose Peg con un'alzata di spalle mentre infilava la spesa nei sacchetti di plastica. «Ha trovato tutto quello che le serviva?»

«Sì», rispose Beverly mentre prendeva il primo sacchetto e se lo infilava al braccio.

Peg alzò gli occhi e la scrutò più attentamente. «Mi scusi, ma ci conosciamo? Ha una faccia familiare.»

«Non credo», borbottò Beverly prendendo anche l'altra busta e incamminandosi verso l'uscita. Sentiva lo sguardo di Peg su di sé. Forse c'era lei di turno l'ultima volta che aveva fatto la spesa lì, pensò con un senso di panico crescente. Altrimenti perché Peg aveva avuto l'impressione di conoscerla? Di che cosa poteva trattarsi?

A meno che...

Per un attimo ebbe la tentazione di posare a terra i sacchetti; le domande le si affollavano nella testa vorticando e rimbalzando come i vestiti in un'asciugatrice.

E se il marito di Peg fosse stato un agente di polizia?

E se avesse visto un identikit segnaletico di Beverly e lo avesse portato a casa?

Se avesse chiesto alla moglie di starci attenta?

E se...?

Si fermò e chiuse gli occhi cercando di non vacillare, di rallentare il flusso dei pensieri.

«No», disse a voce alta aprendo gli occhi. Una cosa del genere era impossibile. Senza dubbio Gary aveva già diramato un ordine di cattura nazionale – *Rapitrice a piede libero!* –, ma era improbabile che il marito di Peg avesse portato a casa la segnalazione. Per quale motivo? Per mostrarla alla moglie in modo che tenesse gli occhi aperti nel caso qualche ricercato fosse entrato nel negozio? In una città come quella? Non era nemmeno sicura che il marito di Peg fosse un poliziotto; anzi, non sapeva nemmeno se fosse sposata.

Era di nuovo la sua mente che le giocava brutti scherzi. La sola idea rasentava l'assurdo e Beverly ricordò a se stessa che adesso non somigliava nemmeno alla propria fotografia, ammesso che fosse accaduto l'impossibile. Peg doveva averla vista quando era andata a fare la spesa la volta precedente, tutto qui. A quanto ne sapeva, forse diceva la stessa cosa a tutte le sconosciute che entravano nel negozio, giusto per attaccare bottone.

Fece un respiro profondo e concluse che Peg non l'aveva riconosciuta.

Era semplicemente paranoica, si disse.

10

Sulla bacheca accanto alla porta non c'erano annunci di lavoro adatti a Beverly, pertanto avrebbe dovuto avventurarsi in città se voleva trovare qualcosa. Forse avrebbe dovuto parlare di nuovo con la cameriera della tavola calda; magari conosceva qualcuno che aveva bisogno di una cuoca o di una donna delle pulizie o di una baby-sitter. Ma in questo caso avrebbe dovuto incamminarsi nella direzione opposta – con le borse della spesa –, perciò decise di aspettare.

Mentre tornava verso casa, per dimenticare le braccia doloranti, pensò che a Tommie servivano vestiti nuovi. Ma non servì a niente e rimpianse di non avere una macchina o almeno una bicicletta con il cestino.

Arrivata a casa, Beverly mise via la spesa e andò in bagno. Come aveva fatto prima, lavò con lo shampoo la maglietta che indossava, dato che era fradicia. Faceva già un caldo micidiale, e l'aria era appiccicosa e pesante come vapore invisibile. Si disse che era inutile rimettersi la maglietta precedente, che era ancora umida. Tommie non era in casa e lei doveva ricominciare a pulire, perciò si tolse il travestimento e la benda elastica. Poi... perché no?, si sfilò anche i jeans. Tanto valeva stare comoda. Tornò in cucina in reggiseno e mutandine per completare la pulizia del forno.

Aveva immaginato di sentirsi più stanca dopo la faticaccia fino al negozio, invece si sentiva... *bene*. Come se dovesse bruciare energie. Sono fuggita, si disse. Tommie è al sicuro e adesso abbiamo una casa ed è impossibile che Peg mi abbia riconosciuta. Questa consapevolezza la rese quasi euforica e scoppiò in una risata. Sul bancone della cucina c'era una vecchia radio e l'accese, cercando una stazione che trasmettesse musica. Dalla finestra scorse i braccianti che lavoravano nei campi, ma erano così lontani che non si preoccupò che la vedessero mezza nuda.

E comunque, ragionò, è casa mia e ho da fare.

Per prima cosa doveva sbarazzarsi di tutto il cibo vecchio. Avrebbe tenuto solo i detersivi. Chi poteva avvelenare i detersivi? Ricordò di aver visto dei sacchetti della spazzatura sotto il lavandino, ne tirò fuori un paio, li aprì e li mise accanto al frigorifero. Era inutile controllare le date di scadenza; avrebbe buttato via tutto, tranne la spesa che aveva fatto lei di recente. Formaggio, condimenti, sottaceti, marmellata, olive, salse e una roba disgustosa avvolta nella carta stagnola: finì tutto nel sacchetto della spazzatura. C'era persino una vecchia scatola della pizza con due tranci duri come il cemento. Fece piazza pulita anche nel freezer, conservando soltanto il pollo e gli hamburger. Impiegò in tutto dieci minuti, quindi infilò il sacchetto ormai pieno nel bidone verde che aveva visto sul retro. Avrebbe dovuto chiedere alla padrona di casa quando passavano a ritirare la spazzatura, ma prima o poi lo avrebbe scoperto comunque.

Svuotò anche gli armadietti, gettando tutto quanto in un altro sacchetto della spazzatura. Infine si mise a rimirare il frigorifero e i pensili. Aprì le ante una dopo l'altra: la fece sentire quasi meglio vedere soltanto il cibo che aveva comprato per sé e per Tommie.

Finalmente sto andando avanti.

A quel punto si dedicò al forno. Il detersivo aveva agito e lo sporco venne via più facilmente di quanto si aspettasse. Quand'ebbe finito, non sembrava certo nuovo – c'erano ancora segni di bruciature sui lati, impossibili da togliere –, ma di sicuro era più pulito di quanto fosse stato da anni. Infornò le cosce di pollo disponendole sulla teglia rivestita con carta da forno. Schiacciò gli hamburger e li rosolò in padella a fuoco basso. Mise a bagno i fagioli.

La vista dei fagioli le ricordò che avrebbe fatto meglio a mangiare – non aveva toccato cibo per tutta la giornata –, ma non voleva spezzare il ritmo. Pulì il piano di lavoro, facendo particolare attenzione agli angoli, e lavò con cura il lavandino con i detersivi trovati sotto il lavello.

Salì sul bancone per pulire gli armadietti più in alto e notò piccole macchie di unto anche sul soffitto. Tirò fuori la scala e spruzzò il detergente sul soffitto, strofinando energicamente. Quando si stancava di sfregare – e succedeva spesso –, abbassava le braccia e poi ricominciava. Quindi fu la volta delle pareti. Ovviamente non doveva ottenere un risultato perfetto; bastava che le superfici fossero pulite a sufficienza per il primer e la vernice, ma comunque impiegò tre ore per finire il lavoro. Nel frattempo, hamburger e pollo erano cotti, quindi li suddivise in porzioni singole e li surgelò.

Rimise a posto i detersivi e la scala, infilò gli strofinacci in lavatrice e andò a farsi una doccia. Rimase sotto il getto caldo a gustarsi il senso di soddisfazione dopo un lavoro ben fatto.

Si vestì davanti allo specchio, si asciugò i capelli e li spazzolò. Tommie sarebbe tornato da scuola a momenti.

11

ASPETTAVA sul ceppo davanti a casa, osservando distrattamente i contadini al lavoro nei campi. Quando udì il rombo dell'autobus che si avvicinava nel calore opprimente, si alzò proprio mentre Tommie faceva lo stesso dal fondo del bus. Guardandolo dal finestrino, Beverly avrebbe tanto desiderato vederlo chiacchierare con uno degli altri bambini e indugiare davanti allo sportello per salutare. Invece scese dall'autobus e si incamminò verso di lei come se lo zaino – e la vita – lo stesse schiacciando sotto il suo peso. Lei glielo tolse dalle spalle mentre rivolgeva un cenno di saluto all'autista, che ricambiò.

«Com'è andata a scuola?» domandò mentre lo scuolabus ripartiva.

Tommie si strinse nelle spalle, ma stavolta lei sorrise, consapevole di aver fatto una domanda sciocca. Anche sua madre glielo chiedeva sempre ai tempi, ma la scuola era soltanto... la scuola.

Gli passò la mano tra i capelli. «Ti va una mela? Oggi sono andata a fare la spesa.»

«Hai comprato gli Oreo?»

«Stavolta no.»

Lui annuì. «Allora va bene la mela.»

Lei gli strinse la spalla e insieme si incamminarono verso casa.

12

Tommie non aveva compiti da fare – grazie al cielo in prima elementare non c'erano mai compiti – così, dopo avergli dato la mela, si misero a esplorare insieme i dintorni della proprietà. Non che ci fosse molto, a parte il fienile «assolutamente off limits», che sembrava più decrepito della casa e che di sicuro sarebbe crollato al primo temporale. Comunque, alla fine trovarono un ruscello fiancheggiato da arbusti di corniolo. Beverly non era sicura di che genere di alberi si trattasse, né come facesse a sapere che fiorivano in primavera. Probabilmente doveva averlo letto da qualche parte. Quando Tommie gettò il torsolo di mela nell'acqua, le tornò in mente una cosa che faceva da bambina.

«Controlliamo se ci sono girini, che ne dici? Togliti le scarpe e le calze.»

Gli arrotolò i gambali dei pantaloni, quindi fece lo stesso con i propri. Entrarono nell'acqua, che era piuttosto bassa.

«Che cos'è un girino?» chiese Tommie.

«Un piccolo di rana», rispose lei. «Ancora senza zampe.»

Camminarono lentamente, a testa china, e alla fine

Beverly scorse le familiari creaturine nere che guizzavano nell'acqua. Tommie non sapeva come catturarle, così Beverly si accucciò e chiuse le mani a coppa. Raccolse un girino e lo mostrò al figlio. Per la prima volta da quando erano arrivati, le parve di cogliere un moto di esaltazione e meraviglia sul suo viso.

«Quello è un girino? E diventerà una rana?»

«Presto», rispose lei. «Crescono in fretta.»

«Però non sono le rane che ho sentito ieri notte, giusto?»

«No. Quelle erano rane adulte. Ma adesso forse dovremo lasciare libero questo piccolino perché torni nell'acqua, okay?»

Liberò il girino mentre Tommie dava la caccia a un altro. Provò a raccoglierne uno con le mani, ma il girino gli sfuggì. Solo al terzo tentativo riuscì nell'impresa e mostrò la creaturina alla madre. Ancora una volta la sua espressione le scaldò il cuore e lei si sentì sollevata all'idea che il bambino si sarebbe abituato a vivere in un posto come quello.

«Posso portarne qualcuno a scuola da far vedere? Per la Giornata all'aria aperta?»

«Giornata all'aria aperta?»

«Sì, la maestra ha detto che invece di stare in classe resteremo fuori tutto il giorno. E tutti porteranno qualcosa da far vedere.»

Beverly aveva un vago ricordo di giornate simili quando frequentava le elementari: venivano organizzati corse, giochi e premi, i pompieri portavano un loro automezzo e i genitori preparavano biscotti e torte e altri dolci. Ricordava che una volta sua madre si era presentata a una di queste giornate, ma per qualche motivo le era stato chiesto di andare via.

Rammentava ancora che si era allontanata pestando i piedi e insultando tutti.

«Quando sarà la Giornata all'aria aperta?»

«Non lo so ancora bene, però questa settimana.»

«Ti divertirai. A me piacevano le Giornate all'aria aperta perché potevo giocare per tutto il tempo con le mie amiche. Per quanto riguarda i girini, forse potremmo metterli in un barattolo, ma non so per quanto riusciranno a sopravvivere, soprattutto se rimarranno per ore al sole. Non vorrei che gli succedesse qualcosa.»

Tommie rimase a lungo in silenzio, poi lasciò andare il girino. «Mi manca la mia vecchia camera», disse grattandosi la guancia con un dito infangato.

Di sicuro non era un bambino quello che aveva dormito nella camera che occupava Tommie adesso. L'armadio e il cassettone erano pieni di vestiti da adulto e il letto era troppo grande. Inoltre, appesi alle pareti c'erano quadri invece di poster.

«Lo so», rispose lei. «È dura trasferirsi in una nuova casa.»

«Perché non ho potuto portare altri giocattoli?»

Perché non c'era posto. Perché la gente alla stazione degli autobus se ne sarebbe ricordata. Perché scappare significa viaggiare leggeri.

«Non era possibile.»

«Quando rivedrò Brady e Derek?»

Erano i suoi migliori amici: aveva dovuto lasciare anche loro. Beverly sorrise per l'ironia della coincidenza: da bambina, anche lei aveva avuto due compagni di classe con gli stessi nomi.

«Vedremo», rispose. «Ma per il momento non è possibile.»

Lui annuì e si chinò di nuovo a cercare i girini. A piedi nudi, con i calzoni arrotolati, sembrava uscito da un'altra epoca. Lei si augurava che non le facesse domande sul padre, ma era come se Tommie sapesse che non era il caso. Dopotutto, aveva ancora i lividi sul braccio dall'ultima volta che Gary lo aveva strattonato.

«Qui è diverso», disse alla fine. «Dalla finestra della camera di notte vedo la luna.»

Lei sorrise di nuovo di fronte all'insolita loquacità del figlio.

«Da piccolo ti leggevo *Goodnight Moon.*»

Lui aggrottò la fronte. «È il libro con la mucca che salta fin sulla luna?»

«Esatto.»

Lui annuì, poi ricominciò la sua ricerca. Ne prendeva uno, lo lasciava andare. Ne prendeva un altro e lasciava andare anche quello. Osservandolo, Beverly si sentì traboccare d'amore per lui, grata di aver rischiato il tutto per tutto pur di portarlo al sicuro.

Il padre di Tommie era, in situazioni normali, un uomo molto collerico e pericoloso.

Ma adesso che moglie e figlio erano spariti, era pure peggiorato.

13

Il resto del pomeriggio passò tranquillo. Tommie guardò i cartoni animati e Beverly esaminò i barattoli di vernice impilati accanto alla lavatrice, trovando non solo del primer ma anche almeno mezzo barattolo di un giallo chiamato Summer Daisy, che, pur non essendo la sfumatura che avrebbe scelto lei, era mille volte meglio di quell'orribile arancione. Per il salotto avrebbe potuto utilizzare un beige, sebbene fosse un po' smorto, mentre per gli armadietti della cucina c'era un intero barattolo di bianco lucido. Era incredibile che ci fosse tutta quella pittura a disposizione, come se la casa avesse aspettato solo che lei e Tommie se ne appropriassero.

Rovistando tra gli scaffali, trovò anche pennelli e rulli. Chiaramente erano stati usati, ma erano abbastanza puliti. E comunque, a meno che non avesse intenzione di andare dal ferramenta a spendere soldi che non aveva, avrebbe dovuto accontentarsi.

Portò tutto l'occorrente in cucina, sciacquò il rullo e il pennello e li mise ad asciugare nella veranda anteriore, prima di occuparsi della cena. Quella sera avrebbero mangiato pollo, carote lesse, fagioli. Aggiunse delle carote in più al piatto di Tommie, ma siccome lui non le finì, le piluccò lei a una a una. Tommie avrebbe voluto guardare la televisione subito dopo cena, lei invece gli propose di giocare insieme. Aveva notato una scatola di domino nella credenza in salotto e, pur essendo passato del tempo dall'ultima volta che ci aveva giocato, ricordava che le regole erano abbastanza semplici perché anche Tommie le capisse. Infatti fu così; anzi, la batté pure un paio di volte. Quando iniziò a sbadigliare, Beverly lo spedì di sopra a fare il bagno. Era abbastanza grande da lavarsi da solo – era stato lui stesso a farglielo presente ultimamente –, quindi lo lasciò fare. Siccome non aveva il pigiama, dormì in mutande e maglietta, quella che aveva indossato a scuola. Probabilmente i compagni avevano già iniziato a prenderlo in giro, si disse Beverly. Avrebbe dovuto comprargli qualcosa in saldo.

Soldi. Le servivano soldi. La vita si riduceva sempre ai soldi e lei fece uno sforzo per scacciare l'ansia che di colpo era tornata ad assalirla. Si sedette sul letto con Tommie, gli lesse *Go, Dog. Go!* prima di rimboccargli le coperte, poi si accomodò su una delle sedie a dondolo in veranda. Il calore del giorno che ancora indugiava rendeva la serata piacevole; l'aria vibrava del canto di rane e grilli. Rumori della campagna. Rumori che le ricordavano la sua infanzia. Rumori che non aveva più sentito in città.

Mentre si dondolava, ripensò agli anni trascorsi con Gary e a come l'uomo tenero e affascinante di cui si era innamorata fosse cambiato nel giro di pochi mesi dopo il matrimonio. Ricordava la sera in cui le si era avvicinato di soppiatto per baciarle la nuca. Lei si era appena riempita un bicchiere di vino – bianco, non rosso – e , girandosi, lo aveva urtato. Il vino gli era finito sulla camicia, una di quelle nuove, e lei si era subito scusata, mettendo in conto di sciacquare la camicia e portarla in lavanderia il mattino seguente. Avrebbe voluto flirtare con lui – «Adesso dovrò toglierti la camicia» –, ma prima ancora che potesse aprire bocca, all'improvviso lui le aveva dato uno schiaffo in faccia con uno schiocco assordante e un bruciore micidiale.

E poi?

Avrebbe dovuto lasciarlo allora. Avrebbe dovuto capire che Gary era un camaleonte, abituato a nascondere la sua vera indole. Non era un'ingenua, aveva visto fior di trasmissioni in tv e letto svariati articoli di giornale sugli uomini violenti. Ma il desiderio di credergli e di fidarsi di lui aveva messo a tacere il suo buonsenso. Non è lui, si era ripetuta. Gary si era scusato piangendo e lei gli aveva creduto quando le aveva giurato che gli dispiaceva. Gli aveva creduto quando le aveva detto di amarla, che era stata una reazione incontrollata. Gli aveva creduto quando le aveva assicurato che non sarebbe successo mai più.

Ovviamente lui l'aveva picchiata di nuovo; gli schiaffi iniziali si erano trasformati in pugni. Sempre nello stomaco o nella parte bassa della schiena, dove i lividi non erano visibili, anche se per il dolore Beverly restava raggomitolata a terra, ansimante, con la vista annebbiata. In quei momenti, Gary diventava paonazzo e quando alzava la voce gli si gonfiava la vena sulla fronte. Poi cominciava a lanciare piatti e tazze contro il muro della cucina, lasciando il pavimento disseminato di cocci. Quella era sempre la conclusione del ciclo. La rabbia incontrollata. Le grida. Il desiderio di procurare dolore. Ma, tutte le volte, invece di finire per sempre, il ciclo ricominciava da capo. C'erano scuse, promesse e regali come fiori, orecchini o biancheria intima, così, nonostante tutti i campanelli d'allarme, ogni volta lei voleva credere che fosse cambiato davvero. E per giorni e settimane Gary tornava a essere l'uomo che aveva sposato. Uscivano con gli amici e la gente si complimentava per il loro matrimonio perfetto; le sue amiche single non facevano che ripeterle che era stata fortunata ad aver sposato un uomo come Gary.

Certe volte persino lei arrivava a crederci. E con il trascorrere dei giorni e delle settimane, ricordava a se stessa di non fare niente che scatenasse la sua collera. Lei era la moglie perfetta e vivevano in una casa perfetta, proprio come piaceva a lui. Rifaceva il letto tendendo e lisciando bene il piumino, sprimacciando i cuscini a dovere. Ripiegava la sua roba e la sistemava nei cassetti, suddivisa per colore. Gli lucidava le scarpe e si assicurava che fosse tutto in perfetto ordine. Metteva il telecomando della televisione sul tavolino, inclinato esattamente verso l'angolo della stanza. Sapeva quello che gli piaceva – lui era bravo a farglielo capire – e passava le giornate a fare tutto quello che per lui era importante. Ma quando si convinceva che il peggio fosse passato, accadeva qualcosa: il pollo era troppo asciutto, i tovaglioli erano rimasti nell'asciugatrice oppure una delle piante sul davanzale iniziava ad appassire, e allora cambiava all'improvviso espressione. Le guance si imporporavano, le pupille si stringevano e lui iniziava a bere di più la sera, tre o quattro bicchieri di vino anziché uno. E poi, nei giorni e nelle settimane successive, era come camminare in un campo minato: sarebbe bastato un solo passo falso per causare l'inevitabile esplosione con il suo seguito di dolore.

Era una vecchia storia, giusto? Assomigliava a quella di migliaia di altre donne, forse milioni. Lei aveva compreso che c'era qualcosa di sbagliato in Gary, qualcosa che non poteva essere curato. E Gary aveva una specie di radar istintivo e malato, che gli faceva capire esattamente fin dove poteva spingersi. Quando era rimasta incinta, non l'aveva più toccata nemmeno con un dito; sapeva che lei lo avrebbe lasciato se avesse fatto qualcosa che potesse nuocere al bambino. Non aveva alzato le mani nemmeno nei primi mesi dopo la nascita di Tommie, quando lei dormiva poco. Era stato l'unico periodo del matrimonio in cui Beverly aveva trascurato i suoi doveri di casalinga. Certo, cucinava, faceva il bucato, gli lucidava le scarpe e lo baciava come piaceva a lui, ma, a volte, quando rientrava a casa dal lavoro, il salotto era in disordine e ogni tanto Tommie aveva la tutina impiastricciata di saliva o di latte rigurgitato. La prima volta che l'aveva picchiata di nuovo era stato quando Tommie aveva cinque o sei mesi. Quella sera Gary le aveva portato a casa un négligé, la scatola chiusa con un bel nastro rosso. Lei sapeva che al marito piaceva vederla in négligé, come sapeva che aveva gusti particolari in fatto di sesso. Voleva che lei gli sussurrasse certe cose, che fosse ben pettinata e truccata, voleva che lo implorasse di prenderla, gli piaceva sentirle dire parole volgari. Quel giorno, però, quando si era presentato con il négligé, lei era esausta. Tommie aveva pianto per quasi tutta la notte precedente e aveva continuato anche mentre Gary era al lavoro. Lei ormai aveva abbassato la guardia; si era convinta che la violenza, le urla e il dolore fossero acqua passata, perciò gli aveva detto di essere troppo stanca; gli aveva promesso che avrebbe indossato il négligé la sera dopo, e che sarebbe stata la loro serata speciale. Ma non era quello che Gary desiderava. Lui la voleva quella sera, non il giorno dopo, e tutt'a un tratto lei si era ritrovata a soffocare le lacrime, con la guancia in fiamme.

Di nuovo scuse. Di nuovo regali per farsi perdonare. Di nuovo la consapevolezza che sarebbe dovuta andare via. Ma dove poteva andare? Doveva tornare a casa, con la coda tra le gambe, per sentirsi dire che era stato un errore sposarsi troppo giovane? Che si era innamorata dell'uomo sbagliato? Beverly avrebbe anche sopportato le critiche della gente, ma sapeva che non sarebbe servito a niente, perché lui l'avrebbe subito rintracciata. Sarebbe stato il primo luogo dove l'avrebbe cercata. Quanto all'eventualità di rivolgersi alla polizia... Gary era la polizia, quella più potente del mondo, quindi chi le avrebbe creduto? E soprattutto aveva Tommie a cui pensare. Per molto tempo Gary era stato legatissimo a Tommie. Gli parlava, giocava con lui e lo teneva per mano mentre muoveva i primi passi. Lei sapeva quanto fosse difficile per un bambino crescere con un solo genitore e aveva giurato che a Tommie non sarebbe successo. Il fatto che Gary si rifiutasse di cambiargli i pannolini non le sembrava così grave, dal momento che passava molto tempo con il figlio, tanto che certe volte Beverly si sentiva trascurata.

Adesso Beverly sapeva che Gary stava facendo con Tommie la stessa cosa che aveva fatto con lei. Fingeva di essere diverso da quello che era realmente. Fingeva di essere il padre ideale, affettuoso. Ma, crescendo, capitava che

Tommie lasciasse in giro per casa un giocattolo che Gary calpestava, oppure non asciugava il pavimento dopo aver fatto il bagno. La rabbia poteva restare congelata, ma non per sempre, e più Tommie diventava grande, più Gary vedeva in lui dei difetti. Quando aveva cominciato a riconoscere elementi del carattere di Beverly nella personalità del figlio, era tornato a essere l'uomo che era davvero. Beverly conosceva bene la sua voce severa e le sue urla; quello che non si era aspettata di trovare erano i lividi sulle braccia e sulle gambe di Tommie. Come se Gary lo avesse stretto troppo forte, come se gli avesse dato dei pizzicotti.

Non poteva credere che Gary potesse arrivare a tanto. Quando Beverly sbagliava qualcosa, Gary l'accusava di averlo fatto apposta. Ma Tommie era un bambino e Gary sapeva bene che i bambini piccoli sbagliano, giusto? Che Tommie non faceva niente di proposito per far arrabbiare il padre. Beverly era andata in biblioteca, ma le informazioni che aveva trovato non le erano state di grande aiuto. Comunque aveva letto tutto. Libri, articoli, consigli delle forze dell'ordine, teorie di psicologi e psichiatri, e il quadro era confuso. A volte un marito violento diventava anche un padre violento, ma non sempre.

Però quegli strani lividi...

E poi c'era anche il fatto che Tommie era cambiato: non era più il bambino allegro, sorridente e solare di un tempo, ma era diventato taciturno e introverso. Tommie non le aveva mai detto niente, ma Beverly aveva iniziato a notare la sua espressione impaurita quando sentiva la macchina di Gary fermarsi nel vialetto alla fine della giornata di lavoro. Vedeva il suo entusiasmo forzato quanto Gary lo esortava a giocare a pallone in giardino. Ricordava che qualche mese prima era caduto mentre imparava ad andare in bicicletta. Era corso a piangere tra le sue braccia con le ginocchia e i gomiti sbucciati mentre Gary lo rimproverava per la sua goffaggine. Con il passare del tempo Gary aveva cominciato a disinteressarsi del figlio; Beverly ricordava come avesse iniziato a trattarlo alla stregua di una sua proprietà, anziché come un bambino da amare. Gary la accusava di viziarlo, che l'avrebbe fatto diventare un «cocco di mamma». Ricordava che il primo giorno di asilo, Gary si era mostrato del tutto disinteressato: l'unica cosa che aveva fatto era stato lamentarsi delle uova troppo cotte a colazione.

E quegli strani, inspiegabili lividi...

Gary sarà pure stato il padre di Tommie, ma Beverly era sua madre. Lo aveva portato dentro di sé, lo aveva partorito. Lo aveva allattato e lo aveva tenuto tra le braccia notte dopo notte finché aveva imparato a dormire per più di qualche ora di fila. Gli aveva cambiato i pannolini, aveva cucinato per lui e si era precipitata dal medico quando gli era venuta una febbre così alta da temere per la sua vita. Gli aveva insegnato a vestirsi e gli aveva fatto il bagno, e aveva amato ogni momento trascorso con lui, felice di vederlo crescere e della sua innocenza. Intanto Gary aveva ripreso a picchiarla, sempre dopo che Tommie era andato a letto.

Alla fine, non le era rimasta altra scelta. Rivolgersi alle autorità era fuori discussione, tornare a casa altrettanto. Qualunque cosa legata alla sua vita precedente era fuori discussione. Era stata costretta a sparire, ma non poteva accettare l'idea di lasciare Tommie a casa. Se non ci fosse stata lei, su chi Gary avrebbe sfogato la sua collera?

Lei lo sapeva. In cuor suo, sapeva esattamente che cosa sarebbe successo a Tommie, perciò, quando aveva progettato di fuggire, il piano aveva sempre incluso entrambi, anche a costo di costringere il figlio a lasciare i suoi amici e i suoi giocattoli e praticamente tutto ciò che aveva per poter iniziare una nuova vita.

14

SEBBENE fosse tardi, Beverly non era stanca. Ribolliva di un'instancabile energia nervosa – probabilmente perché aveva pensato a Gary –, perciò si alzò dalla sedia a dondolo e tornò in cucina. Alla vista del barattolo di pittura gialla e di primer si rasserenò, nonostante i ricordi dolorosi. La cucina sarebbe stata davvero allegra una volta terminato il lavoro. Accese la radio tenendo basso il volume per non svegliare Tommie, e la musica iniziò a compiere la sua magia, cancellando i pensieri angosciosi.

Ora che la notte ammantava il paesaggio fuori dalle finestre, le tornò in mente il sorriso di Tommie mentre catturava i girini: ce l'avrebbero fatta, ne era sicura. Sì, avrebbe dovuto affrontare delle sfide, ma questo capitava a tutti, e doveva imparare a non prendersela per le sciocchezze, giusto? Per il momento aveva cibo e un tetto sulla testa, la sicurezza e l'anonimato, Tommie andava a scuola, e per i soldi avrebbe trovato una soluzione. Era sveglia e capace e c'era sempre bisogno di qualcuno che facesse le pulizie, cucinasse, badasse ai bambini o leggesse a voce alta per chi non aveva più la vista buona. E Tommie si sarebbe adattato. Sebbene non le avesse ancora accennato a nuovi amici, presto avrebbe fatto amicizia con qualcuno in classe, e avrebbero giocato insieme nell'intervallo, perché era questo che facevano i bambini. A loro non interessava sapere chi eri, che cosa facevi e neppure se indossavi ogni giorno gli stessi vestiti. A loro interessava soltanto giocare. E Peg?

Beverly rise delle assurde paure che l'avevano assalita quando era uscita dal minimarket; rise dei propri sospetti. Ovviamente non avrebbe abbassato la guardia. A quell'ora, Gary di sicuro aveva già attivato tutti i canali ufficiali e diramato una segnalazione di massima allerta, ma non poteva certo parlare di persona con tutti gli agenti o gli sceriffi del Paese. Per adesso lei era soltanto un nome falso e una vecchia foto su un poster appeso al muro di un ufficio postale o in qualche account di posta elettronica, insieme alle foto segnaletiche di terroristi, suprematisti bianchi, rapinatori o amministratori delegati di aziende farmaceutiche responsabili dell'epidemia di oppioidi. In un mondo dove il crimine era all'ordine del giorno e la gente faceva quotidianamente cose terribili, era impossibile per le forze dell'ordine tenere il passo con tutti i nomi, le facce e le descrizioni provenienti da ogni angolo del Paese. Era già difficile gestire i reati a livello locale.

Che cosa le era saltato in mente?

«Voglio solo essere certa che siamo al sicuro», mormorò.

Ancora una volta rimpianse di non aver portato più vestiti per sé e per Tommie. Nell'armadio a casa... No, si corresse subito. Non era più casa sua. Nel vecchio armadio teneva un paio di Christian Louboutin con il tacco alto e le inconfondibili suole rosse, il genere di scarpa che i vip portavano ai ricevimenti o alle prime dei film. Gary gliele aveva regalate per il compleanno ed era stato uno dei pochi regali che aveva ricevuto senza il solito corollario di violenza. Non aveva mai avuto scarpe come quelle. Le sarebbe piaciuto infilarsele di tanto in tanto, solo per ammirarle. Come Dorothy nel *Mago di Oz* con le sue scarpette rosse, anche se in realtà non era la stessa cosa. A ben pensarci non lo era per niente, perché l'ultimo suo desiderio era tornare alla vita precedente. La sua nuova casa era questa e adesso lei si trovava nella sua nuova cucina.

«E domani i muri saranno gialli», bisbigliò.

C'era bisogno di un'altra passata, però, così prese uno straccio e ricominciò a strofinare, con calma, per assicurarsi che il primer aderisse bene. Puliva e strofinava, con la musica in sottofondo che le faceva venire voglia di ballare. Già si immaginava quanto sarebbe stata bella la cucina illuminata dal sole del mattino.

Era notte fonda quando terminò. Qualcuno l'avrebbe già considerata mattina, e siccome voleva essere sicura di sentire Tommie quando si alzava, si sdraiò sul divano in salotto. Si appisolò, quasi che il suo cervello avesse deciso di spegnersi, ma si svegliò prima che Tommie scendesse le scale.

I pensieri positivi della sera precedente erano scomparsi. Non si sentiva come dopo il sogno del pirata o come all'uscita del supermercato dopo il commento di Peg. Ciò che provava adesso era un senso di pericolo latente, quasi un ronzio fastidioso, che l'avvisava di aver tralasciato un aspetto importante durante la fuga.

Gary avrebbe trovato la sua carta d'identità e il cellulare

in casa, e avrebbe capito che aveva voluto far perdere le proprie tracce. Senza documenti non avrebbe potuto prendere un aereo, perciò avrebbe iniziato le ricerche nelle stazioni ferroviarie e degli autobus. Lei lo sapeva già, per questo aveva preso tante precauzioni. Tutte le mattine partiva una decina di autobus con destinazioni diverse, e Gary avrebbe scoperto anche questo, ma non sapendo con esattezza quando fosse partita, avrebbe avuto più difficoltà a seguire il suo itinerario. Che cos'avrebbe fatto a quel punto?

Avrebbe parlato con i bigliettai, però che cos'avrebbe scoperto? Nessuno si sarebbe ricordato di una madre con un figlio. Nessuno si sarebbe ricordato di una bionda con i capelli lunghi. Poi avrebbe iniziato a interrogare gli autisti, ma nel fine settimana erano molti e avrebbe perso parecchio tempo. Magari alla fine si sarebbe imbattuto nell'autista giusto, però a che cosa gli sarebbe servito? Lei non era una madre che viaggiava con il figlio. Avrebbe scoperto che il primo autista era stato sostituito da un secondo, ma che nessuna madre con figlio erano scesi da qualche parte. Anche ammesso che uno dei due autisti, guardando nello specchietto, avesse visto lei e Tommy seduti insieme – eventualità poco probabile, dato che Tommy era molto basso –, si sarebbe ricordato esattamente dov'erano scesi? Impossibile ricordarsi una cosa del genere, soprattutto perché era passato del tempo, e considerate le innumerevoli fermate e il viavai di passeggeri lungo il tragitto. Sarebbe stato come ricordare una faccia a caso tra la folla.

Era al sicuro, concluse, perché era stata attenta. Era al sicuro perché aveva calcolato tutto, perché sapeva esattamente come Gary avrebbe condotto le indagini. Tuttavia continuava a sentirsi in ansia; provava un senso di crescente inquietudine che le montava dentro come bolle d'aria nell'acqua e, quando finalmente capì, fu come se lo stesso Gary le avesse dato un pugno nello stomaco.

Le videocamere, pensò.

Oddio.

E se ci fossero state videocamere ai terminal degli autobus?

PARTE TERZA
Colby

15

Il mattino successivo sono andato a correre sotto un cielo limpido e azzurro. C'era talmente tanta umidità nell'aria che, quando sono arrivato in spiaggia, mi sono dovuto togliere la maglietta e usarla come bandana per asciugare il sudore che altrimenti mi sarebbe finito negli occhi.

Ho corso sulla sabbia compatta in riva all'acqua, superando il *Bobby T's* e una serie di motel e hotel, compreso il *Don*, prima di ritornare all'appartamento. Ho strizzato la maglietta, i pantaloncini e i calzini poi mi sono infilato sotto la doccia. Ho messo tutto in lavatrice e dopo aver bevuto due tazze di caffè mi sono sentito finalmente pronto a iniziare la giornata.

Ho preso la chitarra e ho dedicato un paio d'ore a rifinire la canzone che avevo cantato a Morgan: avevo la sensazione che fosse quasi pronta ma non perfetta, che avesse qualcosa di speciale ma che dovevo ancora trovarlo. Mentre ci riflettevo, tuttavia, non facevo che pensare a lei. L'avrei rivista?

Ho pranzato, ho fatto una passeggiata sulla spiaggia, poi

ho continuato a lavorare al pezzo, finché è arrivata l'ora di prepararmi per andare al *Bobby T's*. Essendo domenica, non mi aspettavo una gran folla, invece, quando sono arrivato, tutti i tavoli erano occupati. Ho scrutato tra il pubblico e sono rimasto deluso di non vedere Morgan e le sue amiche.

Ho suonato la prima serie di pezzi – un mix di successi e di canzoni originali mie –, poi sono passato alla seconda serie e infine alla terza, prima di suonare a richiesta. A metà dello spettacolo, la folla era aumentata. Non c'era la ressa del venerdì precedente, ma c'erano anche persone in piedi e altre che venivano dalla spiaggia.

A un quarto d'ora dalla fine, ho visto arrivare Morgan e le sue amiche. Nonostante la quantità di gente, sono riuscite a trovare dei posti a sedere. L'ho guardata e lei mi ha rivolto un cenno di saluto. Quando mancava una sola canzone, mi sono schiarito la voce e ho annunciato, con un sorriso speciale per Morgan: «Il prossimo pezzo è dedicato a tutti quelli che se la godono in spiaggia o in piscina». Appena ho intonato *Margaritaville,* il pubblico ha esultato e ha iniziato a cantare in coro. Quando anche Morgan e le sue amiche si sono unite agli altri, ho pensato che fosse la degna conclusione della serata.

16

QUANDO ho posato la chitarra, il sole era tramontato ed era rimasta solo una striscia gialla sull'orizzonte. Mentre rimettevo via l'attrezzatura, qualcuno del pubblico si è avvicinato al palco per farmi i soliti complimenti e le solite domande, ma io ho risposto in maniera sbrigativa con un occhio rivolto a Morgan e alle sue amiche.

Quando l'ho raggiunta, ho colto la sua espressione felice. Indossava un paio di calzoncini bianchi e una camicetta gialla molto scollata che metteva in risalto la pelle abbronzata.

«Bravo», mi ha detto. «Immagino che la canzone fosse dedicata a me e alle mie amiche. Solo perché ti ho detto che abbiamo bevuto un drink in piscina?»

«Mi sembrava la canzone adatta», ho risposto. La fioca illuminazione del bar gettava un'ombra malinconica sul suo viso delicato. «Com'è andata la giornata? Che cos'avete fatto?»

«Non molto. Abbiamo dormito fino a tardi, abbiamo fatto le prove per un'ora e poi siamo state in piscina. Però devo aver preso troppo sole. Mi brucia la pelle.»

«Che cos'avete provato?»

«Le nostre nuove coreografie. Sono tre canzoni, e per noi non è uno sforzo da poco. Adesso conosciamo tutti i passi, ma dobbiamo provare tantissime volte per sincronizzarci alla perfezione.»

«Quando farete le riprese?»

«Sabato prossimo in spiaggia. Proprio dietro il *Don.*»

«Fammi sapere a che ora, perché voglio esserci.»

«Vedremo», ha risposto lei allegramente. «Che cosa fai adesso? Hai qualche impegno?»

«Pensavo di andare a mangiare qualcosa.»

«Ti va di venire con noi? Vogliamo andare allo *Shrimpys Blues.*»

«Le tue amiche sono d'accordo?»

«È stata una loro idea», ha risposto con un sorriso. «Altrimenti, secondo te, perché ti avremmo aspettato?»

17

Ho caricato la macchina mentre loro chiamavano un Uber al parcheggio. Pensavo di seguirle, invece Morgan mi ha raggiunto di corsa gridando alle sue amiche: «Ci vediamo là!»

«Sempre ammesso che non ti dia fastidio, ovviamente», ha aggiunto.

«Certo che no.»

L'ho aiutata a salire, poi mi sono messo al volante. Intanto era arrivato anche l'Uber e le sue amiche si sono strette sul sedile posteriore di una berlina argento. Non appena si è immessa nel traffico, mi sono accodato.

«Ho un'altra domanda sulla tua fattoria», mi ha detto Morgan.

«Sul serio?»

«Mi interessa molto.»

«E quale sarebbe?»

«Se non tieni le galline nelle gabbie, come mai non scappano? E come fai a trovare le uova? Non dovrebbero essere sparse in giro? Come quelle della caccia all'uovo di Pasqua?»

«Abbiamo recintato tutto il terreno, ma siccome le galline

sono animali sociali, amano stare vicine. E poi preferiscono l'ombra, ed è lì che mettiamo cibo e acqua. Per quanto riguarda le uova, sono addestrate a usare degli appositi nidi provvisti di una specie di cassetto da cui possiamo prelevarle.»

«Addestri le galline?»

«È necessario. Quando arriva una nuova batteria, sto con loro e tutte le volte che una gallina si accovaccia per deporre un uovo, la prendo e la metto nel nido. In genere preferiscono deporre le uova in posti bui e tranquilli, così quando sono nel nido pensano: Oh, ma come si sta bene qui, e allora iniziano a usarlo regolarmente.»

«Ma è fantastico!»

«Immagino di sì. Fa parte del mio lavoro.»

«Ti occupi di altre cose alla fattoria? Tipo... guidare il trattore?»

«Certo. E devo anche sapere come ripararlo. Faccio un mucchio di lavori da muratore, idraulico e persino elettricista.»

Lei ha sorriso. «Ma tu guarda. Sei un tuttofare. Perciò, se mai ci fosse un'invasione di zombie, tu saresti uno di quelli che sopravvivono.»

Ho riso. «Diciamo che non avevo mai considerato la cosa da questa prospettiva.»

«Al confronto, la mia vita sembra noiosissima.»

«Ne dubito.»

«Che tipo è tua sorella? Cioè, so che è un'artista e che vivete insieme, ma tu come la descriveresti? In tre parole.»

Ho appoggiato la testa all'indietro; non sapendo che cosa rivelarle esattamente, mi sono limitato alle informazioni basilari. «Sveglia», ho risposto. «In gamba. Generosa.» Avrei potuto aggiungere che era una guerriera, ma ho evitato. Invece le ho spiegato che Paige mi aveva fatto da madre, una delle ragioni per cui eravamo così legati.

«E tua zia?» ha proseguito.

«Tosta. Lavoratrice. Onesta. Non è stato facile per lei dopo la morte dello zio, ma quando abbiamo iniziato a fare cambiamenti alla fattoria, è tornata quella di un tempo. Adesso la fattoria è tutta la sua vita, e la ama molto. Ultimamente ha cercato di convincermi a espanderci e ad allevare bovini biologici nutriti esclusivamente a erba, ma non abbiamo mai trattato bestiame e non saprei da che parte cominciare.»

«Potrebbe essere un'ottima idea. Alla gente piace poter scegliere prodotti di qualità quando fa la spesa.»

«Già, ma non si tratta solo di questo. Bisogna avere pascoli abbastanza estesi, per esempio, cercare la razza giusta, organizzare il trasporto, trovare i clienti e un miliardo di altre cose. Potrebbe diventare più una scocciatura che altro.»

La berlina argento davanti a me ha iniziato a rallentare per poi fermarsi nel parcheggio del ristorante. Io l'ho superata e ho trovato un posteggio.

Una volta dentro, la cameriera ci ha accompagnato a un séparé in fondo alla sala. Non appena ci siamo seduti, dopo i complimenti di rito per il mio spettacolo, è iniziato l'interrogatorio. Come lei, anche le sue amiche non riuscivano a credere che fossi un contadino e hanno manifestato la stessa curiosità riguardo alle mie attività quotidiane. Mi hanno fatto il terzo grado sulla mia infanzia, la mia famiglia e gli anni nella band. Tra un boccone e l'altro sono riuscito a strappare qualche informazione anche a loro. Stacy era cresciuta a Indianapolis, il suo ragazzo si chiamava Steve e voleva diventare pediatra; Holly veniva da una cittadina del Kentucky e aveva praticato ogni sport immaginabile. Maria era di Pittsburgh, anche lei era fidanzata e sognava di lavorare per *Ballando con le stelle*. «È più probabile che finirò a insegnare in una scuola di danza, e magari un giorno ne aprirò una tutta mia. A meno che mia madre non mi lasci creare coreografie con lei.»

«Lo farà?»

«Dice che ho ancora tanto da imparare.» Ha alzato gli occhi al cielo. «È molto esigente da quel punto di vista.»

Diversamente da Morgan, Maria non ha avuto remore a mostrarmi la loro pagina TikTok. Mi ha dato il telefono e ha avviato un video di loro quattro che ballavano. Alla fine ne ha fatto partire un altro, poi un terzo.

«Credo che abbia capito», l'ha bloccata Morgan, cercando di prenderle il cellulare.

«Ancora un paio», ha protestato Maria allontanandola con la mano. Adesso mi spiegavo il motivo per cui erano popolari; le loro esibizioni riprendevano coreografie K-pop ed erano sexy, però in maniera divertente e mai volgare. Non sapevo che cosa mi fossi aspettato, ma sono rimasto decisamente colpito.

L'interrogatorio si è spostato di nuovo su di me, con altre domande; anche a loro interessavano in modo particolare le galline e i pomodori, e hanno storto il naso alla notizia che coltivassi tabacco. Come avevo già fatto con Morgan, ho raccontato della mia fase ribelle e degli anni della band e di come fossi diventato un contadino. Morgan sembrava rassegnata al fatto che le sue amiche mi sottoponessero a una sorta di terzo grado e ogni tanto incrociava il mio sguardo con una tacita espressione di scuse negli occhi.

Non hanno voluto che pagassi io, e abbiamo messo i soldi sul tavolo aggiungendo al conto una generosa mancia. Ciascuna a modo proprio, erano tutte e tre fenomenali, come Morgan del resto. Erano sicure di sé, ambiziose e incredibilmente mature.

Quando siamo usciti dal ristorante, Morgan e io siamo rimasti un po' indietro rispetto a loro. Mentre la osservavo nella luce fioca dell'ingresso, ho avuto la sensazione che, se l'avessi rivista, sarebbero stati guai.

«Le tue amiche sono simpatiche», ho detto. «Grazie della serata.»

«Grazie a te della compagnia», ha risposto, stringendomi brevemente il braccio.

«Che programmi avete per domani?»

«Niente di preciso. Di sicuro al mattino faremo le prove e staremo un po' in piscina, ma Holly ha proposto anche di fare un po' di shopping o andare al Dalí.» Poi, come se si fosse ricordata all'improvviso con chi stava parlando, ha spiegato: «È un museo a St Petersburg dedicato alle opere di Salvador Dalí. È un pittore surrealista».

«Mia sorella me ne ha parlato», ho detto.

Deve aver colto qualcosa nel mio tono perché mi ha chiesto: «Non ti interessa?»

«Non me ne intendo abbastanza di arte per capire se mi interessa oppure no.»

Lei ha fatto di nuovo quella sua risata profonda. «Almeno sei sincero. E tu cosa farai?»

«Non ho ancora deciso. Probabilmente farò un po' di jogging e poi, chi lo sa?»

«Scriverai un'altra canzone?»

«Se avrò l'ispirazione.»

«Vorrei che succedesse a me. Che mi venisse l'ispirazione, così. Invece è sempre una lotta.»

«Mi piacerebbe sentire qualcosa scritto da te. Soprattutto adesso che ho visto come balli.»

«Già, a proposito del ballo», ha detto. «Maria è molto orgogliosa delle nostre performance.»

«E ne ha tutte le ragioni. Siete bravissime. Se vi avessi conosciuto, vi avrei seguito anch'io come gli altri milioni di persone.»

In quel momento, dei fari hanno segnalato l'arrivo dell'Uber delle ragazze. Ho visto Holly controllare il numero di targa sul cellulare e, una volta avuta la conferma, tutte e quattro si sono dirette verso la macchina prima ancora che si fermasse.

«Se vuoi posso darti uno strappo fino all'hotel.»

«Vado con le mie amiche, comunque grazie.» E, dopo una brevissima pausa: «Sono felice che tu le abbia conosciute».

«Anch'io.»

Ha indugiato ancora un istante, quasi fosse riluttante ad andarsene. «Sarà meglio che vada.»

«Meglio, sì.»

«Magari veniamo al tuo prossimo spettacolo.»

«Mi farebbe piacere.»

«E se scriverai un'altra canzone, voglio essere la prima a sentirla.»

«Si può fare.» Avevo la sensazione che ci trovassimo in

una fase di stallo. Le parole successive mi sono uscite di bocca in maniera quasi automatica. «Hai mai provato il kayak?»

«Come?»

«Il mio amico Ray mi ha parlato di un posto dove puoi noleggiare i kayak e navigare in mezzo alle mangrovie. Mi ha assicurato che è molto divertente.»

«E perché lo dici proprio a me?»

«Mi chiedevo se ti andasse di accompagnarmi. Domani, dato che non hai nessun impegno fisso, intendo.»

Non era la tattica migliore per invitare fuori una ragazza, ma al momento non mi è venuto in mente niente di meglio.

Lei si è messa le mani sui fianchi. «A che ora pensavi di andare?»

«Verso le nove? Così potrai tornare in tempo per il Dalí o la piscina o qualunque altra cosa.»

«Ti va bene se facciamo alle dieci? Sai, per le prove.»

«Ma certo. Ci troviamo nella hall?»

Lei mi ha toccato di nuovo il braccio e mi ha guardato negli occhi. «Non vedo l'ora.»

18

Se prima di venire qui qualcuno mi avesse detto che avrei rimorchiato una ragazza a St Pete Beach, gli avrei riso in faccia. Ma mentre guardavo Morgan allontanarsi, ho provato una certa soddisfazione, pur chiedendomi in che cosa mi stessi cacciando.

C'era qualcosa di... carismatico in lei. La parola mi è affiorata alla mente mentre loro si allontanavano, e più ci pensavo, più mi sembrava adatta a descriverla. Sebbene gran parte di quello che avevo scoperto su di lei sembrasse amplificare le nostre differenze, avevo l'impressione che Morgan non se ne preoccupasse per nulla. Era come se per lei il fatto che amassimo entrambi la musica fosse sufficiente. Per il momento, almeno. O, se non altro, per un primo appuntamento.

Ma dove ci avrebbe portato? Era quello che non riuscivo a capire. Era un primo passo serio, oppure si trattava di un flirt senza importanza? Sono sicuro che un sacco di ragazzi avrebbe preferito la seconda ipotesi e probabilmente anch'io, se si fosse trattato di un'altra persona. Ma il mio coinvolgimento con Morgan sembrava più profondo.

Mi piaceva, ho pensato, poi ho scosso la testa, sapendo che non era del tutto esatto.

Mi piaceva molto.

19

Non credo che fosse ansia, in ogni caso mi sono svegliato all'alba e non sono più riuscito a addormentarmi. Sono andato a correre di buon'ora, poi ho riordinato l'appartamento. Dopo la doccia ho fatto un salto al supermercato per fare rifornimento di snack e bibite.

Immaginando che in kayak mi sarei bagnato, mi sono infilato un paio di calzoncini sopra il costume, ho preso una maglietta di ricambio e mi sono messo le infradito. Erano già le nove e mezzo, così mi sono avviato verso l'hotel.

La hall era sontuosa come il resto dell'edificio rosa, e ferveva di attività nel sole del mattino. Ho dato un'occhiata al telefono e ho visto un messaggio di Ray che mi informava di un cambiamento nell'orario per l'indomani. Avrei iniziato a suonare alle quattro anziché alle cinque, cioè avrei fatto un'ora in più, ma non era un problema, così gli ho risposto che sarei arrivato puntuale. Quando Morgan è entrata nella hall, ho notato che era vestita sportiva: bikini turchese, top bianco, shorts di jeans stinti. In spalla, aveva una borsa da mare di Gucci e tra i capelli si intravedeva un paio di costosi occhiali da sole.

«Ciao», mi ha salutato. «Scusa per il ritardo, ma non sapevo cosa mettermi.»

«Direi che va benissimo così», le ho risposto. «Hai preso tutto?»

Lei ha annuito e io ho indicato la porta. Un istante dopo, percorrevamo il lungo vialetto in discesa.

«Come sono andate le prove?»

«Come al solito. Quando penso che sia tutto perfetto, Maria nota qualcosa su cui bisogna lavorare ancora.»

«Dove vi esercitate? Non mi sembra di avervi visto in spiaggia, stamattina, quando sono andato a correre.»

«Di solito usiamo la sala conferenze al primo piano. Probabilmente non sarebbe permesso, ma finora nessuno si è lamentato.»

«Vuoi dire che non rispetti le regole?»

«A volte», ha riconosciuto. «Non succede a tutti?»

«Da te non me lo sarei mai aspettato.»

«Ci sono tantissime cose che ancora non sai di me.»

«Per esempio?»

«Te le dirò solo se farai le domande giuste.»

«D'accordo.» Ho finto di riflettere sulle varie possibilità. «Parlami del tuo ex ragazzo.»

«Non ti ho mai detto di aver avuto un ragazzo.»

«Allora considerami un tipo perspicace.»

«Che cosa vuoi sapere?»

«Qualunque cosa. Che tipo era? Quanto tempo siete stati insieme?»

Lei ha fatto un sospiro. «Studiava al corso preparatorio

per giurisprudenza, aveva due anni più di me e ci siamo incontrati quando frequentavo il primo anno. Ero molto impegnata con la musica e la danza e le lezioni e volevo anche stare con le mie amiche. Per lui era difficile da capire. Se la prendeva quando non riuscivo a passare con lui tutto il tempo che voleva, mi aveva persino chiesto di mollare le lezioni di pianoforte e cose simili, così io ho iniziato a non sopportarlo. Perciò, dopo un paio di mesi, ho troncato e tanti saluti. E tu? Parlami della tua ex ragazza. O forse è solo... la tua ragazza?» Mi ha scoccato un'occhiata eloquente.

«Senza dubbio una ex», le ho assicurato, prima di farle una breve sintesi su Michelle, sui nostri orari incompatibili e sul suo trasferimento fuori città. Mentre ascoltava, Morgan lucidava distrattamente le lenti degli occhiali con il top, l'espressione seria.

«Ti spiace che non abbia funzionato?»

«All'inizio forse un pochino, ma l'ho superato in fretta.»

«Io non mi sono mai pentita di averlo lasciato», ha detto.

«È bello sapere che sei capace di scaricare qualcuno senza farti il minimo problema.»

«Se lo meritava.»

«Peggio per lui.»

Mi ha sorriso. «A proposito, per le mie amiche sei okay. Ti trovano simpatico, anche se non sono convinte al cento percento che fosse il caso di venire con te oggi.»

«Avrebbero potuto unirsi anche loro.»

«Non hanno paura che tu possa farmi del male, ovviamente», mi ha spiegato. «È che io sono la più giovane del gruppo e a volte si sentono in dovere di tenermi d'occhio.»

«Come i tuoi genitori?»

«Esattamente. Secondo loro sono un po' ingenua perché ho sempre vissuto sotto una campana di vetro.»

«È vero?»

«In parte sì», ha ammesso con una risata. «Ma penso che quasi tutti gli studenti del college siano un po' ingenui. Come dire... fa parte dell'ambiente, soprattutto se sei cresciuto in un quartiere residenziale e in una buona famiglia. La maggior parte di noi che ne sa del mondo reale? Ovviamente se lo dicessi alle mie amiche, mi accuserebbero di mettermi sulla difensiva.»

L'ho guardata. «Per quel che vale, a me non sembri affatto ingenua», le ho detto. «Dopotutto, vai in giro con lo spray al peperoncino.»

«Credo che loro si riferiscano alle mie emozioni.»

Non sapendo come rispondere, ho dirottato la conversazione verso argomenti più leggeri. Abbiamo parlato di cinema e delle canzoni che ci piacevano e, dopo averle raccontato che avevo imparato a suonare la chitarra da mio zio, lei mi ha rivelato che da piccola, prima ancora di andare a scuola, conosceva a memoria i testi di tutte le canzoni di una mezza dozzina di film Disney. Mi ha parlato dei suoi anni di danza e dei concerti che aveva tenuto e mi ha tessuto le lodi del suo insegnante privato di canto a Chicago. Anche quando era al college, andava a trovarlo ogni due settimane, nonostante gli impegni di studio. Alla fine mi ha detto i nomi degli agenti che avrebbe incontrato a Nashville e dei cantanti che rappresentavano – oltre a indicarmi i loro punti di forza e le loro debolezze – e mi ha parlato divertita delle bizzarrie del mondo della musica in generale, e io mi sono sorpreso a pensare di nuovo che fosse molto di più di un bel viso. Era talmente elegante e raffinata, nonostante la giovane età, che mi sono reso conto che i miei sforzi per realizzare il mio sogno impallidivano in confronto ai suoi. Io l'avevo fatto per divertimento, mentre lei aveva pianificato con cura ogni passo, coltivando le sue abilità in modo da creare una solida base per il successo futuro.

Stranamente non ero invidioso di questo, e neppure del fatto che avesse avuto vantaggi e opportunità che a me erano stati negati. Anzi, ero felice per lei, soprattutto perché ricordavo quanto un tempo quel sogno fosse stato importante per me. E poi mi piaceva starla ad ascoltare, e mi rendevo conto che più cose imparavo di lei, più avrei voluto scoprirne.

Raggiunto il Fort de Soto Park, ho seguito le indicazioni e ho parcheggiato in uno spiazzo sterrato accanto a una baracca di legno che noleggiava kayak. Siamo scesi dalla macchina, ci siamo diretti da quella parte e l'addetto, dopo aver preso i soldi, ci ha consegnato una pagaia e un giubbotto salvagente ciascuno.

«Se avete il costume da bagno, potete lasciare i vestiti in macchina», ci ha suggerito mentre incassava il pagamento. «A meno che non vi importi arrivare bagnati dovunque siate diretti dopo la gita.»

Tornati alla macchina, ho cercato in tutti i modi di non fissare Morgan mentre si spogliava. Ho sistemato i nostri vestiti sul sedile anteriore, ho preso gli occhiali da sole e un berretto da baseball dal cassettino del cruscotto. Ho visto che Morgan infilava il cellulare in una custodia impermeabile, una cosa che non mi era venuta in mente di portare.

«Vuoi della crema solare?» mi ha chiesto. Anche quella mi ero scordato. «Io ce l'ho, se te la sei dimenticata.»

«Ti ringrazio.»

Lei ha strizzato il tubetto versandomi un po' di crema sulla mano e io me la sono spalmata sulle braccia e sul viso.

«Vuoi che te la metta sulla schiena?» mi ha domandato.

Non avevo alcuna intenzione di dire di no – mi piaceva sentire il tocco delle sue mani – così ho annuito e mentre mi spalmava la crema sulla pelle, ho provato una sensazione più intima di quanto probabilmente lei potesse immaginare. «Vuoi che la spalmi anche a te sulla schiena?» le ho chiesto.

«Ci ha pensato Maria prima, comunque grazie.»

A quel punto, abbiamo indossato i giubbotti salvagente e ci siamo avvicinati con le pagaie ai kayak già pronti in riva all'acqua. L'addetto ci ha spiegato brevemente come tenere le pagaie, quanto fosse importante remare con colpi lunghi e regolari e come pagaiare all'indietro per cambiare direzione. Alla fine, ci ha indicato un canale che attraversava le mangrovie.

«Ci ribalteremo?» ha chiesto Morgan preoccupata guardando l'acqua.

«Questi kayak sono molto stabili, quindi non mi preoccuperei», ha risposto l'uomo. «Saltate a bordo così vi darò una spinta.»

Abbiamo ubbidito e siamo saliti sui kayak, che hanno ondeggiato lievemente. Seguendo le istruzioni dell'uomo, ho piegato leggermente le ginocchia e ho guardato Morgan scivolare all'indietro verso di me dopo che il suo kayak era stato spinto in acqua. Ci siamo girati e abbiamo iniziato a remare sull'acqua limpida.

«Non ondeggia quasi per niente», ha osservato lei sorpresa.

«Certo, peserai al massimo venticinque chili.»

«Peso molto di più.»

«Quanto?»

«Non vengo certo a dirlo a te.»

Ho fatto un sorrisino, poi tutti e due ci siamo messi a contemplare il paesaggio. In lontananza, si vedevano soffici nuvole, ma sopra di noi il cielo era di un blu elettrico e l'acqua uno specchio brillante. C'erano sterne e falchi pescatori tra il fogliame e tartarughe che prendevano il sole sui tronchi semisommersi.

Accanto a me, Morgan remava con grazia e senza il minimo sforzo.

«Bene... allora è questo il tuo passatempo in North Carolina? Inviti le ragazze ad ammirare la natura?»

«Non ero mai stato in kayak prima d'ora.»

«Non hai risposto alla mia domanda.»

«Abito in una piccola città. Non c'è molto altro da fare oltre a godersi la natura. Il fiume, una gita in spiaggia, qualche escursione nei boschi. Ci sono pochi locali e bar dove vivo io.»

Più avanti un pesce è guizzato fuori dall'acqua e Morgan l'ha indicato con la pagaia.

«Che pesce era?»

«Presumo un tarpone, ma non ne sono sicuro. Sono prede ambite, perché si difendono strenuamente prima di lasciarsi catturare.»

«Tu peschi?»

«L'ho fatto un paio di volte, ma non è il mio sport. Non ci crederai, ma a Paige piace molto più che a me. Non ho idea di dove abbia imparato, dato che non ci andavamo spesso da bambini.»

«Com'è vivere con tua sorella? Non conosco persone adulte che abitano insieme al fratello o alla sorella.»

Ancora una volta mi sono chiesto che cosa raccontarle, ma poi ho capito che non era il momento giusto per confidarle tutto. «So che sembra strano», ho ammesso. «A volte lo è anche per me. Ma, d'altronde, non ho mai vissuto da solo, quindi immagino di esserci abituato. In realtà, è una cosa a cui non ho mai pensato.»

«Anche mia sorella e io andiamo molto d'accordo, però non so se mi piacerebbe vivere insieme a lei tra qualche anno.»

«Mi hai detto che non ti somiglia affatto, ma che cosa significa con precisione?»

«Non le interessano minimamente la musica, il canto, il ballo o il pianoforte. È sempre stata molto brava negli sport, fin da piccola. Le veniva naturale: calcio, softball, atletica leggera, e infine pallavolo, che è diventata la sua passione. È già stata contattata da una decina di college e in autunno andrà a Stanford. Ovviamente non guasta il fatto che sia alta quasi un metro e ottanta e abbia ottimi voti.»

«È davvero alta...»

«Lo so. Ha preso dalla mamma. In famiglia, sono sempre stata l'ultima della cucciolata.»

«Deve essere stato difficile per te», ho commentato fingendomi triste. «Se avessi con me la chitarra, intonerei un canto funebre.»

«Ma smettila», ha protestato lei, spruzzandomi con la pagaia. Io mi sono scansato.

Abbiamo continuato a pagaiare lentamente, godendoci il silenzio. Dopo un po', ricordandomi delle indicazioni, mi sono guardato intorno in cerca del varco che portava al canale tra le mangrovie. Alla fine l'ho individuato e mi sono diretto da quella parte. L'imboccatura era larga all'incirca tre metri, ma poi si restringeva rapidamente, impedendoci di procedere appaiati.

«Vuoi andare prima tu o vado io?»

Lei ha esitato. «Normalmente, ti chiederei di andare per primo, nel caso ci fosse un orso o un pitone gigante o roba simile. Adesso, però, preferisco averti dietro, nel caso mi ribaltassi. Così non potrai lasciarmi affogare.»

«Non lo farei comunque», ho protestato. «E, in ogni caso, non credo ci siano orsi in questa zona. E probabilmente sei troppo leggera per rovesciarti, anche se ci provassi.»

«Perciò restano soltanto i pitoni giganti.»

«Scommetto che neanche quelli saranno un problema. Ma, giusto perché tu lo sappia, di solito è il secondo o il terzo della fila a essere attaccato da un serpente. Il primo è già passato quando il rettile si rende conto di quello che sta succedendo e si prepara ad attaccare.»

«Allora è deciso: vado prima io.»

Ho sorriso e l'ho seguita. Nel giro di un minuto, il canale si era ristretto ancora di più, tanto che adesso i rami sopra le nostre teste formavano una specie di galleria. L'acqua era liscia come l'olio e, all'ombra, l'aria era fresca. Morgan pagaiava con la grazia naturale di una ballerina. Intorno a noi, i granchi si arrampicavano lungo i rami degli alberi. Ne stavo osservando uno quando ho sentito Morgan che mi chiamava.

«Ci sei ancora?»

«Sono proprio qui dietro.»

«Volevo solo essere sicura.»

Non so quanto fosse lungo il canale, ma siamo rimasti sotto la volta di fronde per dieci o quindici minuti. Di tanto in tanto Morgan indicava qualcosa di interessante – di solito un granchio o una colonia di granchi – e mi chiamava per verificare che fossi sempre dietro di lei. La sua era una preoccupazione assurda perché era praticamente impossibile tornare indietro, anche se avessi voluto. Per la maggior parte del tempo, però, pagaiavamo in silenzio in quello che sembrava un altro mondo, inquietante e insieme incantato.

A mano a mano, il canale aveva cominciato ad allargarsi e il sole a filtrare tra le foglie. Dopo qualche altro colpo di pagaia siamo sbucati in un ampio estuario.

«È stato incredibile», ha detto Morgan con lo sguardo trasognato. «Per qualche minuto ho avuto la sensazione di trovarmi sospesa nel tempo.»

«Anche per me è stato lo stesso.»

«Dove siamo?»

«Non ne ho la più pallida idea.»

«Sai come tornare indietro?»

«Immagino dalla stessa direzione da cui siamo arrivati.»

Il sole era alto nel cielo e dopo tanta ombra sembrava ancora più abbagliante. Morgan si è appoggiata la pagaia in grembo continuando ad ammirare il paesaggio mentre io facevo del mio meglio per non fissare la sua pelle coperta da un leggero velo di sudore.

La corrente era leggera, ma sufficiente per allontanarci l'uno dall'altra. Quando ho immerso la pagaia nell'acqua per accorciare le distanze, ho notato una strana ombra un paio di metri circa dietro Morgan. Dalla posizione in cui mi trovavo io, sembrava un tronco o una roccia, ma mi pareva strano che si muovesse.

Con qualche energico colpo di pagaia l'ho superata. Appena mi sono sporto a guardare nell'acqua, ho capito di che cosa si trattava.

«Che cosa fai?» ha chiesto Morgan girando il kayak.

«C'è un lamantino», ho risposto sottovoce.

Nuotava all'incirca a un metro di profondità, le grandi pinne che si muovevano al rallentatore. Intanto Morgan si era avvicinata, con espressione eccitata e ansiosa.

«Sono pericolosi?»

«No, ma probabilmente è vietato avvicinarsi troppo. Però non ne sono sicuro.»

«Voglio vederlo», ha detto, pagaiando verso di me. Io mi sono sporto e ho afferrato la punta del suo kayak per fermarla.

Morgan ha guardato nell'acqua. «È enorme!» ha bisbigliato.

Non avevo idea di quali fossero le dimensioni normali di un lamantino, ma questo era un filo più piccolo del nostro kayak, più o meno lungo come un ippopotamo. A volte venivano avvistati anche in North Carolina, ma molto raramente, e io non avevo mai avuto la fortuna di vederne uno. Mentre lo guardavo, Morgan ha tirato fuori il cellulare e ha iniziato a scattare foto. Poi le ha osservate, accigliandosi.

«Non si vede molto bene. Sembra una grossa chiazza grigia.»

«Vuoi che mi tuffi e cerchi di farlo salire più in superficie?»

«Lo faresti?»

«Neanche per sogno.»

Ha sollevato gli occhi al cielo e poi si è illuminata in viso. «Ehi! Sta salendo a galla. Puoi spingere leggermente il mio kayak?»

Le ho dato una lieve spinta con la pagaia, facendola avvicinare al lamantino. Nonostante fossi più distante, anch'io mi sono reso conto che stava affiorando. La sagoma indistinta ha iniziato a farsi più nitida, rivelando la grossa testa e l'ampia coda a spatola che muoveva su e giù. Ho spostato lo sguardo su Morgan che stava scattando foto mentre io manovravo il mio kayak.

«Continua ad allontanarsi!» si è lamentata.

Usando il remo, l'ho spinta di nuovo. Dopo aver scattato qualche altra foto, ha abbassato il telefono. «Secondo te lo stiamo disturbando?»

«Sono sicuro che si imbattono in continuazione nei kayak.» Con la coda dell'occhio ho visto un'altra ombra sulla destra. «Abbiamo compagnia. Ce n'è un altro.»

Era leggermente più piccolo del precedente e Morgan ha strizzato gli occhi per distinguerlo.

«Credi che siano parenti? Magari madre e figlio?» ha chiesto.

«Non ne ho la più pallida idea.»

«Ce ne saranno altri? Nuotano in banchi o come si chiamano?»

«Perché mi fai tutte queste domande? Sono un contadino del North Carolina. Non so niente di lamantini.»

Nei suoi occhi si è acceso un lampo divertito. «Ti dispiacerebbe toglierti gli occhiali, dato che ho il telefono a portata di mano? E sollevare la visiera del berretto?»

«Perché?»

«Voglio farti una foto sul kayak. Sembri un vero sportivo.»

L'ho accontentata ma, da come muoveva il pollice sullo schermo, ho intuito che scattava non una, bensì una decina di foto. Ha subito iniziato a esaminarle. «Bene, ottimo. Ce ne sono alcune proprio belle.»

Siamo rimasti con i lamantini finché non si sono spostati più al largo. A quel punto, abbiamo deciso di tornare indietro e abbiamo raggiunto il canale.

«Vai tu per prima oppure vado io?»

«Stavolta tocca a te. Ma ti prego di non lasciarmi indietro.»

«Per chi mi prendi?»

«Devo ancora deciderlo, ma ti prometto che sarai il primo a saperlo.»

Con un sorriso, mi sono inoltrato tra le mangrovie, remando lentamente e girandomi spesso per assicurarmi di non andare troppo veloce. Nel frattempo, Morgan continuava a fare domande impossibili sui lamantini. Secondo me i due che avevamo visto stavano per accoppiarsi? Quand'era la stagione degli amori? Passavano la maggior parte del tempo in posti come quello, oppure preferivano l'oceano aperto? Io le ho detto che avrei controllato su Google e le avrei risposto. A quel punto, ha detto: «Fermati un attimo».

Io ho ubbidito e ho girato il kayak. Aveva tirato fuori il cellulare e stava scrivendo, poi ha iniziato a far scorrere la pagina. «I lamantini possono raggiungere un peso di seicento chili», ha iniziato. «Si accoppiano tutto l'anno, ma la maggior parte delle nascite avviene in primavera e in estate. Il loro habitat naturale sono le zone costiere paludose come questa, e possono essere avvistati fino in Virginia. Dimostrano abilità simili ai delfini, quindi sono molto intelligenti.

Dalla foto su Internet assomiglia a un delfino un po' tozzo incrociato con una balena in miniatura.»

«Grazie di rendere edotto un ignorante.»

«Sono contenta di esserti utile», ha risposto. «Puoi andare.»

Abbiamo ripreso la via del ritorno e, più o meno a metà strada, abbiamo incrociato due kayak che ci venivano incontro. Ci siamo spostati a destra, loro hanno fatto altrettanto, ma lo spazio per passare era davvero angusto, così ho dovuto chinarmi per evitare i rami più bassi.

Quando finalmente siamo risbucati nel canale più ampio, abbiamo proseguito chiacchierando amabilmente, scambiandoci i nostri aneddoti preferiti di quando eravamo bambini. Ci siamo diretti verso la spiaggia e l'addetto ci ha aiutato a tirare in secco il kayak. Quando sono sceso ero un po' anchilosato, al contrario di Morgan che sembrava in perfetta forma mentre ci dirigevamo insieme verso la macchina.

Lei ha preso la borsa dal sedile. «Voltati e non guardare», mi ha ordinato, allontanandosi di qualche passo in una nuvola di profumo di olio al cocco. «Ho il sedere bagnato e voglio mettermi i calzoncini.»

Ovviamente ho ubbidito e, quando mi ha fatto il segnale, mi sono girato e ho notato che si era tolta anche il reggiseno del bikini.

«Ora tocca a me», ho detto. Ci siamo scambiati di posto, io mi sono infilato i pantaloncini asciutti e ho gettato il costume bagnato sul pianale. Morgan ha preferito tenere gli slip del bikini sul sedile accanto a sé: erano così minuscoli che avrei potuto appenderli allo specchietto.

Ho chiesto al tizio dei kayak indicazioni per l'area picnic, che in effetti era a soli pochi minuti di distanza. Mentre guidavo, Morgan esaminava le foto.

«Non capisco se mi piacciono di più quelle dei lamantini o le tue.»

«Mmh», ho detto piegando la testa di lato. «È un complimento o un'offesa?»

«Nessuna delle due cose. Di te posso sempre fare altre foto, ma dubito che vedrò un altro lamantino mentre sono qui.»

«Hai fame?»

«Un po'», ha risposto. «Ma ho fatto colazione, perciò non sto morendo di fame.»

«Che cos'hai mangiato?»

«Un tè verde prima delle prove e un frullato verde dopo.»

Ho annuito, sebbene non avessi la minima idea di che cosa fosse un frullato verde.

Ho rallentato quando ho visto i tavoli da picnic, poi mi sono fermato nel parcheggio. I tavoli erano tutti liberi e ne ho scelto uno all'ombra di un albero di cui non conoscevo il nome ma che assomigliava a una quercia. Sono sceso e ho recuperato il frigo portatile dal pianale, poi mi sono avviato con Morgan. Ho piazzato il frigo sul tavolo e ho tirato fuori uva, noci, formaggio e cracker, e in ultimo due mele.

«Non sapevo che cosa ti andasse, così ho scelto della roba a caso.»

Lei ha preso una mela. «Questa è perfetta», ha detto. «Hai portato anche qualcosa da bere?»

«Tè freddo e acqua.»

«Per caso hai qualcosa senza caffeina e senza zucchero?»

«Casualmente, sì.» Le ho allungato la bottiglietta e lei ha letto l'etichetta.

«Melograno e ibisco. Ottima scelta.»

Mi sono seduto, ho stappato una bottiglia d'acqua e ho preso le noci e il formaggio. Dopo un attimo di esitazione, ho aggiunto anche qualche acino d'uva e la mela. «Contrariamente a te, non ho fatto colazione. E sto morendo di fame.»

«Mangia quello che vuoi. Hai portato tutto tu. Peccato che non hai pensato a qualche dolcetto. Adoro i dolci fatti in casa. Ma mi piacciono anche gli Oreo.»

«Tu mangi biscotti?»

«Ma certo. Non li mangiano tutti?»

«Non mi sembri il tipo da dolci.»

Ha alzato gli occhi al cielo. «È vero, sì, di solito cerco di mangiare cibi sani, ma ho anche un metabolismo pazzesco, quindi se mi vanno un paio di biscotti, me li mangio. Secondo me, noi donne siamo ossessionate dal peso, e ci preoccupiamo meno di essere forti e in salute. Purtroppo, conosco un sacco di ragazze con gravi disturbi alimentari.»

Ancora una volta sono rimasto colpito non solo dalla sua determinazione, ma anche dalla sua sensibilità, soprattutto considerata la sua giovane età, e ho pensato alle sue parole mentre aprivo il sacchetto di noci e scartavo il formaggio. Mentre Morgan sorseggiava l'infuso e sbocconcellava la mela, ci siamo messi a chiacchierare amabilmente. Io le ho chiesto se avesse altri hobby e interessi oltre alla musica e lei mi ha fatto qualche altra domanda sulla fattoria. Per un po' siamo rimasti in silenzio. Si sentivano solo gli uccelli cinguettare e mi sono reso conto che apprezzavo il fatto che Morgan non avvertisse la necessità di parlare per forza.

Ha bevuto un altro sorso di infuso, poi ha posato gli

occhi su di me con rinnovato interesse. «Vorrei farti una domanda, ma non sei obbligato a rispondere.»

«Chiedi pure.»

«Com'è morta tua mamma? Per un tumore o un incidente? Doveva essere piuttosto giovane.»

Io non ho risposto subito. Sapevo che prima o poi quella domanda sarebbe arrivata, perché succedeva sempre. Di solito cercavo di evitarla o davo una risposta evasiva, ma non stavolta: volevo che Morgan sapesse.

«Mia madre è sempre stata una persona triste, anche da giovane», ho iniziato. «Almeno stando a quanto dice la zia. Secondo lei soffriva di depressione, ma dalle informazioni che sono riuscito a raccogliere nel corso del tempo, io ho concluso che fosse bipolare. Anche se non credo che abbia molta importanza. Non si sa perché, una volta che si sentiva particolarmente triste, si è tagliata i polsi nella vasca da bagno. È stata Paige a trovarla.»

Morgan si è portata una mano alla bocca. «Oddio. È terribile! Mi spiace...»

Ho annuito, tornando per un istante al passato: alcuni ricordi erano particolarmente vividi, altri sfocati quasi al punto da scomparire. «Eravamo tornati da scuola e, quando l'abbiamo chiamata, non ci ha risposto. Credo che Paige fosse andata in camera sua a cercarla... Non ricordo bene quella parte, ma ricordo perfettamente che mi ha trascinato a casa dei vicini. E poi sono arrivate le macchine della polizia e l'ambulanza e c'erano tutti i vicini fuori. Non ricordo nemmeno quando gli zii sono venuti a prenderci, ma di sicuro dovevano essere lì e alla fine ci hanno portato alla fattoria.»

«Povero piccolo», ha bisbigliato, pallida in viso. «Povera Paige. Non oso immaginare che cosa proverei se trovassi mia madre in quello stato. O se dovessi trovarmi davanti a una scena del genere.»

«Ci credo.»

Dopo un attimo di silenzio, mi ha preso la mano. «Colby, mi dispiace di avertelo chiesto. È stata una giornata così bella e ho rovinato tutto.»

Ho scosso la testa, confortato dal calore della sua mano sopra la mia. «Non hai rovinato niente. Come ho detto, è successo tantissimo tempo fa e non ricordo molto. E poi, indipendentemente da tutto, non potrò mai scordare che abbiamo visto un lamantino mentre eravamo in kayak.»

«Allora mi perdoni?»

«Non c'è niente da perdonare», ho insistito.

Lei mi ha scrutato attentamente, come per decidere se credermi. Alla fine mi ha lasciato la mano e ha staccato qualche acino d'uva dal grappolo. «Il lamantino è stata un'esperienza notevole», ha detto, evidentemente con l'intenzione di cambiare argomento. «Anzi, i due lamantini. Mi sembrava di essere dentro un documentario di Nature Channel.»

Ho sorriso. «Che cosa ti va di fare adesso? Vuoi che ti riporti dalle tue amiche così potete andare al Dalí o a fare shopping?»

«Sai che cosa mi piacerebbe?» Si è sporta in avanti appoggiando le braccia sul tavolo.

«Non ne ho idea.»

«Mi piacerebbe vederti scrivere una canzone», ha detto.

«Così, di punto in bianco? Credi che sia come aprire o chiudere un rubinetto?»

«Sei stato tu a dirmi che le idee ti vengono naturalmente.»

«E se non mi fosse venuto in mente più niente dopo l'ultima?»

«Allora potresti pensare a quello che hai provato quando hai visto il lamantino.»

L'ho guardata piuttosto scettico. «Non è mica sufficiente.»

«Allora pensa a noi due che facciamo un picnic.»

«Dubito che anche questo sarebbe sufficiente.»

A un certo punto lei si è alzata. È venuta dalla mia parte e si è chinata su di me; prima che mi rendessi conto di quello che stava succedendo, ho sentito la sua bocca posarsi lievemente sulla mia. Non è stato un bacio travolgente, e nemmeno appassionato, ma era pieno di tenerezza e ho sentito un vago sentore di mela sulle sue labbra, talmente morbide da essere quasi perfette. Si è staccata con un sorriso, consapevole di avermi colto di sorpresa.

«Che ne dici di una canzone su una splendida mattinata e un primo bacio, allora?»

Mi sono schiarito la voce, ancora lievemente scosso da quanto era appena successo. «Sì», ho risposto. «Potrebbe funzionare.»

20

DURANTE il tragitto di ritorno, Morgan ha continuato a scrivere alle amiche scambiando qualche parola con me.

«Aggiorni le tue amiche?» le ho chiesto.

«Gli ho raccontato di aver visto un lamantino. Gli ho mandato le foto.»

«Sono invidiose?»

«Sono a fare shopping, quindi ne dubito. Quando tornano, hanno deciso di andare un po' in piscina.»

«Niente museo?»

«Credo di no. Mi hanno anche accennato di voler andare ai Busch Gardens di Tampa domani.»

«Mi sembra divertente.»

«Ti va di venire con noi? Pensavamo di partire subito dopo le prove, intorno alle dieci. E di passare là tutta la giornata.»

«Non posso, domani ho lo spettacolo alle quattro.»

«Oh!» ha esclamato, in tono più deluso di quanto mi aspettassi.

Mentre parlavamo del più e del meno, non riuscivo a togliermi dalla testa il bacio e il suo eventuale significato, ammesso che ce l'avesse. L'aveva fatto davvero solo per darmi l'ispirazione? Si era sentita in colpa per avermi chiesto della mamma? Oppure mi aveva baciato perché le piacevo? Per quanto mi sforzassi, non riuscivo a trovare una risposta, e di certo Morgan non mi era stata d'aiuto. Dopo il bacio aveva addentato un chicco d'uva e si era riseduta di fronte a me, come se niente fosse. Poi mi aveva domandato di che segno zodiacale fossi. Le avevo risposto che ero del Leone e lei mi aveva detto di essere un Toro, accennando distrattamente al fatto che i due segni non andavano molto d'accordo. Però lo aveva detto ridendo e questo mi aveva confuso ancora di più.

Arrivato al mio appartamento, ho parcheggiato al solito posto, poi ho preso il frigo portatile e sono salito al secondo piano. Morgan mi seguiva con la borsa in spalla, le nostre ciabatte che risuonavano all'unisono sui gradini di legno.

«Non so perché, ma pensavo che avessi affittato un posto sulla spiaggia.»

«Non tutti hanno genitori medici che possono pagarti le vacanze.»

«È vero, ma quando ci siamo conosciuti mi hai detto che era la tua prima vacanza dopo tantissimi anni. Sarebbe valsa la pena investire in un posto con vista sul tramonto.»

«Non ne ho bisogno. Canto sulla spiaggia, così vedo tramonti stupendi tutte le sere. Questo posto mi serve principalmente per dormire, cambiarmi e fare il bucato.»

«E scrivere canzoni», ha aggiunto lei.

«Solo se sono dell'umore giusto.»

Quando ho aperto la porta, ho tirato un sospiro di sollievo perché avevo riordinato prima di uscire e avevo anche acceso il condizionatore. Si sentiva che l'estate stava avanzando perché faceva già piuttosto caldo.

Ho appoggiato il frigo a terra, inspiegabilmente nervoso. «Vuoi qualcosa da bere? Acqua o birra? Credo sia rimasto un tè, se lo preferisci.»

«Il tè va benissimo», ha detto.

Ho tirato fuori un tè per lei e una bottiglietta d'acqua per me. L'ho osservata mentre svitava il tappo e intanto si guardava in giro nel salotto.

«È carino qui. Mi piace l'arredamento.»

Era il classico alloggio da vacanza in Florida, con mobili funzionali ed economici, cuscini color pastello e stampe anonime di pesci e barche e spiagge appese alle pareti.

«Grazie», ho risposto, consapevole che quando lo avevo prenotato, non avevo fatto minimamente attenzione alle foto, concentrato soltanto sul prezzo.

Ha indicato gli strumenti musicali e la chitarra sistemati accanto al divano. «È qui che succede, allora?»

«Di solito sto seduto sul divano, ma in realtà posso scrivere da qualunque parte, a patto di poter suonare la chitarra.»

Morgan ha posato il tè sul tavolino, poi si è seduta timidamente sul divano. Si è appoggiata all'indietro, poi si è sporta in avanti e ha cambiato posizione in mezzo ai cuscini.

«Si può sapere che cosa stai facendo?» le ho chiesto.

«Sto cercando di assorbire qualunque cosa tu abbia che ti rende così facile scrivere canzoni.»

Ho scosso la testa. «Sei strana.»

«Sono un sacco di cose», ha detto. «Ma devo anche farti

una confessione. Ho portato con me alcuni dei miei lavori. Cioè, una canzone a cui sto lavorando. Il testo ce l'ho quasi tutto e anche parte della musica. Ti va di ascoltare quello che ho fatto? Vorrei conoscere le tue impressioni.»

«Fammi vedere», ho risposto, sentendomi lusingato. Ho preso la chitarra e mi sono seduto sul divano accanto a lei.

Nel frattempo, Morgan ha appoggiato il telefono sul tavolino rovistando nella borsa. Ha tirato fuori un bloc-notes a spirale, di quelli usati dagli studenti alle superiori e all'università. Quando ha visto la mia espressione sorpresa, si è stretta nelle spalle.

«Mi piace usare carta e penna», ha detto. «Non prendermi in giro.»

«Non ti sto prendendo in giro.» Ho afferrato il mio bloc-notes dal tavolino e gliel'ho mostrato. «Anch'io faccio lo stesso.»

Mi ha sorriso e si è messa il taccuino sulle ginocchia. «Mi sento un po' nervosa a farti vedere queste cose.»

«Perché?»

«Non saprei, forse perché sei così bravo?»

Inizialmente non sapevo che cosa rispondere. Alla fine le ho detto: «Non essere nervosa, so già che sei fantastica».

Non sapevo da dove mi fossero uscite quelle parole; mi erano venute così, senza pensarci. Per un attimo, vedendola abbassare lo sguardo, mi sono pentito di averle pronunciate, poi mi sono reso conto che era arrossita. Siccome non volevo metterla ulteriormente a disagio, ho fatto un respiro profondo.

«Che genere di musica ti interessa?» le ho chiesto. «E a che tipo di canzone stai pensando?»

Lei ha incurvato leggermente le spalle prima di rispondere. «In questo momento mi interessa soprattutto il country-pop. Taylor Swift prima maniera, per darti un'idea. Ma probabilmente più pop che country.»

«Finora che cos'hai composto?»

«Ho la melodia principale e una parte del testo per il ritornello. Ma con tutto il resto sono in alto mare.»

«Ogni canzone deve partire da qualche parte. Hai scritto la musica?»

«L'ho registrata sul telefono. Dal piano.» Ha aperto il taccuino alla pagina corrispondente e me l'ha mostrato. «Ecco, qui», ha indicato, prima di prendere il telefono e avviare la registrazione. «È solo per il ritornello, okay?»

«Capito.»

Ha fatto partire la musica e dopo un paio di secondi ho sentito degli accordi per pianoforte in chiave minore. Mi sono sporto in avanti per ascoltarli meglio. Immaginavo che l'avrei sentita cantare, invece aveva registrato solo l'accompagnamento al pianoforte. Chinandosi verso di me, con il dito sulla pagina dove aveva scritto il testo, ha cantato sottovoce la melodia, quasi si vergognasse di farsi sentire.

Non c'era ancora molto, forse giusto dieci o quindici secondi, ma in effetti quei pochi accordi mi hanno fatto pensare a qualcosa che Taylor Swift avrebbe potuto scrivere agli inizi della sua carriera: i pensieri di una donna che, dopo la fine di una storia, si rende conto di stare meglio da sola e di potersi realizzare contando soltanto sulle proprie forze. Non era un'idea originale, ma avrebbe conquistato il pubblico, specialmente quello femminile, dato che parlava dell'importanza di sapersi accettare. Era un tema che non sarebbe mai passato di moda, soprattutto se accompagnato da una melodia orecchiabile che invitava a cantare.

«Che ne pensi?» mi ha chiesto.

«Come inizio è fantastico», ho risposto. «Mi piace molto.»

«Lo dici tanto per dire.»

«Non è vero. Come pensavi di continuare da qui? Con la musica o il testo?»

«Ecco, è qui che mi sono bloccata. Ho fatto un sacco di tentativi, ma non c'è niente che funzioni. È come se, non essendo sicura del testo, non sono sicura nemmeno della musica e viceversa.»

«È abbastanza frequente all'inizio.»

«Tu che cosa fai quando ti succede?»

«Procedo per tentativi, senza correggere niente o dare giudizi. Credo sia importante concedere una possibilità a tutte le idee che mi vengono in mente, per quanto possano sembrare assurde», ho spiegato. «Perché non facciamo la stessa cosa?»

Ho ascoltato di nuovo la registrazione, seguendola insieme al testo. Poi l'ho rifatto una terza e una quarta volta, strimpellando distrattamente la chitarra. Quando ho smesso di seguire la registrazione e ho suonato da solo, mi sono affidato all'istinto. Morgan è rimasta in silenzio, mentre le variazioni alla melodia cominciavano ad affluire e a sovrapporsi nella mia testa. Ho messo insieme qualche nuovo accordo per il ritornello, ma non mi sembravano quelli giusti: troppo generici. Ci ho riprovato, ma era tutto troppo forzato. Ho continuato a sperimentare per un po', dimenticandomi della presenza di Morgan mentre andavo in cerca di quelle poche note fondamentali. Alla fine ho trovato un accordo che pareva funzionare, poi ho aumentato il ritmo per renderlo più sincopato. Mi sono fermato e l'ho suonato di nuovo, e all'improvviso ho avuto la certezza che potesse diventare un pezzo molto commerciale, forse addirittura una hit. L'ho suonato ancora, con maggior sicurezza, osservando la faccia di Morgan. Prima che avessi il tempo di chiederle che cosa ne pensasse, ha applaudito cominciando a saltare su e giù sul divano.

«Wow!» ha esclamato. «Ma è stupendo!»

«Ti piace?» le ho chiesto con un sorriso.

«Tantissimo, ma la cosa più bella è stata guardare te mentre provavi. Sentirti sperimentare fino a trovare le note giuste.»

«Ho appena cominciato.»

«Stai suonando da più di venti minuti.»

Come succedeva sempre, era come se il tempo per me si fosse fermato e mi sono perso nella musica. «Davvero ti è piaciuto?»

«Un sacco. E mi ha dato anche qualche altra idea per il testo.»

«Del tipo?» ho chiesto.

Lei mi ha spiegato elettrizzata la storia che voleva raccontare e l'emozione che voleva trasmettere. Ha improvvisato un ritornello orecchiabile che mi è sembrato provocatorio ma con un certo carattere, tanto che mi sono chiesto come mai non fosse venuto in mente a me. Abbiamo anche modificato il tempo e il ritmo e mentre ci confrontavamo, mi sono reso conto che era molto più dotata di quanto pensasse. Aveva un istinto abbastanza spiccato per la musica commerciale e quando ha scritto il testo e la melodia della prima strofa, si sono aperte le dighe e la canzone ha preso slancio da sola. Nel frattempo, è passata un'ora, poi un'altra. Mentre lavoravamo, il suo entusiasmo aumentava. «Sì!» esclamava. «Proprio così!» oppure: «Puoi provare una cosa del genere?» e poi canticchiava un paio di accordi. O ancora: «Che ne dici di queste parole?» e ogni tot mi chiedeva di cantare tutto dall'inizio. Seduta accanto a me, sentivo il calore della sua gamba contro la mia mentre annotava il testo sul suo taccuino, cancellando le parole o le frasi che non funzionavano. Pian piano siamo arrivati alla fine, sfumando la canzone con la stessa chiave minore dell'apertura. Intanto il cielo oltre la portafinestra era passato dall'azzurro al bianco con delle striature rosa.

Si è girata verso di me senza riuscire a nascondere la sua esaltazione. «Non ci credo.»

«È andata bene», ho detto, e lo pensavo davvero.

«Voglio sentirla ancora una volta dall'inizio. Voglio registrarla tutta, per essere sicura di non dimenticarla.»

«Non la dimenticherai.»

«Forse tu no, ma io non voglio correre rischi.»

Ha scattato una foto al testo, poi ha preparato il telefono per la registrazione. «Bene, ascoltiamola dal principio.»

«Che ne dici di cantare tu al posto mio, stavolta? È la tua canzone.»

«È la nostra canzone», ha protestato. «Non ce l'avrei fatta senza di te.»

Ho scosso la testa. «È qui che ti sbagli. Può darsi che io ti abbia aiutato a chiarirti le idee, ma è la tua storia e in gran parte la tua musica. Questa canzone te la sei portata dentro per un bel po'. Io ti ho solo aiutata a farla emergere.»

Lei mi ha guardato scettica. «Secondo me sei tu che ti sbagli.»

«Leggi il testo», ho insistito picchiettando il dito sulla pagina. «Mostrami un verso che ho scritto io di sana pianta.»

Sapeva anche lei che non ce n'erano; io al massimo avevo aggiunto qualche parola qua e là, ma si era trattato più di una revisione che di un'opera creativa, e il carattere della canzone e le frasi orecchiabili erano solo merito suo.

«D'accordo, però la musica è tua.»

«Ce l'avevi già dentro, dovevi solo trovare lo spunto. Ogni accordo e ogni cambio di tonalità sono opera tua, Morgan», ho insistito. «Io non ho mai scritto una canzone country-pop prima d'ora. Non è nelle mie corde. Fidati, questa canzone è tua, non nostra. Sappiamo tutti e due che io non sarei mai stato in grado di scriverla, se non altro perché sono un maschio.»

«Su questo sono d'accordo», ha dichiarato con una risata, prima di tornare seria. «Ho ancora difficoltà a credere che sia stato così facile», ha mormorato. «Lavoravo a questa canzone da settimane. Ci avevo quasi rinunciato.»

«Succede anche a me», ho detto. «Alla fine ho accettato il fatto che le canzoni riescono solo quando è arrivato il loro momento, mai prima. Mi fa piacere di esserti stato utile.»

Ha sorriso e mi ha messo una mano sul ginocchio. «Grazie», ha mormorato con la voce carica di... che cosa? Gratitudine? Meraviglia? «È stata la... lezione più istruttiva che abbia mai avuto.»

«Figurati, è stato un piacere. E adesso voglio sentirti cantare.»

«Io?»

«È la tua canzone. Dovresti cantarla tu.»

«È stata una lunga giornata», ha obiettato. «Ho la voce stanca.»

«Smettila di accampare scuse.»

Lei non era ancora convinta e teneva sempre la mano sul mio ginocchio, inondandomi con il suo calore.

«E va bene», ha ceduto alla fine, schiarendosi la voce. Ha tolto la mano e ha preso il taccuino. «Dammi solo un attimo per prepararmi.»

L'ho guardata alzarsi dal divano e spostarsi al centro della stanza. «Premi tu il tasto per registrare quando sono pronta, okay?» mi ha detto.

Ha intrecciato le mani davanti a sé, come se volesse darsi forza. Quando alla fine ha alzato il taccuino e ha annuito, io ho premuto il pulsante di registrazione sul suo telefono, poi l'ho appoggiato sul tavolino in mezzo a noi.

Appena ho attaccato con i primi accordi, Morgan si è come risvegliata. Si è rilassata e il suo viso si è acceso di una luce quasi incandescente. Non era ancora arrivata alla fine della prima strofa che ero già elettrizzato.

La voce che veniva dall'esile ragazza che avevo di fronte non aveva nulla da invidiare a quella di Adele, Taylor Swift o Mariah Carey. Aveva un'estensione e un controllo incredibili e un'*intensa* sonorità. Non riuscivo a credere che quel corpo minuto potesse produrre la voce profonda e accorata di una diva nel fiore degli anni. Ero stupefatto. Ho dovuto concentrarmi sull'accompagnamento, per non rischiare di perdere qualche accordo. L'esibizione di Morgan, al contrario, appariva naturale, come se cantasse quel pezzo da anni. Ha fatto qualche aggiustamento al volo, ha improvvisato sul testo e ha completato il ritornello con gorgheggi e vibrati. Non me lo aspettavo. La sua presenza riempiva la stanza, ma, quando mi guardava negli occhi, era come se cantasse soltanto per me.

Spesso la gente si domanda come si faccia a diventare una star, e ogni musicista di successo ha la sua storia personale. In quel momento ho avuto l'assoluta certezza che davanti a me ci fosse un talento di gran classe.

«Sei incredibile», ho detto quando ha smesso di cantare.

«Sei gentile», ha replicato. «Ho detto la stessa cosa anch'io di te, ricordi?»

«La differenza è che io sono sincero. La tua voce... non avevo mai sentito niente del genere prima d'ora.»

Ha appoggiato il bloc-notes sul tavolo, poi è venuta verso di me. Si è chinata, ha avvicinato il mio viso al suo e mi ha baciato teneramente sulle labbra. «Grazie. Di tutto.»

«Diventerai una star», ho mormorato, convinto.

Lei ha sorriso. «Hai fame?»

Quella domanda improvvisa mi ha riportato sulla terra. «Sì, molta.»

«Per caso, conosci un posto dove fanno dei buoni cheeseburger?»

Mentre la guardavo girare intorno al tavolino davanti al divano, mi sono tornate in mente immagini della giornata che avevamo appena trascorso insieme. La gita in kayak, il sole tra i suoi capelli, il bacio al tavolo da picnic, lei che cantava con gli occhi chiusi. Mi sono alzato con le gambe stranamente molli. Mi sto innamorando, ho pensato di colpo.

O forse lo ero già.

Mi sono schiarito la voce, quasi incredulo. «Casualmente lo conosco.»

21

Usciti dall'appartamento, ci siamo incamminati verso la spiaggia, fermandoci sul ciglio del Gulf Boulevard, come al solito molto trafficato, in attesa di attraversare.

Il cielo continuava a cambiare colore e c'era ancora un sacco di gente in giro, che passeggiava in riva al mare o radunava lentamente la roba per andare via. Io procedevo accanto a Morgan, osservando i riflessi ramati della sua folta chioma illuminata dal sole. Era innegabile che qualcosa fosse cambiato nel mio universo da quando l'avevo conosciuta. Ero convinto di sapere come sarebbe stata la mia vita; il poco tempo passato con Morgan aveva scardinato ogni mia certezza. Non sapevo perché né quando fosse accaduto, ma mi sentivo decisamente diverso.

«Stai pensando a qualcosa», ha detto Morgan.

«A volte capita.»

Lei mi ha dato un colpetto sulla spalla, come aveva fatto qualche sera prima all'hotel.

«Raccontami», mi ha esortato.

«Stavo pensando alla canzone», ho risposto evasivo.

«Anch'io», ha confessato prima di girarsi a guardarmi. «Ti andrebbe di lavorare ad altre canzoni insieme? Ho collaborato con alcuni cantautori, ma non ho mai avuto un'esperienza come quella di oggi pomeriggio.»

L'ho guardata incamminarsi davanti a me, la brezza che le faceva aderire i vestiti al corpo sinuoso. «Ma certo», le ho detto. «Mi piacerebbe. Penso che farei qualunque cosa, pur di stare insieme a te.»

Le mie parole l'hanno colta di sorpresa. Ha fatto qualche passo in silenzio, con lo sguardo rivolto verso l'oceano, e io mi sono reso conto di non sapere minimamente a che cosa stesse pensando. «Allora», ha detto allegramente, quasi per mascherare il disagio. «Dov'è il locale dove fanno i cheeseburger?»

Io ho indicato un punto più avanti sulla spiaggia, dove si intravedeva un tetto di paglia nascosto dietro le dune. «Laggiù.»

«Secondo te troveremo posto a sedere?» Ha corrugato la fronte. «Data l'ora, intendo. Oppure ci sarà troppa gente?»

«Sai che mi fai sempre delle domande alle quali non so cosa rispondere?»

Ha gettato la testa all'indietro ed è scoppiata a ridere, mettendo in mostra il collo sinuoso. Mi è subito affiorata alla mente l'immagine di lei che mi baciava sulle labbra.

«D'accordo, allora proviamo con qualcosa che sai di sicuro. Mi racconti qualche aneddoto divertente sulla fattoria?» mi ha chiesto.

«Del tipo?»

«Per esempio... Come quella del pollo a cui il proprietario aveva mozzato la testa perché se lo voleva mangiare. Ma il pennuto è sopravvissuto ancora per più di un anno. Forse il suo tronco encefalico non era stato danneggiato? In ogni caso, il contadino lo nutriva con il contagocce perché non aveva più la testa.»

«Non è vero», ho detto.

«Invece sì! Ho visto il video quando ero a New York.»

«E ovviamente ci hai creduto.»

«Puoi controllare su Google. Il contadino è andato persino in tournée con il suo pollo, che si chiamava Mike. Te lo farò vedere mentre mangiamo, okay?»

Ho scosso la testa. «Non conosco storie di polli decapitati. Potrei parlarti dei bruchi del tabacco, ma non sono divertenti.»

«Disgustoso.»

«Decisamente. Allora, perché non mi dici tu qualcosa che non so? Per esempio... Mi hai raccontato che venivi qui con la tua famiglia e che avevate una casa sul lago in Minnesota, ma passavate le vacanze anche da altre parti?»

«Che importanza ha?»

«Nessuna. Dato che è la mia prima vacanza, sto cercando di vivere per interposta persona attraverso la tua infanzia. Così saprò che cosa mi sono perso.»

«Non molto», mi ha assicurato.

«Fammi contento.»

Ha sollevato un po' di sabbia con il piede, formando qualche nuvoletta di polvere alle sue spalle. «E va bene. Quando ero piccola abbiamo viaggiato molto. Ogni due anni circa andavamo nelle Filippine, dove vivono i miei nonni paterni. Da bambina non mi piaceva. Non parlavo né francese né tagalog – la famiglia di mio papà è di etnia cinese, ma vive nelle Filippine da molte generazioni – e d'estate fa un caldo pazzesco! Ma, crescendo, ho iniziato ad apprezzare di più quei viaggi... potevo stare con i miei cugini e adoravo la cucina della nonna. Viziavano un sacco me e mia sorella, dal momento che ci vedevano di rado.» Ha fatto una pausa, sorridendo con nostalgia. «Ai miei genitori piaceva viaggiare, così a volte andavamo alle Hawaii o in Costa Rica, ma il viaggio più importante che ho fatto è stato dopo il primo anno delle superiori, quando siamo andati in Europa. Londra, Parigi, Amsterdam e Roma.»

«Dev'essere stato entusiasmante.»

«All'epoca non ero esaltata come potresti pensare. Visitavamo soprattutto musei e chiese e, con il senno di poi, capisco l'importanza di vedere le opere di Leonardo o Michelangelo, ma all'epoca lo trovavo molto noioso. Ricordo che davanti alla *Gioconda* ho pensato: Tutto qui? Che cosa c'è di così speciale? I miei genitori, però, erano convinti che le esperienze culturali fossero importanti per modellare le giovani menti.»

Ho sorriso mentre raggiungevamo il *Sandbar Bill's*. I tavoli erano tutti occupati, ma abbiamo visto una coppia che si stava alzando dal bancone, così abbiamo preso il loro posto, con vista sul tramonto.

«Ma tu guarda», ho detto. «Dev'essere la nostra giornata fortunata.»

Lei ha sorriso. «Indubbiamente.»

22

Abbiamo ordinato tè freddo, a differenza degli altri clienti che bevevano birra o cocktail. Quando il cameriere ci ha portato il menu, non lo abbiamo nemmeno aperto e tutti e due abbiamo ordinato un cheeseburger.

Mentre aspettavamo, lei mi ha mostrato il video di Mike, il pollo senza testa, su YouTube e, dato che io continuavo a insistere, mi ha parlato ancora della sua infanzia. Ha sempre frequentato scuole private, e la cosa non mi ha sorpreso, dal momento che i suoi genitori davano estrema importanza all'istruzione. Mi ha raccontato degli amici di famiglia, delle sue insicurezze e dei compagni di scuola che l'avevano colpita in maniera positiva o negativa, ma, a prescindere dalla diversità delle nostre esperienze, era evidente che anche per lei la musica fosse stata una presenza costante. Ho concluso che per entrambi la musica era un modo per modellare la nostra personalità e superare i traumi. Quando gliene ho accennato, lei ha aggrottato la fronte.

«Credi che sia per questo che anche Paige è diventata un'artista?»

«Può darsi.» Mi sono grattato il mento, pensieroso. «Sapeva disegnare benissimo animali e scene naturali, poi un giorno ha ritratto lo zio e la zia, con una precisione tale che avrebbe potuto essere scambiata per una foto. Una volta le ho chiesto di disegnare nostra madre, dato che non me la ricordavo bene, ma Paige mi ha detto che non se la ricordava neppure lei.» Pensando a mia sorella ho aggiunto: «Forse è stato meglio così».

Ho sentito il suo sguardo posarsi su di me mentre beveva un sorso di tè. Mi è venuta più vicino. «Mi piacerebbe tanto che domani venissi ai Busch Gardens insieme a noi. Sarà divertente.»

«Non ne dubito. Ma il dovere chiama, sai com'è.» Mi sono girato a guardarla. «Che ne dici di vederci quando tornate? Dopo lo spettacolo? Possiamo cenare da me, oppure andare da qualche parte.»

Ha sorriso. «Volentieri.»

«Bene», ho risposto, già sapendo che avrei contato le ore che mancavano. «E sabato verrò a vedere la vostra esibizione. Se mi dici a che ora è, evito di accamparmi in attesa per tutto il giorno.»

«È prevista per le dodici o giù di lì.»

«So che avete milioni di follower, ma quanti video avete postato?»

«Qualche centinaio, credo.»

«Avete creato così tante coreografie?»

«Oddio, no!» ha esclamato scuotendo la testa. «Non so quante ne abbiamo fatte. In realtà, creiamo coreografie su un paio di canzoni, poi le spezziamo in dieci o quindici segmenti ciascuna.»

«Capisco... E come pensate di continuare? Visto che ognuna andrà poi per la sua strada...»

«Ne abbiamo parlato molto ultimamente, soprattutto questa settimana. Sanno già da un po' che sabato sarà la mia ultima esibizione con il gruppo. Fino a poco tempo fa anche Holly e Stacy dicevano di voler voltare pagina. Ma ora che cominciano a guadagnare qualcosa, credo che vogliano proseguire, perlomeno per tutta l'estate. Magari troveremo il modo di fare le prove su FaceTime per poi incontrarci di persona nei fine settimana. Stanno ancora cercando una soluzione.»

«Tu però hai deciso di abbandonare comunque?»

Non mi ha risposto subito e ho avuto l'impressione che cercasse le parole giuste. «Sai già quello che penso sul mio ruolo di influencer, ma il punto è che io desidero diventare una grande cantante e non intendo commettere errori. Non voglio che la gente pensi che ho sfondato soltanto perché avevo tanti follower sui social. Mi sono impegnata troppo. Cioè, ho persino studiato lirica, per la miseria! Magari un agente, ammesso di trovarlo, saprà dirmi che cosa fare. Per adesso posterò solo qualche video, abbastanza per tirare avanti un mesetto, dopodiché chi lo sa? Staremo a vedere.»

«Pensi che ti mancherà?»

«Sì e no», ha risposto. «Voglio bene alle mie amiche e all'inizio le coreografie erano un sacco divertenti, e ovviamente è stato esaltante vedere crescere il numero di follower. Ma negli ultimi tempi è come se tutto debba sempre essere migliore – anzi perfetto – ogni volta che realizziamo un video, perciò è molto stressante. Allo stesso tempo, devo ammettere che ho imparato un sacco di cose. Penso addirittura di essere in grado di realizzare la coreografia per un mio video musicale.»

«Sul serio?»

«Forse. Altrimenti posso sempre chiamare Maria.»

Ho sorriso. Il barista ci ha portato i panini e noi li abbiamo gustati ammirando il tramonto sbocciare nel cielo.

«Abbiamo parlato un sacco di me, ma tu che cosa farai una volta tornato a casa?» mi ha domandato tra un boccone e l'altro. A differenza di me, aveva tolto l'incarto e mangiava con coltello e forchetta; in compenso divorava di gusto le patatine.

«Tornerò alla mia solita vita. Mi occuperò della fattoria.»

«Qual è la prima cosa che fai di mattina, quando inizi a lavorare?»

«Controllo che le uova siano state raccolte, poi sposto il *prairie schooner*.»

«E che cos'è?»

Ho pensato al modo migliore di descriverlo a qualcuno che non l'aveva mai visto prima. «Ricordi quando ti ho detto che le galline amano l'ombra? Un *prairie schooner* serve a questo. È simile a una grande tenda montata su pattini, con all'interno i nidi per le uova. Le galline mangiano anche molti insetti e fanno un sacco di cacca. Quindi bisogna spostare la tenda tutti i giorni, in modo che abbiano sempre un ambiente pulito e fresco. Inoltre, serve a concimare il suolo.»

«Usi il trattore per spostarlo?»

«Esattamente.»

«Mi piacerebbe vederti guidare il trattore.»

«Puoi venire a trovarmi quando vuoi.»

«E poi?»

«Dipende dalla stagione. Controllo l'orto oppure i campi, o vedo come va la mietitura, mi occupo di una nuova batteria di galline, aro i terreni, e poi c'è tutta una serie di incombenze che riguardano la gestione e il personale, oltre ai rapporti con i clienti. Per non parlare di quello che si rompe in continuazione e che va aggiustato. Ogni mattina mi sveglio consapevole di avere migliaia di cose da fare. È incredibile quanto lavoro ci sia dietro l'uovo che compri in un negozio.»

«E riesci a occuparti di tutto?»

«Mi aiuta mia zia, e poi abbiamo il nostro amministratore. Inoltre ho imparato a darmi delle priorità.»

«Non credo che sarei tagliata per una vita del genere», ha detto scuotendo la testa. «Cioè, sono un tipo responsabile, ma non fino a questo punto.»

«Non dovrai fare una vita del genere. Tu diventerai famosa.»

«Speriamo.»

«Fidati di me», ho detto. Non ero mai stato tanto sicuro di qualcosa in vita mia.

23

FINITO di mangiare ci siamo incamminati lungo la spiaggia verso il *Don*. Il ristorante affacciato sull'oceano era pieno a metà; c'era anche qualcuno che si godeva la serata dalle sdraio a bordo piscina. Un'altra coppia stava scendendo in spiaggia dall'hotel e, immersa nella conversazione, ci ha superato senza nemmeno notarci. Morgan si è fermata a pochi passi dalla terrazza e si è girata verso di me. L'ho guardata e, ancora una volta, ho pensato di non aver mai incontrato una ragazza così bella.

«Allora ci siamo», ho detto.

Lei ha osservato l'hotel per un attimo prima di parlare. «Grazie per oggi. Grazie di tutto.»

«È stato un piacere», ho risposto. «È stata la giornata più bella da quando sono qui.»

«Anche per me», ha mormorato con una tenerezza tale che ciò che è venuto dopo è stato inevitabile.

Ho fatto un passo verso di lei e l'ho stretta a me con dolcezza. L'ho vista spalancare leggermente gli occhi per un attimo e mi sono chiesto se non fosse il caso di fermarmi.

Sebbene lei mi avesse baciato due volte, credo che entrambi sapessimo che adesso era diverso; che questo bacio avrebbe scatenato emozioni che nessuno dei due aveva sospettato di provare fino a questo istante.

Ma non potevo resistere, ho inclinato la testa e ho chiuso gli occhi mentre le nostre labbra si univano, all'inizio teneramente, poi con passione crescente. Ho sentito il suo corpo premere contro il mio e quando le nostre lingue si sono toccate, sono stato travolto da una corrente sotterranea di calore. L'ho stretta tra le braccia mentre lei mi affondava una mano nei capelli con un gemito profondo.

Mentre ci baciavamo, la mia mente cercava risposte, si affannava per capire quando e come fosse successo. Forse era accaduto durante la gita in kayak, oppure quando l'avevo sentita cantare o addirittura durante la cena di quella sera: fatto sta che, all'improvviso, ho capito di essermi innamorato di questa donna, una donna che avevo conosciuto da pochi giorni ma che mi era già entrata nel cuore.

Quando ci siamo staccati, ho rischiato di lasciarmi sopraffare dalle emozioni, ma mi sono sforzato di restare calmo. Ci siamo guardati negli occhi finché io ho lasciato andare il fiato: non mi ero nemmeno reso conto di aver trattenuto il respiro.

«Ci vediamo domani sera, Morgan», ho detto con voce quasi arrochita.

«Buonanotte, Colby», ha risposto lei, studiando il mio viso come se volesse imprimerselo nella memoria.

Qualche minuto dopo, mentre camminavo lungo la spiaggia, ho ripensato al nostro bacio e sono giunto alla conclusione che la mia vita non sarebbe stata mai più la stessa.

PARTE QUARTA
Beverly

24

Beverly non riusciva a smettere di pensare alle videocamere nelle stazioni degli autobus.

Come aveva potuto essere così sciocca? Non aveva visto le centinaia di film e trasmissioni televisive in cui le autorità usavano proprio quelle videocamere per catturare le spie e i criminali? Certo, sapeva che la sorveglianza elettronica non era sofisticata come quella descritta da Hollywood, ma persino le tv locali sostenevano che le videocamere erano ormai dappertutto. Venivano installate agli incroci, ai semafori, sopra i registratori di cassa dei piccoli negozi. Beverly ricordava di averle viste anche quando aveva portato Tommie al minimarket per comprare qualcosa da mangiare. Ma allora come mai non aveva preso in considerazione una cosa molto più ovvia?

Con le gambe tremanti e la mente in subbuglio, riuscì a raggiungere il tavolo e si mise a sedere. È lì che Tommie la trovò quando entrò in cucina. Si lasciò cadere sulla sedia strofinandosi gli occhi assonnati. Per darsi un contegno, Beverly si costrinse ad alzarsi e a preparargli la colazione.

Gli riempì la tazza di cereali, aggiunse il latte e glieli portò mescolando con un cucchiaio.

Gli rivolse un sorriso tirato, sperando che lui non si accorgesse del suo nervosismo, poi si apprestò a preparargli il pranzo. Un panino con burro di arachidi e marmellata e una mela, oltre a qualche spicciolo per comprare il latte in mensa. Niente Doritos, Fritos, Oreo o Nutter Butter, purtroppo, ma in quel momento era già tanto se riusciva a non guardare fuori dalla finestra con il terrore di vedere Gary in piedi nel cortile.

«Stanotte ho sentito qualcuno», saltò su a dire Tommie.

Lei ebbe quasi un sobbalzo. Non ricordava l'ultima volta che lo aveva sentito parlare di mattina presto, a meno di non cavargli le parole di bocca. Quando finalmente registrò il significato di ciò che aveva detto, fu travolta da un'altra ondata di terrore.

«Probabilmente ero io», spiegò. «Sono rimasta alzata fino a tardi a pulire la cucina.»

«No, ho sentito qualcuno *fuori.*»

L'acqua gocciolava dal rubinetto con un suono regolare e ritmico, in contrasto con il canto degli uccelli. Un vecchio furgone stava passando lungo la strada sterrata e lei vide un braccio salutare dal finestrino prima di scomparire alla vista. Dai campi si alzava la bruma come se una nuvola fosse scesa dal cielo.

«Non c'era nessuno fuori», assicurò Beverly. «Altrimenti me ne sarei accorta.»

«Era sul tetto.»

Un anno prima, Tommie aveva cominciato a soffrire di incubi. Beverly pensava che dipendesse dai programmi che guardava in televisione oppure dal libro *Nel paese dei mostri selvaggi*. All'inizio si svegliava piangendo, raccontando di essere stato inseguito da un mostro. A volte il mostro somigliava a un dinosauro, altre a un animale selvaggio o a una figura incappucciata. E, immancabilmente, Tommie giurava che il mostro lo aveva chiamato per nome.

«Sei sicuro di non essertelo sognato?»

«Ero sveglio. Sentivo la musica dalla cucina.»

Se fosse stato Gary, rifletté Beverly, sarebbe già stato in cucina. Se fossero stati i suoi collaboratori, avrebbero già caricato Tommie e lei sul SUV nero con i vetri oscurati. Cercando di controllare la paura, prese il vasetto di gel e lisciò il ciuffo di Tommie con un leggero tremito alle mani.

«Darò un'occhiata dopo che sarai andato a scuola, ma probabilmente erano scoiattoli.»

«Mi ha chiamato per nome.»

Beverly chiuse gli occhi, invasa da un senso di sollievo. Si era trattato decisamente di un sogno, grazie al cielo. Ma il sollievo fu di breve durata, spazzato via dal terrore, come un castello di sabbia dall'alta marea.

«Ero io che cantavo in cucina. Probabilmente è me che hai sentito.» La sua voce le sembrava flebile e stranamente lontana.

Tommie la guardò, con un'aria improvvisamente più grande della sua età e nello stesso tempo più giovane. «Forse», disse alla fine, e lei decise di cambiare argomento.

«Se vuoi, puoi invitare a casa un amico dopo la scuola.»

«Non ho amici qui.»

«Vedrai che te ne farai», gli disse. «Sono sicura che ci sono tanti bambini simpatici in classe con te. Magari potrai conoscerli meglio in occasione della Giornata all'aria aperta. Hai detto che sarà questa settimana, giusto?»

Lui scrollò le spalle e terminò di fare colazione in silenzio. Alla fine sollevò la tazza e bevve il latte. Beverly si convinse che avrebbe fatto meglio a mangiare qualcosa subito dopo aver accompagnato Tommie allo scuolabus, dato che il giorno prima non aveva quasi toccato cibo. Avrebbe potuto scrivere un libro per chi voleva perdere peso; lo avrebbe intitolato: *Troppo al verde per mangiare.*

Gli mise il pranzo nello zaino, poi lo accompagnò fino al ceppo sul ciglio della strada, dove si sedettero ad aspettare.

«Se ti va, quando torni possiamo andare a prendere altri girini. Vedrò di trovare un barattolo dove metterli», gli propose. «Magari non potrai portarli a scuola per farli vedere ai tuoi compagni, ma potresti tenerli a casa per un po'.»

Tommie fissò per terra. «Non voglio morire, mamma», disse alla fine.

Beverly sbatté le palpebre. «Cos'hai detto?»

Lui si girò verso di lei con la fronte aggrottata. «Ho detto che non voglio farli morire, mamma.»

«Oh», fece lei, pensando all'improvviso alle videocamere e agli incubi e alla mancanza di sonno e di cibo. Faceva già caldo e aveva difficoltà a pensare lucidamente. Doveva impegnarsi di più; doveva fare in modo che Tommie si sentisse al sicuro.

Lo scuolabus giallo si fermò stridendo e sbuffando; lo sportello si aprì con un cigolio. Tommie salì a bordo senza guardarsi indietro, e senza nemmeno salutarla.

25

VIDEOCAMERE.

Quella parola continuava a rimbalzarle in testa come la pallina di un flipper. Aveva bisogno di una distrazione, qualcosa che le calmasse i nervi, ma le sue mani non erano abbastanza salde per mettersi a tinteggiare proprio adesso. Salì in camera di Tommie. Pur sapendo che aveva avuto un incubo, gli aveva promesso che avrebbe controllato ed era quello che avrebbe fatto qualunque brava madre. La finestra era collocata in una nicchia ed era impossibile vederla, anche se qualcuno fosse riuscito a salire sul tetto. Esaminò il soffitto e si sdraiò sul letto. Cercò di immaginare da dove potessero provenire i rumori, nel caso ci fossero stati, ma non le fu di alcun aiuto fingere di essere Tommie.

Uscì all'esterno, camminando all'indietro per avere la giusta prospettiva sulla casa. La camera di Tommie era sul lato e, data l'inclinazione del tetto, le bastò una sola occhiata per escludere che qualcuno avesse potuto camminarci sopra. Una delle querce accanto, però, aveva un ramo che si protendeva verso la casa, creando un vero e proprio passaggio per gli scoiattoli. E quando c'era vento, il ramo strusciava sulle tegole. Beverly cercò di ricordare se la notte prima ci fosse stato vento.

L'unica certezza era che nessuno era salito sul tetto; nessuno aveva sussurrato il nome di Tommie. Lo immaginava già, ma fu contenta di averne avuto l'assoluta certezza. Proprio come era sicura che nelle stazioni degli autobus c'erano delle videocamere. Probabilmente erano obbligatorie dall'11 settembre, a ben pensarci, e Gary di sicuro aveva accesso alle registrazioni.

Nonostante avesse la mente più annebbiata rispetto agli ultimi giorni, si sforzò di pensare razionalmente. Tornata in casa, si sedette al tavolo di cucina e si massaggiò le tempie premendo forte con le dita.

Senza dubbio Gary avrebbe richiesto i filmati delle videocamere alla stazione locale degli autobus relativi al venerdì sera, al sabato, alla domenica e forse anche al lunedì mattina. Avrebbe scrutato attentamente lo schermo del computer, accelerando a volte la registrazione, osservando con attenzione. Forse non l'avrebbe riconosciuta subito, ma senza dubbio avrebbe riconosciuto il figlio. Magari ci avrebbe impiegato ore o giorni, ma Beverly era sicura che alla fine avrebbe scoperto su quale autobus erano saliti per scappare dalla città.

E poi? Ammesso che ci fossero videocamere anche a bordo degli autobus, cosa di cui dubitava, non poteva sapere dove fossero scesi. A quel punto, probabilmente, avrebbe cercato di parlare con gli autisti, ma il secondo guidatore poteva ricordare dove erano scesi? Improbabile, il che significava che il passo successivo di Gary sarebbe stato quello di controllare i filmati delle videocamere delle altre stazioni lungo tutta la linea. Anche in questo caso, con un po' di pazienza avrebbe riconosciuto Tommie. Poi avrebbe continuato la ricerca usando lo stesso procedimento, come un lupo che annusa il terreno inseguendo la sua preda, avvicinandosi sempre di più, incalzandola. Forse avrebbe addirittura trovato il video di quando era stata al minimarket.

Ma poi?

La pista sarebbe finita nel nulla, perché lei e Tommie si erano fatti dare un passaggio da una donna su una station wagon. La donna che aveva intuito che era meglio non fare domande.

Sarebbe riuscito a rintracciarla? E il venditore di tappeti che sapeva di Old Spice?

Improbabile.

Potevano esserci altre videocamere sull'autostrada? Magari quelle per il traffico? Videocamere che registravano i numeri di targa?

Possibile.

Anche prendendo in considerazione l'ipotesi peggiore, nonché *impossibile*, ossia che Gary in qualche modo fosse riuscito a rintracciarla fin lì, che cosa avrebbe fatto? Poteva controllare nel motel, andare alla tavola calda, magari addirittura parlare con la cameriera, ma sarebbe stato un vicolo cieco. La cameriera non aveva idea che lei fosse in cerca di un alloggio e, a parte la padrona di casa, nessuno era al corrente della loro presenza in città. Per quanto ne sapeva Gary, si era fatta dare un passaggio da qualcun altro, diretta chissà dove.

Nonostante fosse un tipo tenace e intelligente, capace di

sfruttare a proprio vantaggio il potere delle autorità federali e statali al punto da spaventare persino il cittadino più integerrimo, non era Dio.

«Sono al sicuro», si disse in tono convinto. «È impossibile che mi trovi.»

26

NONOSTANTE tutto, l'ansia non passava, nemmeno dopo aver ripassato mentalmente tutte le proprie mosse, per sicurezza. Era tesa, su questo non c'erano dubbi, si sentiva come un funambolo che cammina altissimo senza rete di protezione, in ogni caso era consapevole di non riuscire a pensare in maniera coerente. Sapeva di soffermarsi troppo su certi particolari, dimenticandone del tutto altri, e che doveva ricominciare a pensare normalmente, se non per lei, almeno per Tommie. Suo figlio aveva bisogno di lei ora che stavano ricominciando da capo. Le pareti arancioni della cucina la opprimevano, procurandole un inizio di emicrania.

«Devo tinteggiare la cucina», mormorò. «Così mi sentirò meglio.»

Si alzò dal tavolo, andò in veranda e recuperò il pennello, un rullo e una vaschetta. Come il giorno prima, si tolse la maglietta e i jeans, per non rovinarli con gli schizzi di pittura. Con un coltello sollevò il coperchio del primer. I colorifici avevano un apparecchio apposito che agitava i barattoli, ma lei dovette accontentarsi di un mestolo di legno trovato in uno dei cassetti e usarlo per mescolare. Il primer era denso sul fondo, come la melma di uno stagno, ma, continuando a rimestare, riuscì a renderlo uniforme così da far sparire definitivamente l'arancione dalle pareti della cucina.

Chi poteva aver scelto un colore tanto orribile? Com'era possibile che qualcuno, tra tutti i colori disponibili, tutte le tonalità neutre o pastello, o le tinte primaverili, si dicesse: Voglio che la mia cucina assomigli a una zucca di Halloween?

Quando il primer le sembrò pronto, ne versò un po' nella vaschetta e ci passò il rullo perché lo assorbisse. Applicò il fondo sulle pareti, coprendo l'arancione zucca e avvicinandosi il più possibile agli armadietti. Poi prese il pennello, scoprendo con piacere che era facile dipingere a ridosso degli armadietti senza lasciare nemmeno uno sbafo.

Dovrei trovarmi un lavoro come imbianchina di cucine orribili, ridacchiò tra sé.

Mentre il fondo si asciugava, risciacquò rullo e pennello e li sistemò accanto allo scaldabagno sul retro. Versò il primer avanzato di nuovo nella tanica, lavò e asciugò la vaschetta e la riempì di bianco lucido per tinteggiare gli armadietti. Recuperò un altro rullo e pennello e si dedicò alle ante, concentrandosi sul proprio lavoro. Quando ebbe finito, si piazzò al centro della cucina a contemplare la propria opera.

Gli armadietti erano venuti benissimo, sembravano quasi nuovi. Ma quell'orrendo arancione traspariva da sotto il primer e adesso le pareti erano diventate grigiastre e sembravano sporche. Avvertì le prime avvisaglie di un'emicrania.

Devo andare a comprare dei vestiti a Tommie, ricordò a se stessa.

Non solo perché voleva evitare che gli altri bambini lo prendessero in giro, ma soprattutto perché non voleva che gli insegnanti se ne accorgessero. Altrimenti l'avrebbero convocata e l'ultima cosa di cui lei e Tommie avevano bisogno in quel momento era di attirare l'attenzione.

Controllò l'ora e calcolò quanto tempo avrebbe impiegato ad arrivare in città, trovare un negozio alla sua portata e tornare indietro. Se fosse uscita subito, ce l'avrebbe fatta, perciò lavò alla svelta i pennelli e salì di sopra. Si travestì con la parrucca, il berretto da baseball e la fascia intorno al seno; prese dei contanti dal gruzzoletto che aveva nascosto e uscì di casa, sollevando nuvolette di polvere sulla strada sterrata a ogni passo. Camminò. E *camminò*. Mentre superava il negozio dove aveva fatto la spesa e si avvicinava alla tavola calda e al motel, si domandò se ci fossero delle videocamere di sorveglianza anche lì. In quel caso, per quanto tempo venivano conservati i video? Un paio di giorni? Una settimana? Un mese? Di sicuro non per sempre, giusto?

In ogni caso, doveva mantenere il profilo più basso possibile. Con questo pensiero in mente, attraversò la strada con il berretto abbassato sul viso mentre superava la tavola calda, quindi attraversò di nuovo all'altezza del motel. Per maggior sicurezza, si fermò e finse di allacciarsi la scarpa. Mentre era chinata, sbirciò verso la tavola calda e poi il motel per controllare se qualcuno fosse uscito a guardarla. Non c'era niente di insolito e lei ricordò a se stessa di usare le stesse precauzioni anche al ritorno.

Riprese a camminare fino a raggiungere il limitare della zona commerciale. I negozi su entrambi i lati della via erano sempre più numerosi, e lei rimpianse di non avere un cellulare per trovare l'indirizzo di quello che vendeva abiti usati. In mancanza di meglio, decise di chiedere indicazioni ai passanti. Scelse due donne. La prima si era fermata a fare benzina, la seconda stava uscendo da un fast food. Anche da fuori, Beverly colse l'odore di frittura e si pentì di non aver fatto colazione. La donna del fast food le disse che il negozio di vestiti di seconda mano era a due isolati di distanza, in un centro commerciale un po' defilato.

Beverly lo trovò, e quindi individuò il negozio che cercava: si chiamava *Second Chances*. Entrando, superò a testa bassa la cassiera, una donna sulla sessantina con i capelli di un grigio spento che le ricordava il colore della cucina.

Trovò il reparto di abbigliamento per bambini. Per la maggior parte si trattava di capi per neonati e lattanti, ma alla fine scovò la taglia che le serviva. Nonostante fossero usati, i vestiti erano puliti, senza strappi né macchie e, come aveva sperato, costavano pochissimo. Alla fine prese quattro magliette, due paia di calzoncini, dei jeans e un paio di scarpe da ginnastica. Si pentì di non essersi portata dietro lo zaino, così avrebbe fatto meno fatica nel tragitto verso casa, ma dovette accontentarsi di un sacchetto di plastica.

Imboccò la strada del ritorno. Il sole splendeva alto nel cielo e il caldo era soffocante. Era costretta a fermarsi spesso per riprendere fiato, dato che non aveva mangiato niente e aveva le vertigini. Sarebbe stato bello avere una macchina, ma sapeva che Gary aveva messo un rilevatore su quella che guidava di solito. Lo aveva scoperto sotto il paraurti posteriore qualche mese prima di darsi alla fuga, una lucina rossa che lampeggiava come se la sfidasse a staccarla e a vedere che cosa sarebbe successo.

La parrucca la faceva sudare e le dava il prurito, e anche il trucco le stava colando. Arrivata a casa, si spogliò e si infilò sotto la doccia per rinfrescarsi, infine si rivestì. Uscì e raggiunse il ceppo sul ciglio della strada appena in tempo. Lo scuolabus spuntò meno di un minuto dopo e lei provò un piccolo moto di orgoglio per essere arrivata in tempo. Come aveva fatto il giorno prima, scambiò un cenno di saluto con l'autista pensando che forse, soltanto forse, sarebbe andato tutto bene.

27

«Ti ho comprato dei vestiti oggi», disse, «così non devi indossare sempre le stesse cose.»

Erano seduti a tavola e Tommie annuì mentre mangiava il panino che lei gli aveva preparato. Gli aveva anche versato un bicchiere di latte, constatando sorpresa quanto potesse mangiare e bere un essere umano così piccolo.

«Come avrai notato, sto tinteggiando la cucina», aggiunse.

Tommie alzò lo sguardo come se non si fosse accorto del cambiamento. «Perché la colori di grigio?»

«Questo è solo il fondo», gli spiegò. «Voglio pitturare le pareti di giallo.»

«Oh», fece Tommie. Non sembrava affatto interessato, ma lei sapeva bene che alla maggior parte dei bambini della sua età non importava nulla della pittura per pareti.

«Vuoi andare a prendere i girini dopo mangiato?»

Lui annuì di nuovo, masticando.

«Ho anche controllato il tetto», proseguì Beverly. «È troppo ripido perché qualcuno ci possa camminare sopra, ma c'è un ramo su cui forse ci camminano gli scoiattoli, o che magari ha sbattuto sulle tegole. Deve essere stato il rumore che hai sentito, a meno che non stessi sognando.»

«Ero sveglio, mamma.»

Lei sorrise, sapendo che era quello che diceva sempre dopo ogni incubo. «Vuoi ancora del latte?»

Lui scrollò la testa e lei notò la sua somiglianza con Gary nel modo in cui i capelli gli ricadevano sugli occhi. Chissà quando le avrebbe chiesto notizie del padre.

«Quando viene papà?»

Lo conosceva così bene che a volte le sembrava di essere una veggente.

«Ha ancora del lavoro da fare», rispose. «Ricordi che te l'avevo detto quando siamo partiti da casa?»

Tommie annuì, ma lei sapeva di non avergli dato una risposta del tutto soddisfacente. «Me lo ricordo», disse, riempiendosi la bocca con l'ultimo pezzo di pane. Beverly mise il piatto nel lavandino e lo sciacquò, poi fece lo stesso con il bicchiere quando finì di bere il latte. In uno degli armadietti – non bagnati ma ancora appiccicosi, che quindi aprì con cautela – trovò un vecchio barattolo di vetro con il coperchio. Lo prese e lo mostrò al figlio.

«Che ne dici di andare a prendere i girini?»

28

Camminarono fino al ruscello, ma stavolta Beverly non entrò in acqua con Tommie. Dopo avergli arrotolato i pantaloni e tolto scarpe e calzini, si sedette nell'erba vicino alla riva. Con in mano il barattolo, Tommie camminava nell'acqua bassa mossa da una leggera corrente.

«Prima di prenderne uno, assicurati che nel barattolo ci sia dell'acqua.»

Tommie ubbidì e riempì il barattolo fino all'orlo.

«Svuotalo un pochino. Se è troppo pieno non ci sarà spazio per i girini.»

Fece come gli aveva suggerito lei, poi riprese la caccia ai girini. La prima volta non ci riuscì, ma poi ne catturò due.

«Quanti ce ne posso mettere dentro?»

Lei ci pensò un momento. «Non saprei, ma sono abbastanza piccoli, quindi diciamo sette o otto. Ammesso che tu riesca a catturarne così tanti.»

«Certo che ci riesco», rispose lui, e la sua determinazione le scaldò il cuore. Tommie era la sua missione, il suo mondo, lo era stato fin dal giorno in cui era venuto alla luce. Provò a immaginarselo da grande. Sarebbe stato un bel ragazzo, ne era sicura, ma gli altri particolari le sfuggivano.

«Com'è andata la scuola? Hai fatto qualcosa di divertente oggi?»

«Abbiamo fatto dei disegni.»

«Tu che cos'hai disegnato?»

«Dovevamo disegnare la nostra casa.»

Chissà quale aveva scelto. Se quella vecchia o quella nuova, dove vivevano da soli ed erano finalmente al sicuro.

«Il disegno ce l'hai nello zaino?»

Lui annuì, la testa bassa, distratto. Si chinò ancora di più e catturò un altro girino.

«Quando torniamo a casa voglio vederlo, okay? Me lo mostrerai?»

Lui annuì di nuovo, perso nella sua piccola avventura, e Beverly ripensò alle ore che aveva passato a colorare insieme a lui nei mesi precedenti alla loro fuga. Non era mai stata una di quelle madri convinte che qualunque cosa facesse il loro bambino fosse il massimo, ma Tommie era davvero molto bravo a restare dentro i contorni, e lei ne era impressionata. Inoltre, gli aveva insegnato i primi rudimenti di scrittura e quando aveva iniziato la scuola, sapeva già scrivere il suo nome e qualche altra parola senza il suo aiuto.

Avrebbe dovuto comperargli un album da colorare e dei pastelli quando era andata in città. Lo avrebbero aiutato a adattarsi alla loro nuova vita, e lei sapeva quanto ne avesse bisogno. L'incubo della notte prima dimostrava che, a suo modo, anche lui era stressato quanto lei. Le dispiaceva che sentisse la mancanza del padre e che probabilmente non capisse perché fossero dovuti fuggire. Quante settimane o mesi sarebbero passati prima che lui capisse che d'ora in avanti sarebbero stati solo loro due?

Rimasero al torrente per una mezz'ora ancora. Tommie riuscì a catturare otto girini. Dentro il barattolo sembravano creature aliene, con i loro piccoli corpi che si agitavano. Beverly avvitò il barattolo mentre Tommie si rimetteva calzini e scarpe. Gli aveva insegnato ad allacciarsi le stringhe l'anno prima, anche se i nodi non erano ancora il suo forte.

Tommie reggeva il barattolo mentre tornavano indietro, gli occhi fissi sui girini. Stavano superando il fienile diroccato quando Beverly gettò un'occhiata distratta verso la casa e vide un vecchio pick-up impolverato parcheggiato nel vialetto.

Sbatté le palpebre per accertarsi che non fosse uno scherzo della sua mente, e il cuore prese a martellarle nel petto quando si rese conto che ciò che stava vedendo era reale. Prese per mano Tommie e fece qualche passo indietro in modo che il fienile si trovasse tra loro e la casa. Le batteva forte il cuore.

«Che succede?» domandò Tommie. «Perché ci siamo fermati?»

«Credo di aver perso il braccialetto», rispose lei improvvisando. Era sicura di non essersi portata dietro nemmeno un braccialetto quando era fuggita da casa. «Devo averlo lasciato al ruscello, che ne dici di andare a controllare?»

Con le gambe che le tremavano, tornò insieme a Tommie al punto di partenza. Con gli occhi della mente vedeva sempre il pick-up parcheggiato davanti a casa. Di chi era e che cos'era venuto a fare? Cercò di rallentare i pensieri che si rincorrevano nella sua testa, consapevole che Tommie la stesse guardando.

Non era la polizia né lo sceriffo, non usavano mezzi del genere.

Non era un SUV nero con i vetri oscurati.

Non aveva neppure visto persone che perlustravano la proprietà. Se fossero stati gli uomini di Gary, avrebbero indossato giacca, cravatta e occhiali da sole e avrebbero avuto i capelli corti, perciò chi poteva essere? Si lambiccava il cervello, ma aveva le idee sempre più confuse, finché fece un lungo respiro che le fu di aiuto. «Pensa», borbottò. «Pensa.»

«Mamma?»

Sentì la voce del figlio, ma non gli rispose. Cercò invece di ricordare se la padrona di casa avesse un pick-up, ma non ci aveva fatto caso. E comunque, perché sarebbe dovuta tornare da lei? Per vedere come si era sistemata? Perché si era dimenticata di farle firmare dei documenti? Oppure aveva mandato un operaio a sistemare qualcosa; a Beverly sembrava di ricordare che le avesse detto di avere un tuttofare di fiducia. Oppure se lo era solo immaginato?

Si trattava di lui? Dell'operaio? Era passato nonostante lei non avesse comunicato alla proprietaria che c'erano delle riparazioni da fare? Oppure si trattava di qualcun altro, altrettanto innocuo? Un venditore porta a porta o qualcuno che aveva bisogno di indicazioni stradali?

Domande, domande che le affollavano la mente ma senza risposta.

Arrivati al ruscello lasciò la mano di Tommie. Aveva i palmi sudati. E si sentiva svenire.

«Forse l'ho lasciato dov'ero seduta», disse a Tommie. «Puoi andare a controllare? Io controllerò da questa parte.»

Si accucciò, cercando di non farsi notare, e si rese conto

di poter vedere anche da lì il paraurti posteriore del furgone in lontananza, oltre le folte chiome degli alberi. Ma doveva fingere di cercare il braccialetto, in modo che Tommie non si spaventasse. Doveva recitare come un'attrice sul palcoscenico, mentre la parola «furgone!» cominciava a lampeggiarle nella testa simile a una luce stroboscopica, accompagnata dalle inevitabili domande: «Il furgone, il furgone, un vecchio furgone impolverato! Chi era? Perché era venuto?»

Se fosse stato uno degli scagnozzi di Gary, non si sarebbe accontentato di bussare alla porta. Sarebbe entrato a dare un'occhiata; avrebbe visto lo zainetto appeso alla spalliera della sedia in cucina. Avrebbe visto il piatto con le briciole di pane e un bicchiere sporco di latte nel lavandino, ma che cosa ne avrebbe dedotto, a parte il fatto che qualcuno era stato lì? Sarebbe salito di sopra, nelle loro camere, ma siccome non avevano portato quasi niente con loro e gli armadi erano pieni di vestiti dei precedenti inquilini, non avrebbe trovato nulla da collegare a Beverly o Tommie...

Tranne...

Si sentì raggelare al pensiero di *Go, Dog. Go!*, il libro preferito di Tommie, e Iron Man.

Erano entrambi sul comodino. Allo sconosciuto sarebbe bastato infilare la testa nella camera – Beverly aveva deciso che doveva trattarsi di un uomo – per vederli, ma la domanda era se Gary si fosse accorto che se li erano portati dietro.

Chissà se l'uomo era ancora in casa. O se ce n'era più di uno che apriva i cassetti e controllava nel frigorifero e dava la caccia a libri come *Go, Dog. Go!* o ad action figure come Iron Man. Chissà se portava guanti di pelle nera e se aveva una pistola sotto la giacca, e chissà se c'era un altro uomo altrettanto pericoloso a fare da palo. Chissà se aveva deciso di aspettarla, oppure di andarla a cercare. Scrutando i pascoli al di là del ruscello, Beverly si rese conto che non c'era nessun posto dove nascondersi.

«Forse mi è caduto mentre camminavo», disse a Tommie. «Tu continua a cercare qui, va bene? Io torno subito.»

Le sembrava di aver parlato con voce tremula, ma si sforzò di tornare sui propri passi verso il vecchio fienile. Strisciò dietro l'angolo dell'edificio e sbirciò verso la casa.

Il pick-up era sempre al suo posto, ma, un attimo più tardi, vide qualcuno scendere i gradini della veranda e dirigersi verso il furgone. Era decisamente un uomo – Beverly lo capì dal modo in cui si muoveva –, ma indossava jeans, una camicia di flanella, stivali da lavoro e un berretto da baseball. Inoltre era solo. Era sicura che si sarebbe fermato all'improvviso e si sarebbe girato dalla sua parte, invece si limitò ad aprire la portiera e a mettersi al volante. Sentì il motore avviarsi e, un istante dopo, il furgone fece retromarcia. Imboccata la strada sterrata, si allontanò nella direzione opposta rispetto alla città, verso chissà dove.

Lei aspettò per un po', ma, a parte il canto degli uccelli, non si sentiva niente. Rimase nascosta per qualche minuto ancora, poi si avvicinò furtiva alla casa. Voleva accertarsi che non ci fosse nessuno dentro, che non fosse una trappola. Salì in veranda e vide le orme impolverate che si dirigevano verso la porta e lo zerbino, e quindi tornavano indietro.

Aprì la porta, ma all'interno non notò altre impronte; non ce n'erano nemmeno sul linoleum della cucina. Niente orme sulle scale, e di sopra vide *Go, Dog. Go!* e Iron Man sul comodino accanto al letto di Tommie. In bagno i suoi vestiti erano sempre appesi al bastone della tenda della doccia, la parrucca era accanto al lavandino, proprio dove l'aveva lasciata. Non sembrava esserci niente fuori posto.

Tuttavia lei si sentiva scossa mentre tornava di corsa al ruscello. Tommie stava sempre frugando nell'erba e non si era accorto subito del suo arrivo.

«L'hai trovato?» le chiese.

«No. Devo averlo perso.»

Lui annuì, poi raccolse il barattolo. «Per quanto tempo possiamo tenerli?» chiese.

Il suono della sua voce ebbe un effetto calmante su di lei, che tuttavia era ancora molto nervosa.

«Li riporteremo indietro dopo cena, d'accordo?»

29

Una volta a casa, aprì lo zaino di Tommie ed esaminò il disegno che aveva fatto, sperando che l'aiutasse a non pensare al furgone e all'uomo spuntato dal nulla. Quando vide l'immagine della loro vecchia casa, con il tetto piatto e le grandi finestre, provò un moto di tristezza ma si sforzò di sorridere.

«È bellissimo. Sei molto bravo.»

«Posso guardare i cartoni?»

«Solo per un pochino. Mentre preparo la cena, d'accordo? Vuoi portare i girini sul divano con te?»

«Ah-ah», farfugliò lui mentre entravano nel salotto. Beverly accese la televisione: per fortuna davano dei cartoni.

«Non stare seduto troppo vicino allo schermo. Fa male agli occhi.»

Lui annuì, già assorbito dalla trasmissione nel giro di pochi secondi.

Lei appoggiò il barattolo sul tavolino basso e tornò in cucina. Si era dimenticata di scongelare le cosce di pollo... oppure quella sera avrebbe dovuto preparare gli hamburger?

Non riusciva a ricordarselo, perché continuava a pensare all'uomo del furgone.

«Stasera mangiamo pollo o hamburger?» chiese in direzione del salotto.

«Hamburger», rispose Tommie.

Già, è vero, pensò. La sera prima avevano mangiato il pollo con i fagioli e le carote, e lei aveva finito le carote che Tommie aveva lasciato nel piatto...

Tirò fuori due hamburger dal freezer, poi esitò e ne rimise via uno. Con lo stomaco contratto come un pugno, non sarebbe riuscita a mangiare. Si rese conto di non avere nemmeno fame.

Infilò l'hamburger in un sacchetto di cellophane e lo mise a scongelare nell'acqua calda. Affettò le carote e staccò qualche rosetta dal cavolfiore. Mise tutto sulla teglia, accese il forno, sapendo che avrebbe impiegato qualche minuto a raggiungere la temperatura giusta, e notò che le tremavano le mani.

Non riusciva a distogliere gli occhi dalla strada fuori dalla finestra. Erano davvero al sicuro lì? E, in caso contrario, dove sarebbero potuti andare? Non aveva abbastanza soldi per un'altra fuga, per i biglietti dell'autobus, l'affitto e il cibo, e mentre infornava la teglia con le verdure si chiese quanto tempo le sarebbe rimasto a disposizione se Gary avesse veramente mandato qualcuno con il furgone.

Minuti? Ore?

Oppure la sua era soltanto paranoia come era successo con Peg?

Andò ad aprire la porta d'ingresso e fissò le impronte impolverate sullo zerbino e sui gradini. Non era come il sogno di Tommie, niente affatto. E non era come la storia di Peg, che aveva pronunciato una frase che probabilmente rivolgeva a tutti i forestieri che si presentavano in negozio.

Questa cosa era reale, non c'erano dubbi.

Sentiva le voci dei cartoni provenire dal salotto; ogni tanto Tommie rideva. Cucinò gli hamburger in padella, con lo stomaco sempre chiuso. Quando le verdure furono morbide, proprio come piacevano a Tommie, riempì il piatto del figlio e lo chiamò a tavola. Mangiarono in silenzio, Beverly piluccò solo qualche boccone di cavolfiore. Era nervosa, in attesa di sentire il suono delle sirene, di vedere le luci lampeggianti, di udire dei colpi rabbiosi alla porta.

Invece non arrivò nessuno.

Mentre metteva i piatti nel lavandino, rifletté che se fosse stato Gary a mandare quell'uomo, non avrebbe perso un secondo di tempo e sarebbe corso lì. Non avrebbe rischiato che scappassero di nuovo; non avrebbe rischiato di perdere Tommie. L'anno prima, dopo averla picchiata, l'aveva avvertita che se avesse cercato di andarsene o di portargli via il figlio, lui li avrebbe rintracciati anche in capo al mondo, e dopo averli trovati lei non avrebbe più rivisto Tommie.

Però rimase tutto tranquillo.

«Che ne dici di liberare i girini?» gli chiese, quindi tornarono insieme al ruscello. Mentre osservava il figlio aprire il barattolo e lasciarli liberi, si convinse che quando fossero rientrati avrebbero trovato la casa circondata.

Invece, a parte il canto delle rane e dei grilli, non c'era niente. Una volta a casa, troppo spossata dopo la giornata appena trascorsa per giocare con Tommie, gli permise di guardare i cartoni finché iniziò a sbadigliare. Lo spedì di sopra a fare il bagno e a lavarsi i denti e poi tirò fuori una delle magliette, i pantaloncini e le scarpe che aveva comprato in città. Cercò di calcolare quante ore fossero passate da quando aveva visto l'uomo con il furgone. Se Gary non avesse avuto modo di arrivare subito, avrebbe ordinato alla polizia o allo sceriffo locale di farlo al posto suo, perciò dov'erano finiti?

Lesse a Tommie *Go, Dog. Go!*, lo baciò sulla guancia e gli disse che gli voleva bene. Tornata di sotto, si mise in attesa sul divano. Fissò i muri aspettando di vedere il riflesso dei lampeggianti; tese l'orecchio per sentire il suono di qualche macchina che si avvicinava.

Passò altro tempo. Arrivò mezzanotte e fuori tutto era buio e silenzioso come sempre. Dormire era fuori discussione e quando andò in cucina a prendere un bicchiere d'acqua, fu colpita dal colore deprimente delle pareti. Se, Dio non volesse, fosse stato il loro ultimo giorno in quella casa, non aveva nessuna intenzione di passarlo circondata da pareti grigie e tetre.

Aprì un barattolo di giallo, lo mescolò fino a ottenere un bel colore brillante e lo versò nella vaschetta. Con il rullo e il pennello, che aveva messo ad asciugare vicino allo scaldabagno, tinteggiò le pareti, prendendosi tutto il tempo necessario. Ancora prima di finire, si rese conto che avrebbe dovuto dare una seconda mano, che iniziò subito dopo aver steso la prima. Già che c'era decise di ripassare anche gli armadietti e stava ancora tinteggiando quando sorse il sole e Tommie scese a fare colazione.

30

NONOSTANTE non avesse dormito, Beverly si sentiva sorprendentemente in forma, soprattutto perché nessuno si era più avvicinato alla casa per tutta la notte e lei era riuscita a terminare la cucina. Tommie non aveva avuto incubi e quando gli aveva chiesto come avesse passato la notte, lui si era stretto nelle spalle e le aveva risposto che stava bene, poi aveva mangiato i cereali come faceva quasi tutti i giorni.

Beverly lo accompagnò allo scuolabus e lo salutò con la mano dopo che ebbe preso posto a bordo. Con sua grande gioia, lo vide sollevare a sua volta la mano per salutarla, e questo le fece sperare che si stesse abituando alla loro nuova vita.

Adesso le pareti della cucina erano di un giallo brillante e allegro e gli armadietti sembravano appena usciti da un negozio di mobili. Era incredibile come un semplice colore potesse cambiare l'atmosfera di una casa, e all'improvviso Beverly si ricordò del mazzo di fiori di campo che si era proposta di raccogliere e mettere nel barattolo. Uscì e raccolse tutti i fiori che trovò e li sistemò sul tavolo. Fece un passo indietro, contemplò l'effetto generale della cucina e si sentì soddisfatta. Era venuta bene, il genere di cucina che aveva sempre sognato, e si domandò ancora una volta chi potesse essere stato così pazzo da pensare che dei muri arancioni potessero essere belli.

Adesso sarebbe toccato al bordeaux del salotto, anche se Beverly sapeva che avrebbe fatto meglio a schiacciare un pisolino. Era ben consapevole che la sua era energia nervosa dovuta allo spavento del giorno prima e che più tardi sarebbe crollata, ma non sopportava proprio quel colore; sembrava uscito da una lugubre impresa di pompe funebri.

Accese la radio prima di mettersi al lavoro. Per cominciare, staccò tutti i fili della televisione. Il mobiletto addossato al muro era pesante e le toccò svuotarlo completamente, compreso il televisore e il lettore DVD, lasciando la roba sparsa per il salotto. Nonostante tutto, fece un'enorme fatica a spostare quel maledetto affare. Alla fine riuscì a ricavare lo spazio sufficiente per passare, ma le facevano male le braccia e la schiena. Tornò comunque in cucina, pulì il rullo e il pennello, scrollò l'acqua fuori in veranda, poi preparò il fondo. Ne era rimasto pochissimo, ma avrebbe dovuto farselo bastare. Portò tutto l'occorrente in salotto, mescolò il primer e lo versò nella vaschetta. Lo stese sopra l'orribile bordeaux con pennellate lunghe e ampie, come se stesse dirigendo una banda, e a ogni passata la stanza assumeva un aspetto migliore.

Di tanto in tanto il dj interveniva tra una canzone e l'altra, raccontando barzellette, annunciando le date di concerti o dando le ultime notizie, sempre riguardanti altri posti, dove lei non era mai stata. A quanto pareva, in quella città non succedeva mai niente di eccitante, e la sua mente ridimensionò le preoccupazioni riguardo all'incubo di Tommie e le videocamere alle stazioni degli autobus e l'uomo con il furgone che era stato a casa sua. Si rimproverò di essersi lasciata prendere dalla paranoia e si domandò se avrebbe passato il resto della vita a guardarsi le spalle, ma probabilmente sarebbe stato così.

«Siamo al sicuro perché mi preoccupo», bisbigliò. «E mi preoccupo per farci stare al sicuro.»

Arrivata a metà parete, il primer terminò. Forse ce n'era dell'altro nella veranda posteriore. Si guardò in giro nella stanza: sembrava che fosse passato un tornado. Tommie probabilmente l'avrebbe presa per pazza, ma a meno che non volesse rimettere a posto tutto per poi rispostare ogni cosa il giorno dopo, e poi di nuovo una volta terminata la parete, il salotto sarebbe rimasto in quello stato per qualche giorno. Inoltre, non poteva lasciare la parete a metà.

Uscì sul retro, portando con sé il barattolo di giallo, pensando di rimetterlo a posto mentre cercava dell'altro fondo. Ma mentre lo appoggiava sulla mensola, urtò per sbaglio un'altra latta, che cadde sul pavimento di cemento. Dal suono sembrava vuota. Perché qualcuno dovrebbe mettere via un barattolo di pittura vuoto? si chiese incuriosita. Il coperchio era mezzo sollevato, così Beverly lo tolse del tutto e sbirciò all'interno. Tirò fuori un sacchetto di plastica pieno di marijuana insieme a una pipa e a un accendino.

Non era certo moralista, anche lei si era fatta qualche canna in passato, ma non le era piaciuto, così aveva smesso. Non era una quantità esagerata, niente a che vedere con i pacchetti che si vedono nei film, ma le sembrava troppa per un consumatore occasionale. Alzando gli occhi, notò altri barattoli di pittura sulle mensole e inevitabilmente le venne il sospetto che anche quelli contenessero marijuana. Prese lo sgabello che stava in un angolo, lo avvicinò agli scaffali e controllò gli altri barattoli a uno a uno. Per fortuna contenevano tutti vernice. Tirò un sospiro di sollievo; l'ultima cosa di cui aveva bisogno era farsi trovare in una casa piena di droga. Se l'accusa di rapimento non l'avrebbe fatta finire in galera a vita, il possesso di droga sicuramente sì. Portò il sacchetto con la droga in cucina, chiedendosi se le persone che avevano abitato lì in precedenza, senza dubbio le stesse che avevano tinteggiato la cucina di quell'arancione orrendo, se la fossero dimenticata o l'avessero lasciata lì apposta perché non volevano rischiare di essere colti in flagrante. In ogni caso, ecco perché aveva avuto l'impressione che la casa fosse stata abbandonata in fretta e furia: i precedenti occupanti erano scappati. Ed ecco spiegato anche il motivo per cui la proprietaria non avesse fatto troppe domande quando Beverly si era presentata e fosse stata più che felice di farsi pagare in contanti. Era abituata a inquilini con problemi di cui preferiva non sapere niente.

Ma Tommie non doveva vivere in una casa dove c'era nascosta della droga, di questo era assolutamente convinta, così portò la busta in cucina, triturò le foglie, riempì il sacchetto d'acqua e rovesciò il tutto nel lavandino. Per sicurezza, azionò anche il tritarifiuti. La pipa e l'accendino, invece, li gettò tra le erbacce, il più lontano possibile da casa, sapendo che se anche Tommie avesse trovato la pipa, non ne avrebbe capito l'utilizzo. Decise anche che sarebbe stato il caso di controllare il resto della casa, giusto per assicurarsi che Tommie non trovasse niente di strano.

Quando tornò in cucina per iniziare la perquisizione, notò un sacchetto di carta sul bancone. Trattenne il fiato.

Il pranzo di Tommie.

Doveva essersi scordata di metterglielo nello zaino. L'orologio sulla parete indicava che erano quasi le dieci e mezzo. Non sapeva a che ora mangiassero a scuola, ma immaginando di avere poco tempo corse di sopra. Si mise la parrucca e il berretto e prese gli occhiali da sole, ma non si preoccupò di mettersi il fondotinta né di fasciarsi il seno, dato che doveva solo lasciare il sacchetto in segreteria. Sarebbe stata questione di un minuto.

Ma come arrivare fino alla scuola?

Era a molti chilometri di distanza, troppo lontano per andarci a piedi, perciò la sua unica speranza era di trovare un buon samaritano che le desse un passaggio. Come la signora della station wagon, o il venditore di tappeti che sapeva di Old Spice. Non c'era mai molto traffico sulla strada sterrata davanti a casa, ma forse avrebbe avuto un colpo di fortuna.

Afferrò il sacchetto del pranzo e si diresse a passo svelto verso la strada dove svoltò in direzione della città.

Dopo aver camminato per sei o sette minuti, guardandosi regolarmente alle spalle, vide una macchina che andava nella sua stessa direzione. Se si fosse limitata a fare l'autostop sollevando il pollice, temeva che l'automobilista non si accorgesse di lei, perciò si mise in mezzo alla carreggiata e cominciò ad agitare le braccia, il gesto universale di chi ha bisogno di aiuto. Come previsto, la macchina rallentò e si fermò a poca distanza da lei. La donna al volante del SUV argento doveva avere una trentina d'anni, i capelli biondi raccolti in una coda disordinata. Beverly si avvicinò al lato del guidatore mentre l'altra abbassava il finestrino.

«Grazie di essersi fermata», esordì. «So che può sembrare pazzesco, ma mi sono scordata di dare il pranzo a mio figlio e la mia macchina non parte», blaterò, mostrando il sacchetto. «Devo assolutamente arrivare alla scuola e speravo che potesse darmi un passaggio. La prego, è un'emergenza.»

La donna esitò, confusa, e Beverly ebbe la strana sensazione di conoscerla, come se fosse un viso che aveva visto in televisione. Era chiaro che la donna non aveva mai dato un passaggio a nessuno prima d'ora e a Beverly sembrò quasi di sentire la sua mente valutare tutte le opzioni.

«Oh, ehm... Sì, penso che si possa fare», rispose alla fine. «Tanto vado anch'io in quella direzione. Intende la scuola elementare John Small, giusto?»

«Esatto.» Beverly annuì sollevata. «La ringrazio tantissimo. Non immagina quanto sia importante per me.»

Prima che la donna potesse cambiare idea, Beverly girò intorno alla macchina e salì a bordo. L'altra la esaminò attentamente, mettendola a disagio. Beverly resistette all'impulso di controllare di avere la parrucca e il berretto a posto.

«Come ha detto che si chiama?»

«Beverly.»

«Io sono Leslie Watkins», disse la donna. «Mi sembra di averla già vista a scuola. Anche mia figlia Amelia la frequenta. È in quarta. E suo figlio?»

«Lui è in prima», disse Beverly, che era stata a scuola una volta soltanto, quando lo aveva iscritto.

«Con la signora Morris o la signora Campbell?» chiese rivolgendo a Beverly un sorriso esitante. «Io lavoro come volontaria a scuola un paio di volte alla settimana. Conosco quasi tutti.»

Ecco perché aveva un viso familiare, si disse Beverly. «Non lo so esattamente», rispose. «*Dovrei* saperlo, ma ci siamo appena trasferiti e con tutto il caos...»

«La capisco», commentò comprensiva l'altra. «I traslochi sono sempre stressanti. Da dove venite?»

«Pennsylvania», mentì Beverly. «Pittsburgh.»

«E che cosa l'ha portata in questa parte di mondo?»

Come se potessi rispondere a questa domanda, pensò Beverly. «Volevo ricominciare da capo», disse dopo qualche secondo. Avrebbe preferito che la donna assomigliasse di più a quella della station wagon o alla padrona di casa, che non le avevano fatto tante domande. Alle sue spalle, Beverly sentì una vocina.

«Mamma...»

Leslie fissò nel retrovisore. «Siamo quasi arrivate, Camille. Tutto bene, tesoro?»

Beverly lanciò un'occhiata furtiva dietro di sé, stupita di non essersi accorta che ci fosse una bambina seduta sul seggiolino sul sedile posteriore. Come aveva fatto a non vederla?

«Quanti anni ha?»

«Quasi due», rispose Leslie, sempre guardando nel retrovisore. «E oggi è la mia assistente. Vero, tesoro?»

«Assistente», ripeté Camille, con una vocetta acuta.

Beverly fece un cenno con la testa, ripensando a quando Tommie aveva la stessa età, quando ogni giorno imparava qualcosa di nuovo. Era un bambino delizioso e non le aveva dato nessun problema, neppure nella temibile fase dei *terrible two*.

«È bellissima», commentò.

«Grazie. Lo penso anch'io. La mamma è molto fortunata, vero, Camille?»

«Fortunata», ripeté Camille.

Beverly tornò a guardare davanti a sé, la mente affollata di immagini di Tommie da piccolo. Ben presto lasciarono la strada sterrata e imboccarono un nastro d'asfalto che si allungava tra campi coltivati e fattorie. Beverly teneva il sacchetto in grembo, chiedendosi come mai si fosse dimenticata di metterlo nello zaino di Tommie e sperando di arrivare in tempo a darglielo.

«Lei sa a che ora pranzano i bambini?»

«I più piccoli alle undici e un quarto», rispose l'altra. «Non si preoccupi. Arriverà con largo anticipo. Che ne pensa della nostra cittadina?»

«È molto tranquilla.»

«Esatto. Anch'io ho impiegato del tempo ad abituarmi. Ci siamo trasferiti qui cinque anni fa, per stare più vicini ai genitori di mio marito. Amano tanto passare del tempo con le nipotine...»

Leslie iniziò a chiacchierare senza sosta, facendo solo qualche domanda e parlando come una guida turistica locale. Spiegò a Beverly quali fossero i suoi ristoranti preferiti in città, i negozi che valeva la pena di visitare sul lungofiume e le parlò del centro ricreativo, dove avrebbe potuto iscrivere Tommie a corsi di tee-ball, calcio o praticamente qualunque cosa gli interessasse. Beverly l'ascoltava distrattamente, sapeva di non avere i soldi per nessuna di quelle attività.

Pochi minuti più tardi entrarono nel cortile della scuola e Beverly provò un senso di déjà-vu mentre si avvicinavano all'edificio. Da un lato c'erano i campi; dall'altro il parco giochi e le altalene. Chissà se Tommie era già stato a giocare lì, si chiese; quando era bambina, a lei piaceva molto andare in altalena. Ricordava di come pregasse le amiche di spingerla sempre più in alto, fino ad avere quasi la sensazione di cadere giù.

Come nel sogno, quello con il pirata, di qualche notte fa...

Beverly ebbe un sussulto e Leslie si girò con un'espressione preoccupata. Per evitare domande, Beverly si affrettò a ringraziarla mentre la macchina si fermava. Si voltò, lanciò un'ultima occhiata a Camille, poi aprì la portiera e saltò giù. Rivolse un ultimo cenno di saluto a Leslie mentre faceva manovra.

Quando entrò nell'edificio, il senso di familiarità di poco prima lasciò il posto al disorientamento. Dove aveva pensato di trovare una segretaria al bancone, c'era solo uno spazio vuoto; dove credeva fosse la porta della presidenza, c'era un lungo corridoio e tutto il complesso le risultava più angusto e claustrofobico di come ricordava. Scosse la testa e si rese conto che stava immaginando la vecchia scuola di Tommie.

«Quella che ha dovuto lasciare», bisbigliò. Sentendo dei passi, si girò e vide una donna che si avvicinava.

«Salve», la salutò. «Parlava con me?»

«No, mi scusi. Ero un po' confusa.»

«Cosa posso fare per lei?»

«Mio figlio frequenta la prima», iniziò, infine spiegò

quello che era successo e infine mostrò alla donna il sacchetto con il pranzo.

«Glielo porterò volentieri», assicurò l'altra con un sorriso. «Chi è la sua insegnante?»

Beverly sapeva che glielo avrebbero domandato, ma non riusciva a ricordarlo. Doveva assolutamente chiedere a Tommie di dirglielo un'altra volta. «Mi scusi, non ne sono sicura. È appena arrivato.»

«Non c'è problema», replicò disponibile la donna. «Le classi prime sono vicine. Come si chiama il bambino?»

Beverly glielo disse e le porse il sacchetto.

L'altra la esaminò attentamente per un istante. «Non si preoccupi, ci penso io.»

«Grazie», disse Beverly e, dopo aver osservato la donna allontanarsi lungo il corridoio, uscì dalla scuola con un senso di sollievo. Ritornò sulla strada e si incamminò a passo deciso, sentendo il calore del sole sulla schiena. Le macchine le sfrecciavano accanto in entrambe le direzioni, qualcuna rallentava, ma nessuna accennava a fermarsi. Non le importava; mentre camminava pensava alla donna che aveva appena visto a scuola. Era evidente che non avesse riconosciuto il nome di Tommie e, sebbene fossero arrivati da poco, avrebbe preferito pensare che suo figlio frequentasse una scuola dove il personale conosceva ogni alunno, soprattutto quelli nuovi, dato che avevano più bisogno di attenzioni degli altri. Inoltre, Tommie era un bambino così tranquillo che passava inosservato. Non era sorpresa che avesse tante difficoltà a farsi degli amici.

Forse, pensò, avrebbe dovuto fargli una cameretta nuova, per aiutarlo ad ambientarsi e farlo sentire più a suo agio. Liberarsi dei vestiti e dei quadri e dell'altra roba da adulti, così che assomigliasse di più a una cameretta da bambino. Non quel giorno stesso, ma forse quel fine settimana. Avrebbe potuto essere un progetto divertente. Sarebbe stato bello trovargli dei poster da appendere alle pareti, ma non sapeva quali Tommie preferisse. Skateboard, surf, calcio o baseball? Avrebbe potuto chiederglielo, ma, in realtà, non poteva permettersi di comprarne nessuno.

L'idea di sistemare la sua camera le fece tornare in mente la stanza che gli aveva preparato nei mesi precedenti la sua nascita. Sapeva che sarebbe stato un maschio – quando l'ecografista le aveva chiesto se volesse conoscere il sesso del bambino, aveva risposto: «Assolutamente sì!» – e il sabato successivo aveva comprato il bordo decorativo perfettamente intonato alle pareti azzurre che aveva in mente per la camera. Sul bordo di carta era raffigurato un bambino impegnato in attività agresti – pescare da un pontile, camminare insieme a un cane arruffato ma felice, sonnecchiare sotto un albero – e Gary l'aveva presa in giro per questo, ma aveva acconsentito a comprarlo. Aveva trascorso giornate intere a tinteggiare, incollare carta da parati e montare il resto dell'arredamento. Avevano preso una culla, un fasciatoio e un cassettone, oltre a una sedia a dondolo da usare mentre allattava, e quando Gary le aveva dato i soldi per i vestitini, Beverly ricordava di aver girato un sacco di negozi: se fosse stato per lei, avrebbe comprato tutto quello che toccava. Erano tutti completini raffinati, i più belli che avesse mai visto, e già se li immaginava indosso a Tommie.

Erano stati bei tempi, forse i migliori. Gary non beveva e non la picchiava e lei aveva a disposizione una macchina e non doveva muoversi sempre a piedi. Non avrebbe mai immaginato, neppure lontanamente, che la sua vita sarebbe cambiata in maniera tanto radicale, e ripensò a tutto quello che era successo da quando aveva svegliato Tommie e gli aveva detto che sarebbero partiti per un'avventura.

Immersa nei propri pensieri, non si rese conto del tragitto né del tempo che passava. Fu soltanto quando imboccò la strada sterrata che capì di essere esausta. Aveva la sensazione di correre una maratona con la linea del traguardo che si allontanava sempre di più, ma continuò a mettere un piede davanti all'altro. La strada era fiancheggiata da campi coltivati rigogliosi e verdeggianti nel sole di tarda primavera; più oltre, c'era un pascolo costellato di fienili, annessi dall'aria strana e una grande serra. Accanto a uno dei fienili notò un trattore e due furgoni, minuscoli in lontananza e, come sempre, c'erano persone nei campi a lavorare. Guardando la serra pensò alla marijuana che aveva trovato in casa.

La marijuana non si coltivava forse in serra?

Certo, ma, all'improvviso, le venne da ridere per l'assurdità dell'idea. A quanto poteva vedere, la serra era in disuso, ma bastò il pensiero a indurla a chiedersi se ci fosse altra droga in casa. Si ripropose di controllare il prima possibile.

Ormai vedeva la casa in lontananza e poco dopo superò un altro gruppetto di braccianti, più vicini alla strada rispetto agli altri, giusto a una cinquantina di metri. Erano chini a osservare le piante, le facce nascoste sotto i cappelli. Con la coda dell'occhio, Beverly notò uno di loro raddrizzarsi e guardare nella sua direzione; altri tre fecero lo stesso, come suricati o interpretando una coreografia. Si abbassò il berretto sulla fronte, accelerò il passo, ma continuò a sentire i loro sguardi fissi su di lei, quasi stessero aspettando il suo ritorno.

31

GIUNTA in veranda, aveva il cuore che le batteva forte in gola e i nervi a fior di pelle. Cercò di calmarsi, ripetendosi che la sua era solo paranoia: era ovvio che ci fossero dei braccianti nei campi e la vista di qualcuno che camminava in mezzo al nulla suscitava sempre curiosità. E poi, non è che qualcuno di loro l'avesse seguita fino a casa; quando si era voltata, avevano già ripreso a lavorare. Ricordò a se stessa che se non avesse imparato a trattenere i pensieri negativi, evitando che rimbalzassero in giro come biglie su un tavolo di granito, non sarebbe stata di nessuna utilità né a se stessa né a Tommie.

Si tolse la parrucca e il berretto e salì in bagno. Una doccia le avrebbe schiarito le idee, ma, mentre si toglieva i vestiti fradici di sudore, le tornò in mente all'improvviso la marijuana. Istintivamente, dopo essersi risistemata la maglietta, aprì l'armadietto dei medicinali. A prima vista, assomigliava a una piccola farmacia. C'erano pillole di ogni genere, per la maggior parte con nomi che lei non conosceva, tranne uno: Ambien, un sonnifero. Ricordava vagamente di averne visto la pubblicità. Convinta che tutti quei medicinali potessero essere pericolosi per Tommie, li gettò in un cestino di vimini accanto alla porta. Controllò i cassetti e l'armadietto sotto il lavandino, poi prese il cestino, lo portò in cucina e ne versò il contenuto in un sacchetto della spazzatura.

«Io dove nasconderei della droga?» si chiese a voce alta, consapevole di non averne la minima idea, il che significava che avrebbe dovuto guardare dappertutto. Di sicuro Tommie non era di quei bambini che mettevano in bocca pillole o polverine trovate in giro, ma chi poteva dirlo con certezza? A volte i bambini commettono delle sciocchezze per ingenuità. E poi, chissà quali altri pericoli c'erano dentro casa. Magari dei fili scoperti, della vernice al piombo o del veleno per topi, oppure un coltello a serramanico. E se invece ci fossero state addirittura altre cose terribili, come riviste sconce o Polaroid con immagini che nessun bambino dovrebbe mai vedere? O, peggio, se ci fossero state delle armi? I ragazzini non erano forse attratti dalle armi?

Si rimproverò di non aver controllato subito dopo il trasloco, ma meglio tardi che mai. Cominciò dai cassetti della cucina; li aprì a uno a uno, rovistando tra cianfrusaglie e utensili, mozziconi di candela e penne, Post-it e tutto il ciarpame che si accumulava nei cassetti. Siccome aveva ancora la mente un po' confusa – sarebbe stato meglio se prima di iniziare si fosse fatta una doccia –, lasciava aperti i cassetti dopo averli controllati, per non perdere il conto. Poi fu la volta degli armadietti; alcuni contenevano tegami e padelle, altri ciotole, utensili da forno e contenitori ermetici, e anche in questo caso lasciò le antine aperte per essere certa di aver controllato dappertutto.

Tirò fuori tutto quello che c'era sotto il lavandino e trovò detersivi di ogni genere, compresi quelli che aveva già usato anche lei. Ce n'erano alcuni tossici, che avrebbe dovuto riporre da qualche altra parte, magari nel ripostiglio sui ripiani più alti dove Tommie non sarebbe arrivato. Per adesso, però, li lasciò sul pavimento.

Nel ripostiglio, svuotò le mensole con l'intenzione di riorganizzarle in seguito, ma, grazie al cielo, non trovò altre droghe né oggetti pericolosi. Quanto al salotto, dato che aveva già svuotato la credenza, non c'erano molti altri posti in cui cercare, quindi impiegò pochi minuti. Il passo successivo fu l'armadio nell'ingresso, pieno zeppo di giacche e giubbotti oltre a un piccolo aspirapolvere, uno zaino e altri articoli assortiti. Sul ripiano in alto trovò cappelli, guanti e qualche ombrello e, dopo averli esaminati uno a uno, pensò che sarebbe stato il caso di metterli in uno scatolone e sistemarli da qualche parte, perché non c'era necessità di tenerli lì. Già che c'era, per non spezzare il ritmo, uscì nella veranda posteriore.

Subito alla prima occhiata si rese conto che i ripiani andavano riorganizzati da cima a fondo. In basso trovò un barattolo di diluente per pittura; c'erano anche un'accetta arrugginita e una sega ugualmente in cattive condizioni. Sullo stesso ripiano trovò pure un trapano. Guardandolo, si meravigliò che Tommie non si fosse già fatto male. Come aveva fatto per il ripostiglio e l'armadio, levò ogni cosa dagli scaffali e la mise per terra. Controllò una seconda volta i barattoli di pittura e poi prese un sacchetto mezzo aperto con sopra il disegno di un teschio con due ossa incrociate. Dall'etichetta poteva intuire che si trattasse di veleno per topi, ma sebbene Beverly avesse l'assoluta certezza che in casa ce ne fosse qualcuno, era del tutto escluso che cospargesse la casa di veleno, perciò gettò anche quello nel sacco della spazzatura. Aiutandosi con uno sgabello, spostò il diluente, l'accetta, la sega e il trapano sul ripiano più alto, ma lasciò perdere tutto il resto. Voleva finire di controllare dappertutto prima del ritorno di Tommie, quindi rientrò in casa portandosi dietro il sacco della spazzatura.

In corridoio, esaminò l'armadio della biancheria e, scoprendo che era tutta roba da lavare, la lasciò impilata sul pavimento; in camera da letto, aprì l'armadio, il cassettone e il comodino, sacco della spazzatura alla mano. Poi toccò al bagno di Tommie e da ultimo entrò nella camera del figlio.

Fu lì, sotto il suo letto, nel primo posto dove avrebbe dovuto guardare, che trovò i fucili.

32

Ce n'erano due, con lunghe canne nere e orribili come la morte stessa. Accanto c'erano anche due scatole di munizioni aperte.

Beverly trattenne un singhiozzo, sperando che gli occhi la ingannassero, ma quando fissò di nuovo lo sguardo sui fucili, fu assalita da un impeto di rimorso e scoppiò a piangere. Raggomitolata sul pavimento, era consapevole di aver fallito con il figlio. Che razza di madre era? Com'era possibile che non le fosse neppure passato per la testa di accertarsi che la camera di Tommie fosse sicura? Con gli occhi della mente continuava a vedere suo figlio sbirciare sotto il letto, lo sguardo eccitato mentre tirava fuori le armi e si sedeva sul pavimento, soppesando la canna di metallo fredda e liscia. Alla vista del grilletto avrebbe capito a che cosa serviva. Magari l'avrebbe sfiorato con un dito, giusto per capire l'effetto che faceva, e poi...

«Non è accaduto», mormorò con voce roca, cercando di convincersi, ma la scena continuava a tormentarla come un incubo, togliendole la voce. Crollò del tutto, si abbandonò alle immagini e ai singhiozzi finché non ebbe più forze. Non sapeva per quanto tempo avesse pianto, ma quando ritrovò almeno un briciolo di equilibrio si rese conto di dover risolvere subito la faccenda, prima che Tommie tornasse a casa.

Con un gesto risoluto, afferrò il primo fucile soffocando la paura che potesse partire un colpo accidentalmente. Lo trascinò sul pavimento di legno tenendolo per il calcio e assicurandosi che la canna fosse puntata nella direzione opposta rispetto a lei. Prima che le venisse a mancare il coraggio, afferrò anche la seconda arma, con la stessa cautela che avrebbe un artificiere che disinnesca una bomba. Non aveva idea se fossero carichi – non sapeva nemmeno come fare per verificarlo – e quando li ebbe sul pavimento accanto a sé, tirò fuori anche le scatole di munizioni.

Guardando le armi che avrebbero potuto uccidere il figlio, non sapeva come procedere. Doveva nasconderle o, meglio ancora, sbarazzarsene. Ma era più facile a dirsi che a farsi. Non era possibile buttare un fucile tra gli arbusti, ma non poteva nemmeno pensare di tenerlo in casa.

Devo sotterrarli, pensò.

Cercò di ricordare se avesse visto da qualche parte una pala. Non le sembrava, ma avrebbe potuto essercene una nel fienile. All'improvviso, però, l'idea di entrarci la riempì di terrore. Oltre al fatto che la proprietaria le aveva detto che il fienile era off-limits, che cos'altro avrebbe potuto trovare all'interno, dal momento che in casa c'erano armi e droga? Ma che razza di posto era quello?

Non lo sapeva; l'unica sua certezza era che i fucili dovevano sparire prima che Tommie tornasse a casa. Si alzò in piedi e scese barcollando le scale. Una volta fuori, si diresse verso il fienile. Cercò di farsi forza, mentre il sole splendeva implacabile, rendendo l'aria più densa e inghiottendo tutti i rumori. Non si udivano né grilli né uccelli; persino le foglie sugli alberi erano immobili. Il fienile si stagliava davanti a lei, come se la sfidasse a procedere, a scoprire perché era off-limits.

Mentre si avvicinava, si chiese se mai fosse riuscita a entrarci. Magari la porta era chiusa con uno di quei lucchetti indistruttibili, oppure, nonostante l'aspetto innocuo, c'erano altri sistemi di sicurezza, per esempio...

Videocamere...

Quella parola le suscitò l'immediato bisogno di procedere con cautela. Si fermò, mentre le scene degli ultimi giorni la investivano come un uragano.

Una padrona di casa che accettava il pagamento in contanti dell'affitto senza fare troppe domande... Droghe e fucili in una casa da cui l'inquilino precedente era scappato in tutta fretta... Un uomo con un furgone che si presentava alla sua porta... Braccianti nei campi intorno alla casa che mostravano un particolare interesse per lei...

La sua unica certezza era di non voler sapere quali fossero le attività della padrona di casa. Decise che era arrivato il momento di trasferirsi altrove con Tommie. C'era qualcosa di terribilmente sbagliato in tutta la situazione e se ne sarebbe dovuta accorgere prima. Avrebbe dovuto capire che era tutto troppo semplice per essere vero. Sebbene non avesse abbastanza denaro per andarsene, si disse che avrebbe trovato una soluzione, anche a costo di piazzarsi all'angolo di una via a chiedere l'elemosina con un cartello di cartone in mano. Il posto non era sicuro, non più, e se non altro andare altrove avrebbe reso più difficile a Gary il compito di rintracciarla in futuro.

Si voltò, tornando verso casa, sollevata dalla decisione presa. In ogni caso, non voleva che i fucili rimanessero dentro l'abitazione neanche un minuto di più. Doveva comunque sotterrarli. Andò in cucina, dove rimase a contemplare il caos che vi regnava. Ricordava di aver visto un grosso cucchiaio di metallo – di quelli usati per mescolare lo stufato – nel cassetto aperto vicino ai fornelli e lo prese. Avrebbe impiegato un po' di tempo, ma, ammesso di trovare del terreno soffice, ce l'avrebbe fatta.

Uscì e andò alla ricerca di un punto adatto dove il suolo non fosse troppo duro o asciutto. Non poteva scavare sotto i grandi alberi per via delle radici, ma, tutt'a un tratto, le venne in mente il ruscello. Il terreno lì avrebbe dovuto essere più morbido, giusto?

Si diresse decisa da quella parte, però preferì scegliere un punto lontano dal posto che frequentavano di solito, nella remota ipotesi che Tommie volesse tornare a prendere dei girini. Si inginocchiò, tastò il terreno, sollevata nel constatare che era cedevole, e prese a scavare. Lavorò metodicamente, assicurandosi che la buca fosse abbastanza lunga e profonda per seppellire entrambi i fucili e le munizioni. Non sapeva fino a che profondità avrebbe dovuto scavare, perché non sapeva niente del ruscello. Con le piogge intense il suo letto si allargava? In caso di uragano, tutta la zona circostante si trasformava in un pantano?

Non aveva importanza, si disse. Lei e suo figlio sarebbero stati lontani prima che una cosa del genere potesse accadere.

Il tempo però stringeva. Tommie sarebbe tornato presto

e lei doveva finire il lavoro. Corse verso casa, ma, a metà strada, si bloccò. Per diversi secondi non riuscì neppure a respirare.

Il furgone del giorno prima era di nuovo parcheggiato davanti alla veranda.

PARTE QUINTA
Colby

33

QUELLA notte sono rimasto sveglio per ore. Mi ripetevo che non era possibile che mi fossi innamorato, che l'amore vero richiede tempo e una gran quantità di esperienze condivise. Eppure, i miei sentimenti per Morgan crescevano con il passare dei minuti.

Com'era possibile?

Ho pensato che Paige avrebbe potuto aiutarmi a dare un senso a tutta la faccenda. Sebbene fosse già tardi, l'ho chiamata al cellulare, ma anche stavolta non mi ha risposto. Probabilmente mi avrebbe detto che la mia era soltanto una forte infatuazione e non amore. Forse c'era del vero in questo, ma pensando alla mia precedente relazione con Michelle, mi rendevo conto di non aver mai provato le emozioni travolgenti che sentivo per Morgan, neppure all'inizio della nostra storia. Con lei non avevo mai sentito il bisogno di dare un senso a quello che ci stava succedendo. E il mondo non era mai scomparso quando ci baciavamo.

Ammesso che ciò che provavo fosse vero, mi domandavo anche dove ci avrebbe portato la nostra relazione e se avesse potuto venirne fuori qualcosa. Il mio lato razionale mi ricordava che di lì a pochi giorni ciascuno di noi avrebbe preso la propria strada… e che cosa sarebbe successo dopo? Non lo sapevo; l'unica mia certezza era che volevo trascorrere tutto il tempo possibile con lei.

Dopo essere scivolato in un sonno leggero nelle prime ore del mattino, ho dormito fino a tardi per la prima volta dal mio arrivo in Florida e, al risveglio, il cielo del mattino sembrava quasi minaccioso. Il calore e l'umidità erano opprimenti – come succede solitamente prima di un temporale – e controllando le previsioni sul cellulare ne ho avuto la conferma, proprio per l'ora in cui avrei dovuto esibirmi. Dopo un rapido scambio di messaggi, Ray mi ha chiesto di presentarmi lo stesso. Avrebbero tenuto d'occhio il meteo, mi ha assicurato e, nel caso, avrebbero annullato lo spettacolo.

Ho trascorso la mattinata attenendomi alla consueta routine, anche se non c'era niente di normale. Morgan occupava tutti i miei pensieri; quando, correndo, ho superato il *Don*, non ho potuto fare a meno di cercarla con lo sguardo; quando mi sono fermato a fare delle trazioni sulla sbarra vicino alla spiaggia, ho pensato alla sua pelle morbida. Dopo la doccia ho fatto un salto al minimarket e l'ho immaginata che provava in sala riunioni e gridava di felicità sfrecciando sull'ottovolante dei Busch Gardens. Mentre mettevo nel carrello dei petti di pollo, mi sono chiesto che cos'avesse raccontato alle amiche della giornata che avevamo trascorso insieme, o se invece non avesse detto niente. Ma, soprattutto, cercavo di capire se provasse anche lei le mie stesse emozioni.

Era questa la parte più difficile. Sapevo che tra noi c'era

reciproca attrazione, ma i suoi sentimenti erano profondi quanto i miei? Oppure io rappresentavo un semplice passatempo, un flirt per aggiungere un po' di pepe alla vacanza prima di iniziare la sua vera vita? Per molti versi Morgan era ancora un mistero per me, e più cercavo di inquadrarla, più mi si confondevano le idee. Senza sapere come sarebbe andata la serata, ho comprato due candele, fiammiferi, una bottiglia di vino e delle fragole ricoperte di cioccolato, consapevole che lei magari avrebbe preferito andare a mangiare fuori.

Tornato a casa, ho messo via la spesa e ho riordinato l'appartamento. Non avendo altro da fare e con la mente sempre rivolta a Morgan, ho preso inconsciamente la chitarra.

Ho strimpellato la melodia della canzone che avevo cantato per lei sulla spiaggia qualche sera prima, sempre con la fastidiosa sensazione che ci fosse qualcosa che non andava. Al testo mancava mordente, una particolarità che non ero ancora riuscito a individuare.

Correggendo qua e là ciò che avevo già scritto, ho provato a pensare a come lei mi faceva sentire, non solo le emozioni che mi ispirava, ma anche a quanto mi vedessi diverso attraverso i suoi occhi. Mi era capitato solo un paio di volte in passato che una canzone si scrivesse quasi da sola, ed è quello che è successo. Le nuove strofe mi sembravano efficaci, ricche di dettagli presi dalla giornata trascorsa insieme. Intanto cercavo di infondere più energia al ritornello, già immaginando una registrazione che avrebbe conferito alla canzone il sound di un coro gospel.

Dando un'occhiata all'orologio mi sono reso conto che ero quasi in ritardo. Non avevo tempo di annotare il nuovo testo sul taccuino, ma già sapevo che non era necessario. Mi sono infilato una maglietta pulita, ho raccolto in fretta e furia l'occorrente per il *Bobby T's* e sono sceso di corsa per le scale. Sopra di me, le nuvole si rincorrevano addensandosi irrequiete, quasi volessero raccogliere le energie prima di esplodere. Sono arrivato giusto con cinque minuti di anticipo e ho notato che il pubblico era la metà rispetto all'ultimo spettacolo, anche se tutti i posti a sedere erano occupati. Sapevo che non avrei trovato Morgan tra la folla, ma la sua assenza mi ha comunque provocato una fitta di delusione.

Ho concluso lo spettacolo, riempiendo l'ora extra con pezzi a richiesta, mentre le nubi si facevano sempre più scure e minacciose. Dopo un po' si è alzato il vento, che ha cominciato a soffiare forte. Per la prima volta da quando mi esibivo al *Bobby T's* ho visto qualcuno alzarsi e andare verso l'uscita. Non potevo certo biasimarli: all'orizzonte si vedeva già il bagliore dei primi lampi e io mi aspettavo che Ray concludesse la serata da un momento all'altro.

Ogni tanto qualche sprazzo di sole squarciava la coltre di nubi, creando prismi colorati e un magnifico tramonto. Alle spalle del pubblico, la spiaggia si era svuotata e a mano a mano che la gente se ne andava, ho cominciato a chiedermi se Morgan si sarebbe fatta viva. Contrariamente ai miei timori, mentre gli ultimi raggi di sole si spegnevano, l'ho vista arrivare. Veniva dalla spiaggia e indossava un leggero prendisole giallo; a tracolla portava la borsa di Gucci che aveva con sé anche il giorno prima. Sullo sfondo della luce cangiante, sembrava una visione soprannaturale. Mi ha rivolto un breve cenno di saluto e istintivamente io mi sono lanciato nella canzone che avevo appena finito di comporre, quella che, ora lo sapevo, non sarei mai riuscito a terminare se non l'avessi incontrata.

Anche da lontano ho notato il suo sorriso non appena le prime note hanno riempito la sala e lei l'ha riconosciuta. Diversamente dal solito, invece di cantare per tutto il pubblico, ho concentrato gran parte della mia attenzione su di lei, in particolare quando sono arrivato al nuovo testo che avevo scritto. Alla fine del pezzo la gente è rimasta in silenzio, poi è esplosa in un lungo applauso, interrotto solo dal bagliore prolungato di un lampo che ha squarciato il cielo sopra l'oceano. Pochi secondi più tardi, il rombo cupo di un tuono ha percorso la spiaggia come un rotolacampo.

L'applauso si è spento mentre gli spettatori rimanenti si alzavano. Ho visto Ray venire verso di me e farmi segno di chiudere lo show. Mentre mettevo via la chitarra, è salito sul palco e ha annunciato al microfono che lo spettacolo era terminato. Subito dopo mi sono fatto largo per raggiungere Morgan.

«Ce l'hai fatta», le ho detto, senza nascondere la mia felicità. La gente ci superava diretta verso la spiaggia gettando occhiate al cielo, mentre alcuni si affrettavano nella direzione opposta, dove c'era il parcheggio. «Non sapevo se saresti arrivata in tempo.»

«Hai cantato la canzone», ha detto sottovoce posandomi una mano sul braccio, gli occhi luccicanti. «Ma era diversa.»

In piedi di fronte a lei, stavo per spiegarle il perché, quando ho compreso che già lo sapeva. Il cielo è stato squarciato da un altro lampo seguito da un tuono molto più ravvicinato dei precedenti. Il vento era più freddo, ma io sentivo solo il calore della sua mano sulla mia pelle.

Cercando qualcosa da dire, le ho chiesto: «Com'è andata ai Busch Gardens?»

Lei ha indicato verso il cielo con un sorriso divertito. «Vuoi davvero parlarne proprio adesso? Non pensi che sarebbe il caso di andarcene come tutti gli altri?»

Ho spostato controvoglia il braccio. «Allora inizio a caricare, okay?»

Morgan mi ha seguito oltre i tavoli ormai vuoti. Ray e alcuni inservienti avevano già messo via parte dell'attrezzatura e quando ho preso la custodia della chitarra, ho sentito la prima goccia di pioggia. Ho cercato di fare in fretta, ma ci eravamo appena incamminati verso il parcheggio quando quella prima goccia si è trasformata in un vero e proprio nubifragio. Ho aperto la portiera per far salire Morgan in macchina mentre le nuvole scaricavano il diluvio che avevano trattenuto per tutto il giorno.

Ho fatto il giro intorno all'auto e sono saltato a bordo, la maglietta e i pantaloni già fradici. Nonostante il tergicristallo alla massima velocità, mi sembrava di stare dentro un autolavaggio. Ho guidato alla cieca in mezzo al parcheggio. Quando ho imboccato Gulf Boulevard, ho visto una fila di macchine che avevano accostato con le quattro frecce accese, mentre qualche temerario avanzava a passo d'uomo. I lampi si susseguivano incessanti nel cielo.

«Dovrò mettermi qualcosa di asciutto, se vogliamo mangiare fuori.»

«Con questo tempaccio non se ne parla nemmeno», ha detto lei. «Andiamo da te, va bene?»

Siccome ero già fradicio e avevo esperienza degli uragani del North Carolina, ho abbassato il finestrino e ho sporto la testa per essere sicuro di non oltrepassare l'incrocio giusto. La pioggia mi sferzava il viso ed entrava nell'abitacolo, ma alla fine sono uscito da Gulf Boulevard e ho imboccato una via laterale più tranquilla.

La pioggia scrosciante mi pungeva la faccia; un altro lampo ha rischiarato il cielo, stavolta quasi sopra di noi, e il tuono è risuonato come una fucilata. All'improvviso tutte le luci sul lato della via dove si trovava anche il mio condominio si sono spente. Ho immaginato che anche casa mia fosse rimasta senza elettricità.

La strada iniziava ad allagarsi quando siamo arrivati davanti al palazzo. Ero bagnato fradicio, la pioggia che entrava dal finestrino mi aveva formato una pozza in grembo. Avvolto nell'oscurità, tutto il complesso sembrava stranamente deserto.

Dato che era impossibile non bagnarsi, Morgan è scesa dalla macchina ed è corsa verso le scale. Io l'ho seguita con le chiavi in mano.

All'interno, l'unica luce era il chiarore intermittente dei lampi al di là della vetrata. Nonostante il temporale, l'aria si stava già facendo soffocante. Morgan si è fermata in salotto e io l'ho superata per andare in cucina, lasciando piccole pozze d'acqua sul pavimento. Dall'armadietto ho preso le candele e i fiammiferi che avevo acquistato quella mattina, felice di averli avuti a portata di mano.

In salotto, la luce delle candele creava un'atmosfera soffusa. Le ho sistemate sul tavolino basso, poi ho aperto la portafinestra per far entrare un po' d'aria. Il vento era aumentato e la pioggia scrosciava quasi in orizzontale.

Al bagliore giallognolo delle candele, ho scorto uno sbafo di mascara sulla guancia di Morgan, l'unico segno d'imperfezione in una persona altrimenti sempre impeccabile. Il prendisole bagnato le aderiva alla pelle, mettendo in risalto le sue curve. Per via dell'umidità, i lunghi capelli erano tornati mossi. Ho cercato di non fissarla, ancora una volta meravigliato che fosse riuscita a riempire completamente i miei pensieri in così pochi giorni. Non avevo pensato alla fattoria né alla zia o a Paige, e anche la musica che amavo tanto sembrava tutta concentrata su di lei. A un tratto ho avuto la certezza che non avrei mai amato nessun'altra donna allo stesso modo.

Morgan era rimasta immobile. La luce delle candele le si rifletteva negli occhi. Aveva uno sguardo sereno e pacato, come se sapesse perfettamente ciò che sentivo e pensavo. Ma, quando mi sono avvicinato, è rimasta avvolta nel mistero.

Allora mi sono chinato a baciarla, convinto che potesse sentire l'intensità delle emozioni che provavo. Quando ho cercato di stringerla a me, mi ha posato una mano sul petto.

«Colby...» ha bisbigliato.

Allora mi sono fermato limitandomi a cingerla con le braccia. L'ho tenuta così a lungo, assaporando la sensazione del suo corpo contro il mio, finché l'ho sentita rilassarsi. Quando mi ha stretto le braccia al collo, ho chiuso gli occhi. Avrei voluto che quel momento durasse per sempre.

Dopo un po' si è staccata e ha fatto un passo indietro.

«Vado a mettermi qualcosa di asciutto», ha mormorato. «Mi sono portata dietro un cambio, per precauzione.»

Io ho deglutito. «Okay», le ho risposto a fatica.

Ha preso una delle candele ed è andata in bagno, che si trovava a metà del corridoio. Quando ho sentito lo scatto della serratura, mi sono reso conto di essere da solo in salotto e che non riuscivo a immaginare che cosa sarebbe successo.

34

Ho preso un asciugamano dall'armadio e mi sono diretto in camera con l'altra candela per levarmi i vestiti bagnati. Ho cercato di non pensare al fatto che, a pochi passi di distanza, probabilmente anche Morgan si stesse spogliando. Mi sono asciugato, poi ho indossato un paio di jeans e l'altra camicia che mi ero portato. Ho arrotolato le maniche fino ai gomiti e, guardandomi nello specchio sopra il comò, ho cercato di sistemarmi i capelli. Quindi ho preso la candela e sono tornato in cucina.

Senza elettricità i fornelli erano inutilizzabili, ma le fragole ricoperte di cioccolato e il vino erano sempre in fresco in frigorifero, insieme al formaggio avanzato dal picnic. Ho tirato fuori tutto, ho affettato il formaggio e l'ho sistemato su un vassoio insieme ai cracker e alle fragole. Cercando a tentoni nei cassetti, ho trovato il cavatappi e ho stappato il vino. Ho preso due bicchieri dall'armadietto e ho sistemato ogni cosa sul tavolino in salotto. Per calmare i nervi, mi sono versato del vino e ne ho bevuto un sorso. Non sapevo se Morgan lo avrebbe voluto.

Dietro i vetri delle finestre, la pioggia mandava bagliori di diamante nella luce incessante dei lampi, e le chiome delle palme danzavano nel vento come marionette. Mi sono seduto sul divano e, rigirando distrattamente il bicchiere che tenevo in mano, ho riflettuto sul tono della sua voce quando aveva mormorato il mio nome. Chissà a che cosa stava pensando in quel momento. Adesso sapeva ciò che provavo per lei, ma lo sapeva anche quand'era arrivata allo spettacolo? Oppure già ieri sera? Non ne avevo idea, e sebbene una parte di me fosse in ansia al pensiero che i miei sentimenti non fossero ricambiati, ero anche consapevole di non poter fare niente per cancellare ciò che provavo per lei.

Mi domandavo anche se mi sarei innamorato se non fossi venuto qui, in questa cittadina della Florida. Non solo di Morgan, ma in generale. Non mi ero innamorato di Michelle, ma in fondo sapevo che i nostri orari inconciliabili erano solo una parte del problema. Più che altro era colpa della fattoria e dell'impegno totalizzante che richiedeva. Siccome c'era sempre qualcosa da fare, non ero più capace di rilassarmi e godermi la vita, o di dedicare del tempo a una persona speciale. Era stata una valida scusa, talmente sottile che nemmeno io mi ero accorto di quello che stava succedendo, ma adesso, mentre bevevo un altro sorso di vino, mi rendevo conto che dovevo cambiare le cose, se non volevo finire come mio zio. Ogni tanto dovevo concedermi una pausa, per scrivere canzoni, uscire a fare una passeggiata o semplicemente per stare seduto a oziare. Dovevo riprendere i contatti con i vecchi amici e aprirmi a nuove possibilità e a gente diversa, e i giorni trascorsi qui erano serviti a farmi capire quanto tutto questo fosse importante.

In fin dei conti, nella vita c'era molto altro oltre il lavoro e non volevo più essere la persona che ero diventato. Volevo fare le cose che per me erano importanti e preoccuparmi meno di quelle al di fuori del mio controllo. E volevo farlo non in un momento indefinito del futuro, ma dall'istante stesso in cui sarei tornato a casa. Comunque fosse andata tra Morgan e me, volevo reinventarmi e diventare la persona che volevo essere. Lo avevo già fatto una volta, mi sono detto, e non c'era motivo per non farlo di nuovo.

Mi sono alzato dal divano e mi sono avvicinato alla portafinestra. A casa, con un temporale del genere mi sarei preoccupato per i raccolti o per le galline o per il tetto della serra, mentre in Florida, adesso, lo trovavo uno spettacolo incredibilmente affascinante.

Era come se il destino avesse cospirato per rendere questa serata diversa da tutte le altre che avevo trascorso qui, ma per quanto l'idea potesse essere romantica, avevo il sospetto di dare troppa importanza alla cosa. Ero convinto che Paige l'avrebbe pensata allo stesso modo, ma mentre continuavo a osservare il nubifragio, sapevo di volerci credere comunque.

Avrei tanto voluto parlarne con Paige, se non altro per chiederle se quello che mi stava succedendo fosse normale. Era possibile che l'amore avesse il potere di indurre una persona a mettere in discussione ogni cosa? A voler cambiare radicalmente? Se pensavo a mia sorella e alla sua esperienza, mi veniva qualche dubbio. Era stata innamorata una volta, ma ne parlava di rado, a parte quando mi diceva che amore e dolore erano le due facce della stessa medaglia. Capivo le sue ragioni, ma a volte la sorprendevo a leggere romanzi d'amore, e allora mi veniva il sospetto che non fosse così insensibile come voleva far credere. Immaginavo che avrebbe capito quello che stavo passando. Ricordo che quando aveva conosciuto il suo futuro marito, la sera usciva quasi sempre e le poche volte che rimaneva a casa era sempre allegra e spensierata. All'epoca ero così preso dal mio mondo che non ci avevo prestato troppa attenzione, a parte rallegrarmi per il fatto che i rapporti tra lei e la zia sembrassero migliorati. Solo quando aveva annunciato all'improvviso di voler lasciare la fattoria, mi ero reso conto di quanto fosse seria la storia con il suo ragazzo. Poco dopo il suo trasferimento, una telefonata ci aveva informato che si erano sposati davanti a un giudice di pace. Era successo tutto molto velocemente e io avevo visto quel tizio soltanto un paio di volte e solo per pochi minuti quando passava a prendere Paige per uscire. Il giorno prima era la Paige che avevo sempre conosciuto e quello dopo era diventata un'estranea. Adesso, però, cominciavo ad avere una vaga idea di quello che aveva provato lei all'epoca; cominciavo a comprendere che l'amore aveva i suoi tempi e che rendeva inevitabili anche i cambiamenti più radicali.

Mi sono pentito di aver lasciato la chitarra in macchina a causa del temporale. Suonare qualcosa, qualunque cosa, mi avrebbe aiutato a mettere ordine nei miei pensieri. Allora ho preso il cellulare e ho recuperato una playlist delle canzoni che avevo scritto, quelle che ritenevo migliori. L'ho appoggiato sul tavolino davanti al divano e ho bevuto un altro sorso di vino, poi sono tornato a guardare fuori dalla portafinestra, rivivendo i ricordi che avevano ispirato ciascuna delle canzoni e domandandomi che cosa sarebbe successo se lo zio non fosse morto. Forse non sarei rimasto alla fattoria, ma avrei tentato la carriera musicale, come stava facendo Morgan? All'epoca mi era sembrato impossibile, e forse era vero, ma non riuscivo a scrollarmi di dosso il senso di frustrazione per non averci nemmeno provato. L'ambizione di Morgan aveva acceso qualcosa che da tempo covavo dentro, anche se mi rendevo conto che lei aveva molto più talento di me.

Ho sentito un rumore alle mie spalle e mi sono voltato. Morgan era tornata in salotto reggendo in mano la candela. Indossava un prendisole diverso con una profonda scollatura a V, e non ho potuto fare a meno di fissarla. Aveva i capelli ancora umidi, come i miei, e le folte onde scintillavano alla luce della candela. Lo sbafo di mascara sulla guancia era sparito, e ho notato che si era truccata leggermente per mettere in risalto gli occhi scuri e le labbra; le braccia e le gambe brillavano come seta. Sono rimasto senza fiato.

Si è fermata a pochi passi da me, quasi crogiolandosi nel mio sguardo.

«Sei... bellissima», le ho detto con voce roca.

Ha socchiuso le labbra soffiando fuori l'aria e, all'improvviso, dalla sua espressione indifesa ho capito che anche lei provava le mie stesse emozioni. Con estrema naturalezza, mi stava dicendo tutto ciò che avevo bisogno di sapere: anche lei si era innamorata di uno sconosciuto, e la sua vita era stata stravolta. Si è avvicinata al tavolino in silenzio e ha appoggiato la candela accanto alla mia. Ha dato un'occhiata a quello che avevo preparato, infine si è concentrata per un istante sulla musica che veniva dal telefono.

«È tua?» ha chiesto.

«Sì», ho risposto.

«Non mi pare di averla mai sentita.»

Ho deglutito. «Non è quella che suono abitualmente ai concerti.»

La mia voce risuonava stranamente distante mentre la osservavo sedersi sul divano. Mi sono accomodato accanto a lei, e il suo vestito si è scostato leggermente scoprendo una porzione di coscia, una vista profondamente erotica. Ho indicato il vino. «Ti va un bicchiere?»

«Grazie, ma sto bene così.»

«Non sapevo se avevi fame.»

«Ho mangiato qualcosa quando siamo tornate in hotel. Ma quelle fragole sembrano squisite», ha detto.

«Le ho comprate, non le ho preparate io.»

«Complimenti lo stesso.»

Mi rendevo conto che stavo dicendo sciocchezze, ma non riuscivo a fare di meglio. Avevo la gola secca, così ho bevuto un altro sorso di vino. Nel silenzio della stanza, ho capito che lei era nervosa quanto me e l'ho trovato stranamente confortante.

«I cambiamenti che hai fatto alla canzone sono molto belli», ha detto.

Anche tu, avrei voluto rispondere, ma non l'ho fatto. «Sei tu che mi hai ispirato», ho replicato cercando di essere disinvolto, ma sapendo di non esserci riuscito.

«Mi chiedevo...» ha bisbigliato, lasciando che i capelli le coprissero la faccia. E poi: «Ho pensato a te tutto il giorno. Mi sei mancato».

Le ho preso la mano e lei ha intrecciato le dita alle mie. «Sono felice che tu adesso sia qui.»

Ho avvertito la tensione carica di aspettativa nella sua

mano e ho pensato di nuovo a baciarla. Teneva gli occhi e la bocca socchiusi, ma mentre mi chinavo verso di lei, un cellulare ha iniziato a squillare, piano ma con insistenza. Quando si è resa conto che non era il mio, si è alzata. È andata nell'ingresso, poi si è affacciata con il cellulare che suonava in mano. Sembrava stranamente confusa.

«È mia mamma», ha spiegato in tono impacciato. «Mi ha già chiamato un paio di volte e non le ho risposto.»

«Allora forse dovresti farlo.»

Ha preso la chiamata avvicinandosi il telefono all'orecchio.

«Ciao, mamma», ha detto. «Come va...? Sì, scusa. È vero, non ti ho chiamato, ma ci stavamo divertendo da matti... niente di che. Che cos'è successo? Sta bene?»

Si è girata verso di me e ha mimato le parole: «il nostro cane è malato».

«Che cos'ha detto il veterinario...? Ah, ho capito... Sì... Per fortuna. Come l'ha presa Heidi...? Hm-hm... hm-hm...»

Per un po' non ha parlato, poi ha annuito di nuovo. «Be', vedremo. La mattina facciamo le prove, poi di solito andiamo in spiaggia o in piscina. Abbiamo anche sentito della musica dal vivo e fatto un giro in centro... Sì, ci stiamo divertendo. Per Holly e Stacy è il primo viaggio in Florida, quindi le ho portate un po' in giro...»

Io sono rimasto in silenzio sul divano, per non distrarla.

«Hm-hm... No, non ci siamo ancora andate. Magari tra un paio di giorni. Però siamo stati ai Busch Gardens. A Tampa? Sì, è stato bello. C'era poca coda e siamo riuscite a salire su quasi tutte le giostre... No, non stasera. Ordineremo la cena in camera e guarderemo un film. È stata una giornata davvero lunga», ha detto, con una smorfia piena di rimorso.

Io ho trattenuto un sorriso.

«Sì, sono qui. Ho fatto qualche foto dalla spiaggia appena siamo arrivate. E, a proposito, ho visto anche due lamantini... In uno dei parchi, ma non ricordo il nome... Abbiamo noleggiato dei kayak e siamo andati in mezzo alle mangrovie e ce li siamo trovati davanti... No, loro non sono venute. Sono andata con un ragazzo che ho conosciuto qui...»

A queste parole, ho drizzato le orecchie.

«Sì, mamma. È simpatico. È un agricoltore del North Carolina... No, non sto scherzando... Colby... venticinque... Lo abbiamo sentito cantare al *Bobby T's*. È qui per una specie di vacanza di lavoro...» Mi ha voltato le spalle e ha abbassato la voce. «No, non ha frequentato il college, ma che importanza ha...? Mamma... mamma... È stata solo una gita in kayak. Non farla tanto lunga. Dimentichi che sono adulta ormai...»

Ho sentito insinuarsi nella sua voce una nota di frustrazione. È finita una canzone della mia playlist e ne è iniziata un'altra. L'ho guardata passarsi una mano nei capelli, e tirarli.

«Non ho avuto ancora tempo di controllarlo. Chiamerò l'amministratore appena torno a casa, va bene? Non credo sia complicato farsi allacciare le utenze... Ci penso io... No, non ho avuto tempo neanche per quello... Quante volte ti devo dire che non voglio fare l'insegnante di musica?... Sì... hm-hm... Lo so... Scusa, è che sono stanca e dovrei proprio andare. Mi stanno facendo segno che vogliono far partire il film... Saluta papà e Heidi... Ti voglio bene anch'io.»

Ha chiuso la telefonata ed è rimasta a fissare il cellulare. Mi sono alzato dal divano, l'ho raggiunta e le ho messo una mano sulla schiena, accarezzandole la pelle liscia sotto la stoffa del vestito.

«Tutto bene?»

«Sì. Ma a volte mi fa il terzo grado. Non è una conversazione, capisci?»

«Di sicuro voleva soltanto assicurarsi che tu ti stia divertendo.»

«E che non mi metta nei guai», ha sospirato lei. «Ma non capisco perché continui a preoccuparsi. Soprattutto se mi paragona ad altri studenti del college. Sembra che non riesca ad accettare il fatto che ormai sono adulta e abbastanza grande da prendere da sola le mie decisioni.»

«I genitori si preoccupano sempre», ho risposto stringendomi nelle spalle. «È nel loro DNA.»

Un breve sorriso incerto le ha increspato le labbra. «A volte è molto più facile parlare con papà. Cioè, è in ansia che io vada a Nashville e probabilmente anche lui preferirebbe che trovassi un lavoro come insegnante, ma se non altro capisce perché voglio andarmene, e ha sempre fatto il tifo per me. La mamma invece… non fa che ripetermi quanto sia duro il mondo della musica, che migliaia di persone sognano, come me, di sfondare, ma non ci riescono…»

È rimasta in silenzio e io con il dito le ho spostato i capelli dagli occhi. «Lo fa solo per proteggerti dalle delusioni.»

«Lo so, e mi dispiace. Probabilmente non avrei dovuto rispondere. È per questo che non l'ho fatto le due volte precedenti. Continua a parlarmi di questa opportunità in una scuola privata di Chicago anche se le ho sempre detto che non mi interessa. È così… faticoso certe volte.»

Si è girata e si è appoggiata a me. L'ho abbracciata.

«Lo so.»

È partita un'altra canzone della mia playlist. Morgan mi ha cinto il collo con le braccia e io l'ho stretta a me, sorpreso della naturalezza con cui il suo corpo aderiva al mio. Senza rendermene conto, ho iniziato a spostare il peso da un piede all'altro e ci siamo messi a ballare a tempo di musica.

«Mi ricordo quando hai cantato questa canzone», ha mormorato. «È stata la prima sera che ti ho sentito. Sono rimasta incantata.»

Fuori, il vento ululava e la pioggia scrosciava incessante. Le candele inondavano la stanza di una luce dorata. Ho colto la fragranza del profumo di Morgan, muschiata e seducente.

Si è stretta a me e quando ha sollevato la testa per guardarmi, le ho sfiorato lo zigomo con un dito. I nostri visi si sono avvicinati; tutti e due avevamo il respiro leggermente affannato, ma eravamo in perfetta sintonia.

L'ho baciata, avido e nervoso e appena le nostre lingue si sono unite, ho sentito un brivido percorrermi la schiena, elettrizzandomi. Lei mi ha cinto i fianchi, un tocco lieve e quasi impercettibile. Mi ha sollevato l'orlo della camicia e mi ha sfiorato la pelle con le unghie, lasciandomi senza respiro. Lentamente, ha tracciato con le dita il contorno dei miei muscoli sull'addome e il petto, mentre la sua lingua continuava a guizzare contro la mia. Il suo respiro si è fatto più rapido e ha socchiuso gli occhi. Io non riuscivo a smettere di fissarla, ammaliato dalla sua sensualità. Mi ha sbottonato a uno a uno i bottoni della camicia e me l'ha fatta scivolare dalle spalle bloccandomi per un istante le braccia, quasi volesse provocarmi, prima di lasciarla cadere sul pavimento. Si è chinata a baciarmi il petto, risalendo con le labbra verso il collo. Il suo respiro caldo sulla pelle mi ha procurato un fremito, mentre le abbassavo la spallina del vestito. Mi ha morso dolcemente il collo, poi ha sollevato di nuovo la bocca verso la mia. Io le ho abbassato anche l'altra spallina e ho fatto scivolare la mano fino all'orlo del suo vestito. Sollevandolo con il dito, le ho accarezzato l'interno della coscia. L'ho sentita trattenere il fiato e stringermi più forte la nuca. Mi ha baciato con passione, mentre io raggiungevo il punto in cui sapevo che era destino arrivassi. Le ho abbassato lentamente il prendisole, facendoglielo scivolare addosso, e mi sono staccato da lei, per ammirarla in tutta la sua bellezza. Le ho stretto le mani sui fianchi sottili per aiutarla a scavalcare il vestito. La desideravo più di quanto avessi mai desiderato qualcuno in vita mia. Senza dire una parola, ho preso una delle candele e l'ho guidata in camera da letto.

35

Dopo, siamo rimasti sdraiati senza parlare per molto tempo, il suo corpo caldo contro il mio, poi lei si è girata su un fianco e ci siamo addormentati stretti l'uno all'altra tra le lenzuola aggrovigliate.

Quando mi sono svegliato nella luce livida dell'alba, l'ho baciata teneramente, senza più riuscire a trattenere le parole che si agitavano nel mio cuore.

«Ti amo, Morgan», le ho mormorato all'orecchio.

Lei ha sorriso, poi ha aperto gli occhi e mi ha guardato.

«Oh, Colby», ha detto toccandomi la bocca con un dito. «Ti amo anch'io.»

PARTE SESTA
Beverly

36

L'UOMO del furgone era tornato.

Lei cercò di calmare il respiro mentre si nascondeva dietro il fienile. Che cosa sarebbe successo se fosse arrivato dieci minuti prima, mentre era ancora in casa? L'avrebbe vista attraverso la finestra? Avrebbe aperto la porta? E se lei fosse entrata davvero nel fienile, facendosi sorprendere in un posto dove non avrebbe dovuto essere?

Si sentì rivoltare lo stomaco per la scarica di adrenalina. Si appoggiò contro le assi e chiuse gli occhi, ringraziando il cielo di non essere stata così stupida e di aver deciso di evitare il fienile prima che fosse troppo tardi.

Devo calmarmi, altrimenti non riuscirò a pensare, si disse chiudendo gli occhi. Si augurava che lui non l'avesse vista, che se ne andasse come la volta precedente dopo essersi assicurato che non era in casa. Sperava che se ne andasse prima dell'arrivo dello scuolabus.

Oddio...

Tommie...

Sbirciando oltre lo spigolo, vide l'uomo guardarsi intorno

in un angolo della veranda. Un attimo dopo, scese i gradini e si incamminò verso il fienile. Beverly si appiattì contro la parete di assi, restando perfettamente immobile. Resistette all'impulso di sporgersi per vedere se lo sconosciuto si stesse avvicinando.

Sentì il cigolio della porta che si apriva. Con gli occhi della mente vedeva l'uomo scrutare l'interno, per accertarsi che non ci fosse niente fuori posto. Si chiese se avesse fatto la stessa cosa anche il giorno prima, mentre lei e Tommie erano al ruscello, oppure se fosse in contatto con i braccianti che controllavano i suoi spostamenti.

Tommie...

Ti prego, fa' che oggi lo scuolabus sia in ritardo. Strinse i pugni, rimanendo in attesa, finché la porta del fienile cigolò di nuovo e venne richiusa con un tonfo. Rimase dov'era, augurandosi che l'uomo non girasse intorno al fienile. Che cos'avrebbe fatto se l'avesse trovata? Valutò se fosse il caso di correre verso il ruscello, ma mentre si stava convincendo a farlo, sentì il rumore della portiera del furgone che si chiudeva, seguito dal rombo del motore. Poco dopo udì lo scricchiolio della ghiaia mentre il furgone faceva retromarcia. Alla fine i rumori si spensero fino a scomparire quando il veicolo raggiunse la strada.

Beverly attese per un tempo infinito, cercando di calmare pian piano il respiro. Quando trovò il coraggio di sbirciare oltre l'angolo del fienile, il furgone era sparito e, a quanto poteva vedere, non c'era nessuno appostato in attesa. Nessun movimento, ma aspettò, per sicurezza, prima di lanciarsi di corsa verso la casa. Spalancò la porta, la lasciò aperta e salì a precipizio le scale.

Nella stanza di Tommie i fucili erano esattamente dove li aveva lasciati. Non ce l'avrebbe fatta a portarli fuori insieme alle munizioni così, con una decisione rapida, afferrò il guanciale. Tolse la federa e ci infilò le scatole di munizioni, dopodiché sollevò con cautela i due fucili tenendoli per il calcio e assicurandosi che le canne fossero rivolte verso il basso mentre raccoglieva la federa.

Non era il momento di fare le cose in fretta e furia, anche nel caso in cui l'autobus fosse già arrivato. Uscì dalla camera camminando lentamente. Scese con cautela i gradini, felice di non aver chiuso la porta d'ingresso quando era entrata. Facendo attenzione a non inciampare, tornò al ruscello e alla buca che aveva già scavato.

Ci depositò un fucile, poi l'altro, quindi tolse le munizioni dalla federa. Ricoprì la buca con le mani per fare più in fretta. Una volta terminato, livellò la terra, quindi la calpestò, ma non poteva fare di meglio. Chiunque fosse passato di lì si sarebbe accorto che era stato sotterrato qualcosa, ma non aveva importanza.

Sarebbe fuggita da quel posto prima che qualcuno lo scoprisse.

37

Tornata in casa, Beverly si strofinò le mani sotto l'acqua fino ad arrossarsi la pelle, ma la terra le aveva lasciato un colorito brunastro sui palmi. Dando un'occhiata al caos in salotto, immaginò di dover rimettere tutto a posto prima di scappare, non per riguardo nei confronti della proprietaria, ma perché l'uomo del furgone sarebbe potuto tornare e se avesse trovato una casa ordinata avrebbe pensato che loro vivessero ancora lì, facendole guadagnare un po' di tempo...

Ma adesso? Avrebbe dovuto scongelare e cuocere gli hamburger e il pollo e il riso, avrebbe dovuto mettere a bagno i fagioli e lessare anche quelli, ma senza una borsa frigo dubitava che il cibo si sarebbe conservato per più di un giorno in viaggio. Poi si sarebbero dovuti accontentare di tramezzini, mele e carote per chissà quanto tempo. Doveva anche mettere via i vestiti, prima di fuggire di nascosto di notte. Nessuno li avrebbe visti, ma ciò significava anche che non avrebbe trovato nessuno che li caricasse in macchina; la consapevolezza di tutto il lavoro che l'attendeva la fece crollare, e l'angoscia le provocò un'altra crisi di pianto.

Com'era possibile che fosse capitata una cosa del genere? Aveva lasciato una situazione pericolosa per finire in un'altra, altrettanto rischiosa? Anche se avesse vissuto cento o mille vite, le probabilità che accadesse erano praticamente inesistenti.

Non riusciva a capire, ma si rese conto di non avere la forza per provarci. Si asciugò le lacrime, fece un respiro profondo e uscì di casa, scendendo i gradini per dirigersi verso la strada. Si mise seduta sul ceppo mentre l'adrenalina l'abbandonava velocemente. Quanto tempo era passato dall'ultima volta che aveva dormito per più di poche ore? Troppo, questo era sicuro, e adesso ne pagava le conseguenze. Ogni volta che soffiava fuori l'aria, come un palloncino che si sgonfiava, l'energia frenetica dei momenti precedenti veniva sostituita da una coltre di stanchezza quasi travolgente. Nel silenzio, era come se le sue membra si addormentassero, e per quanto si sforzasse di concentrarsi sulla droga e sui fucili e i segreti rinchiusi nel fienile e sull'uomo del furgone, si sentiva stranamente scollegata da tutte quelle cose, come se osservasse se stessa da lontano. Da qualche parte, in un angolo del suo cervello, sapeva di dover scappare, ma l'urgenza della fuga si stava allontanando come la marea che si ritira. La stava abbandonando, facendosi sempre più distante, mentre anche il resto del mondo iniziava a diventare sfocato. Si sentiva vacillare, cercava di resistere, ma il suo corpo si ribellava. Doveva riposare, doveva dormire. Avrebbe voluto solo chiudere gli occhi e dimenticare tutto, giusto per qualche minuto. Che male ci sarebbe stato? Anche se l'uomo del furgone fosse tornato, lei non aveva la forza di nascondersi...

«No», disse a voce alta. Doveva restare concentrata e si costrinse ad alzarsi. Cercò di ritrovare la paura che aveva appena provato, ma l'emozione rimase spenta e fiacca, più simile a un fantasma che reale.

«Rimani sveglia», si ordinò, scuotendo la testa.

Cominciò a camminare avanti e indietro, come una tigre in gabbia allo zoo. Nel giro di pochi minuti sentì il rombo cupo dello scuolabus in lontananza. Lo vide comparire dapprima come un'immagine liquida, che si solidificò a mano a mano che si avvicinava. I freni stridettero e poi il mezzo si fermò. Con una specie di soffio soffocato le porte si aprirono.

Dai finestrini vide Tommie che si alzava dal fondo dell'autobus e avanzava con lo zaino in spalla. L'amore che provava per lui le regalò un attimo di lucidità, come il sole che fa capolino tra le nuvole. All'improvviso tornò a sentirsi quella di sempre. Prima di scendere dall'autobus, il figlio si girò a rivolgere un saluto a qualcuno. Nonostante la stanchezza, Beverly fece un sorriso contento.

Finalmente ha trovato un amico, pensò. Quando le fu accanto, gli prese lo zaino e insieme si incamminarono verso casa. Era tornato ed era sano e salvo e aveva fatto amicizia, ma a ogni passo la lucidità cominciava a svanire di nuovo. Avrebbe voluto chiedergli com'era andata a scuola, chi avesse salutato sullo scuolabus, però le parole non volevano uscirle di bocca. Ricordò a se stessa che dovevano partire, prima del ritorno dell'uomo del furgone, che dovevano scappare prima che fosse troppo tardi, ma la paura associata a questi pensieri era di nuovo annebbiata, come uno specchio appannato dal respiro. Si sforzò di tenere gli occhi aperti. Tommie diede un calcio a un sasso lungo la strada.

«Verrai a scuola domani?»

Il suono della sua voce la fece sussultare. Era difficile elaborare quello che le aveva chiesto. «Perché dovrei venire a scuola domani?» domandò alla fine.

«È la Giornata all'aria aperta, ricordi? Amelia ha detto che ci si diverte molto e le mamme portano biscotti e torte. Puoi venire anche tu.»

Beverly non riusciva a collegare quel nome a nessuno e si domandò dove l'avesse già sentito.

«Vedremo», disse in un borbottio indistinto. Quando aprì la porta, Tommie si bloccò di fronte al disordine che regnava all'interno. Lei si rese conto che avrebbe dovuto avvisarlo, ma era troppo faticoso.

«Non è niente.»

Si trascinò in cucina e prese una mela, quindi condusse Tommie in salotto. Con le poche energie che ancora le restavano, attaccò la spina e il cavo del televisore e vide lo schermo accendersi per poi sintonizzarsi sui cartoni. Era *Scooby-Doo!*, un cartone che guardava da bambina, e Tommie si mise seduto sul pavimento, già ipnotizzato. Lo sentì addentare la mela mentre si sdraiava sul divano e chiudeva gli occhi. Con un piede spostò una pila di DVD per potersi allungare meglio, facendoli cadere a terra con un rumore di plastica. In televisione Scooby e tutta la banda erano inseguiti in un parco divertimenti apparentemente infestato dai fantasmi. Mentre il suo cervello iniziava a spegnersi, si rese conto di aver già visto quell'episodio.

«La mamma è molto stanca. Faccio un pisolino, d'accordo?»

C'erano così tante cose da fare prima di andarsene, pensò di nuovo, e un attimo dopo si sentì precipitare e fu l'ultima cosa che ricordò di aver provato prima che tutto si spegnesse e lei piombasse nel sonno.

38

Era buio quando finalmente iniziò a svegliarsi, i bagliori del televisore le fecero sbattere le palpebre prima di aprire definitivamente gli occhi. Fuori dalle finestre era tutto nero e la stanza era rischiarata solo da una luce intermittente.

«Cartoni», mormorò.

«Mamma?»

Il suono della voce di Tommie la destò del tutto mentre rimetteva la stanza a fuoco. La credenza era di traverso e c'erano libri e cianfrusaglie sparsi ovunque. Quando Tommie si girò verso di lei, scorse il bianco dei suoi occhi mentre tutto il resto di lui rimaneva in ombra, come un fantasma.

«Per quanto tempo ho dormito?» mormorò con voce roca.

«Molto», rispose lui. «Ho cercato di svegliarti, però non ci sono riuscito.»

«Scusa.» Si premette le mani sulle palpebre, poi si scostò i capelli dal viso e cercò di raccogliere le forze per mettersi seduta. Avrebbe voluto solo chiudere gli occhi, ma quando lo fece sentì di nuovo la voce di Tommie.

«Ho fame.»

La richiesta del figlio la costrinse a concentrarsi e, fatto un respiro profondo, riuscì a spostare le gambe e a mettersi seduta sul divano. Vincendo l'impulso di sdraiarsi di nuovo, strinse i pugni anche se la mente e il corpo si rifiutavano di alzarsi. In televisione, SpongeBob stava parlando con una stella marina; sul tappeto c'era un torsolo di mela che iniziava già ad annerirsi e, accanto, un secondo. Avrebbe dovuto raccoglierli o, quanto meno, dire a Tommie di buttarli in pattumiera, ma si rese conto che non le importava. Avrebbe voluto dormire per almeno mille anni, però suo figlio doveva mangiare. Appoggiandosi al bracciolo, si sollevò e fu subito assalita da un senso di vertigine che la costrinse a rimanere ferma in attesa che passasse. Poi si trascinò in cucina.

Evitando il lampadario, accese la luce sopra i fornelli, ma anche questa le ferì gli occhi. Mentre avanzava verso il lavandino, rischiò di inciampare nella pila di roba sparsa sul pavimento. Gettò un'occhiata all'orologio, per calcolare quanto tempo avesse dormito. Aveva la mente ancora confusa e non ricordava a che ora l'autobus avesse riaccompagnato a casa Tommie. Doveva essere stato tra le quattro meno un quarto e le quattro e un quarto, in ogni caso adesso era quasi ora che Tommie andasse a dormire.

Ha bisogno di mangiare. Si sentiva scollegata dal proprio corpo e fece uno sforzo per tirare fuori un tegame e riempirlo di acqua calda per scongelare un paio di cosce di pollo. Riuscì a mantenere il controllo dei muscoli per tagliare il cavolfiore e le carote, che distribuì sulla teglia e mise in forno. Chiuse gli occhi e si appoggiò al frigorifero, completamente priva di forze, ma, di colpo, si ricordò di quanto accaduto prima. Nonostante le immagini della droga, dei fucili e dello sconosciuto del furgone fossero sfocate e quasi oniriche, furono sufficienti a farla sussultare.

«Tommie?» chiamò, cercando di mantenere la voce salda.

«Sì?»

«È arrivato qualcuno mentre dormivo?»

«No.»

«Hai visto un furgone fermarsi davanti a casa?»

«No.»

Guardò fuori dalla finestra cercando di capire come mai l'uomo non fosse tornato, ma la sua testa rimase confusa, i pensieri aggrovigliati insieme. Stando sempre appoggiata al frigorifero, chiuse nuovamente gli occhi. I segnali di allarme percepiti in precedenza le sembravano lontanissimi, quasi fossero legati a un'altra persona; le restò la lucidità sufficiente a togliere dal freezer il resto degli hamburger e del pollo per lasciarli scongelare.

Si sforzò quindi a essere la madre che era sempre stata. Con movimenti lenti e meccanici arrostì le cosce di pollo in padella, la mente vuota e gli occhi che minacciavano di chiudersi da un istante all'altro. Dopo aver riempito due piatti, chiamò Tommie e lo sentì spegnere il televisore prima di sedersi a tavola con lei. Era talmente stanca da non avere appetito, così trasferì gran parte del suo cibo nel piatto del figlio. Sbadigliò a ripetizione, obbligandosi a tenere gli occhi aperti e quando Tommie finì di mangiare, lo mandò di sopra a fare il bagno. Non si preoccupò neppure di sparecchiare e uscì nella veranda anteriore.

Alla luce argentea della luna scorgeva il fienile, buio e

minaccioso, ma la paura che provava sembrava illusoria. Da sopra le arrivava la voce di Tommie che parlava da solo mentre sguazzava nella vasca. Ricordò a se stessa che dovevano scappare, ma c'erano così tante cose da fare prima e lei non aveva la forza necessaria per cominciare. Con passo strascicato rientrò in casa e salì di sopra. Aveva le gambe pesanti e i suoi movimenti erano scoordinati, quasi fosse sonnambula.

Tommie era già uscito dalla vasca e si era avvolto in un asciugamano. I capelli bagnati gli stavano dritti in testa e quando si girò verso di lei, Beverly rivide il neonato che era stato un tempo e provò una stretta al cuore.

«Ti sei ricordato di lavarti i capelli?»

«Non sono più un poppante.»

I suoi pensieri andavano alla deriva, rallentando ulteriormente mentre seguiva il figlio in camera. Per un attimo le pareti le parvero azzurre con un bordo di carta da parati che raffigurava scene di vita campestre, poi la stanza tornò reale. Diede al figlio una maglietta e delle mutande pulite e, mentre lo guardava sdraiarsi a letto, pensò a quanto amasse quel bambino. Gli pettinò i capelli con le dita, poi lo baciò sulla guancia.

Tornò di sotto come uno zombie. L'unica luce accesa era quella sopra i fornelli, che le impediva di inciampare sulla roba ammassata sul pavimento.

Devo prepararmi, pensò, guardando il pollo e l'hamburger. Ma ormai aveva inserito il pilota automatico e non aveva più il controllo del proprio corpo, così, quando si sdraiò sul divano, la mente vuota, i suoi occhi si chiusero all'istante.

Per un attimo immaginò un pirata che precipitava dall'Empire State Building, infine si addormentò.

39

Fu svegliata dai passi di Tommie che scendeva le scale e aprì gli occhi di scatto. Una luce livida filtrava dalle finestre. Beverly si stiracchiò e tutti gli eventi degli ultimi giorni le precipitarono addosso, schiacciandola sotto il loro peso. Avrebbe voluto piangere.

Le tornò in mente che sua madre piangeva molto la mattina, la rivide chiaramente con gli occhi rossi e le braccia strette al corpo, quasi cercasse di farsi forza. Beverly non sapeva mai come comportarsi in quelle circostanze, per farla sentire meglio. Preferiva tenersi a distanza. Si preparava la colazione e andava a scuola, quindi passava il resto della giornata seduta al banco mentre la maestra blaterava, a chiedersi che cos'avesse fatto per turbare tanto la mamma.

Non sono mia madre, ricordò a se stessa. Concentrandosi su Tommie, si mise seduta e riuscì in qualche modo a tenere a bada le lacrime. Tommie intanto era arrivato in cucina. Beverly lo raggiunse, consapevole che in qualche modo avevano superato sani e salvi un'altra notte. Questo avrebbe dovuto farla stare meglio, ma non era così; in un angolo della mente l'ansia si era risvegliata, come se il peggio dovesse ancora venire.

«Ho perso l'autobus?» chiese Tommie, ovviamente inconsapevole del suo dramma interiore. «Non voglio fare tardi.»

Giusto, si disse Beverly. Oggi è la Giornata all'aria aperta. Diede un'occhiata all'orologio. «C'è ancora tempo. Ti preparo la colazione.»

Sentiva i muscoli contratti mentre apriva gli armadietti. Preparò a Tommie una tazza di cereali e la portò in tavola, poi gli lisciò il ricciolo ribelle con il gel che c'era sul bancone. Si lasciò cadere sulla sedia di fronte a lui, guardandolo mangiare, cercando di scrollarsi di dosso gli effetti del sonno, la mente che oscillava tra il passato e il futuro. Osservando il figlio, non poteva fare a meno di sentire che Tommie si meritava tanto di più. Avrebbe dovuto offrirgli una casa normale e una vita normale, invece adesso stava per sradicarlo di nuovo, perché aveva commesso degli errori che una brava madre non avrebbe dovuto fare. Si chiese se fosse il caso di avvisarlo ora o di svegliarlo semplicemente nel cuore della notte come aveva fatto l'ultima volta. Chissà dove sarebbero finiti e se avrebbe trovato un lavoro. Chissà quando la loro vita sarebbe tornata anche lontanamente alla normalità. Si era sforzata di fare tutto per bene, ma, per qualche motivo, le cose erano andate storte.

Non era giusto. Nessuno meritava una vita come quella che lei stava dando al figlio. Gli occhi le si riempirono di lacrime e girò la testa per evitare che Tommie le vedesse.

«Ti piace stare qui?» gli chiese con la mente che cominciava a vagare. «A volte penso che mi piacerebbe vivere vicino alla spiaggia. Ti ricordi quando siamo andati al mare? Quando eri piccolo?»

All'epoca non camminava ancora e lei lo aveva riempito così tanto di crema solare che la sabbia gli si attaccava addosso come incollata. Avevano costruito castelli di sabbia e sguazzato nell'acqua bassa, avevano lanciato briciole ai gabbiani e Tommie aveva riso felice vedendoli ammassarsi svolazzando da un punto all'altro. Gary invece aveva preferito andare a giocare a golf e lei ricordava di aver pensato anche allora che Tommie era tutto ciò di cui aveva bisogno.

«È stata una bellissima giornata», ricordò, sapendo che stava parlando più a se stessa che a lui. «Ci siamo divertiti... forse dovremmo tornarci. Potremmo cercare un posto vicino alla spiaggia dove giocare con la sabbia o guardare il sole che tramonta nell'acqua. Credo che potrei stare seduta ad ascoltare le onde per ore. Non sarebbe perfetto?»

Tommie la guardò. «Amelia ha detto che oggi posso sedermi accanto a lei sull'autobus.»

Alle parole del figlio, Beverly comprese che non aveva colto l'allusione e sentì la malinconia crescere mentre si alzava dal tavolo. Si asciugò le lacrime, gli preparò un panino, ci aggiunse una mela e si assicurò di mettergli il pranzo nello zaino. Le sembrava fosse passato un secolo dal giorno prima.

Tommie, nel frattempo, aveva quasi terminato di mangiare. Finì di bere il latte rimasto nella scodella e, quando l'abbassò, aveva i baffi bianchi. Lei gli pulì le labbra. «Sai che ti voglio bene, vero?»

Quando il figlio annuì, pensò ancora una volta che

sarebbe stato giusto dirgli la verità, ma non le venivano le parole. Invece si inginocchiò, sentendosi mancare e odiandosi per tutto ciò che lui sarebbe stato costretto ad affrontare.

«Ti faccio il doppio nodo ai lacci così non ti si sciolgono mentre corri.»

Quando ebbe finito, gli mise in spalla lo zaino e uscirono insieme di casa in perfetto orario. Raggiunsero la strada mentre l'autobus rallentava. Baciò Tommie sulla guancia, poi lo accompagnò fino alle porte, che si stavano aprendo. Lo guardò salire i gradini e gli rivolse un ultimo cenno di saluto, ma Tommie, che le voltava le spalle, non lo notò.

Mentre tornava verso casa, si rese conto di vederla come aveva fatto la prima volta, quando aveva creduto di poterla trasformare nel suo nido. Aveva camminato per le stanze pensando che sarebbe stato perfetto tinteggiare di giallo la cucina. Si era concessa il lusso di credere che sarebbe andato tutto bene, ma mentre continuava a osservare la costruzione, la vide per la trappola che era... con l'unico scopo di sventolarle in faccia un sogno per poi distruggerlo.

Riflettendo su quanto fosse stata ingiusta la sua vita e sugli errori che aveva commesso, fece un conto dei suoi fallimenti come madre. Stavolta, quando gli occhi le si riempirono di lacrime, fece appena in tempo a raggiungere il divano, consapevole di non poterle trattenere.

40

Quando finalmente smise di piangere, si sentiva esausta e svuotata. Si asciugò il viso con l'orlo della maglietta e, notando numerose macchie marroncine, si accorse che era sporca di terra.

La terra di quando ho sotterrato i fucili. Probabilmente aveva anche la faccia sporca, dato che non aveva fatto la doccia, e si sorprese che Tommie non avesse detto niente. Di sicuro l'aveva notato, e lei sospettava che si stesse comportando proprio come faceva lei da bambina, quando non capiva che cosa stesse accadendo alla mamma. In quei momenti era meglio fingere che tutto fosse normale, anche se era spaventata. Ora capiva come mai suo figlio fosse rimasto in silenzio durante la cena e a colazione l'avesse appena degnata di uno sguardo. Aveva paura di lei e per lei, e questa rivelazione le fece salire di nuovo un groppo in gola. Un altro errore, l'ennesimo nella lunga lista che aveva compilato di recente.

Il pianto l'aveva prosciugata di tutte le energie e alzarsi dal divano le risultò stranamente difficile. Riuscì ad arrivare in cucina e ad aprire il rubinetto. Strofinandosi il viso con le mani sentì grumi di fango all'attaccatura dei capelli, nelle orecchie, persino tra le ciglia. Uno specchio le sarebbe stato utile, ma salire in bagno per controllare era troppo faticoso.

Vide il cibo che aveva tolto dal freezer la sera prima, levò la plastica e lo mise su un vassoio. Sarebbe stata una cosa in meno da fare più tardi. In uno dei cassetti aperti trovò un ampio tegame e vi mise a bagno i fagioli. Ci sarebbero volute un paio d'ore prima di poterli cucinare. Stava per iniziare a preparare i panini ma, quando prese il filone, le affiorò alla mente l'immagine di Tommie seduto tra lei e l'anziana donna della station wagon, quando l'aveva guardata con un'espressione piena d'amore e di fiducia. Si sentì straziare il cuore.

Tormentata dalla sofferenza, sentì che i pensieri ricominciavano a vagare. Rivide Tommie da piccolo, quando lo cullava di notte, pensò al modo silenzioso con cui adesso andava per il mondo. Decise di aspettare a preparare i panini; non ne capì il motivo, ma non si sforzò neanche di analizzarlo. Per l'ennesima volta si domandò quale persona sana di mente potesse pensare che delle pareti arancioni fossero adatte a una cucina.

La sua testa continuava a rimbalzare qua e là, facendo affiorare ricordi e pensieri in rapida successione, e lei capì che l'unico modo per farla smettere era dormire. Invece, tirò fuori dal frigorifero le carote e le appoggiò sul bancone prima di rovistare nei cassetti alla ricerca del pelapatate. Non trovandolo, prese un coltello con mano tremante. Desiderava tanto dormire, consapevole che, negli ultimi giorni, il sonno era stato l'unico momento in cui non era stata schiacciata dal peso delle preoccupazioni e si era sentita al sicuro.

I suoi movimenti si fecero sempre più scoordinati finché le scivolò la mano e la lama le procurò un profondo taglio all'indice, riportandola al presente. Lanciò un grido quando vide la prima goccia di sangue e la ferita diventare completamente rossa. Il sangue macchiò il bancone e la sua maglietta. Premette la mano libera sul taglio, come imbambolata, prima che il dolore l'assalisse impetuoso e implacabile. Appena mollò la presa sul dito, il sangue gocciolò sul bancone. Aprì il rubinetto e osservò l'acqua tingersi di rosa mentre scorreva giù per lo scarico. Chiuse l'acqua e usò l'orlo della maglietta per fasciarsi il dito. Se fosse stata una persona con una vita normale, rifletté, sarebbe salita in macchina per andare al pronto soccorso a farsi mettere dei punti.

Ma quella non era la sua vita, non più, e gli occhi le si riempirono di lacrime. Un passo alla volta, si disse. Le servivano garza e cerotti, ma dubitava che in casa ce ne fossero. Forse in uno dei bagni avrebbe trovato dei cerotti, pensò mentre saliva di sopra. In effetti li trovò nel secondo cassetto in basso nel bagno che usava Tommie.

Tirò fuori un cerotto, ma, per aprirlo, dovette usare entrambe le mani e il sangue impiastricciò il mobiletto. La pelle bagnata impediva all'adesivo di aderire. Provò un'altra volta, ma con lo stesso risultato. Fece altri tentativi, lasciando cadere a terra i cerotti insanguinati. Alla fine, ne preparò due, si sciacquò il sangue dalla mano e dalle dita e usò la maglietta per stringere forte il taglio. Ci applicò il primo cerotto e subito dopo anche il secondo. In questo modo ebbe il tempo di aprirne altri e aggiungerli. Il dito le pulsava a ritmo con il cuore mentre tornava di sotto.

Il salotto, l'ingresso e la cucina erano un disastro e il pensiero di dover pulire tutto, preparare da mangiare, fare i bagagli, scappare e trovare il modo per iniziare una nuova vita era semplicemente troppo per le sue misere energie. La mente le si spense come per effetto di un cortocircuito emotivo, lasciandole soltanto un'infinita tristezza.

Si sdraiò esausta sul divano, chiuse gli occhi e le ansie e le paure scomparvero non appena si addormentò.

41

DOPO aver dormito per ore, si svegliò con la sensazione di essere stata drogata. Si sforzò di mettersi seduta, la mente rallentata, la stanza che tornava a fuoco poco alla volta.

«Che casino», osservò nel silenzio, stupita dalla quantità di roba sparsa in giro, dalla credenza messa di traverso, dalla parete tinteggiata per metà. Si alzò dal divano e si trascinò fino in cucina per prendere un bicchiere d'acqua. Mentre beveva, sentì il dito palpitare e bruciare forte. Si guardò la mano e si rese conto che il sangue aveva tinto i cerotti di marrone. Era una vista disgustosa, ma non aveva nessuna intenzione di cambiarli, proprio come non aveva nessuna voglia di ripulire il salotto o la cucina o il resto della casa. E neanche di preparare panini e affettare carote. Non aveva alcun desiderio di fare nessuna di queste cose, finché non si fosse sentita un po' meglio.

Uscì invece nella veranda anteriore. Si girò da una parte all'altra, scorgendo gli onnipresenti braccianti nei campi, ma erano più lontani rispetto al giorno prima e lavoravano in un altro settore, sotto un cielo grigio e nuvoloso. Soffiava anche un vento teso e lei si domandò se avrebbe piovuto presto.

Anche se la pioggia avrebbe reso più difficoltosa la loro fuga, non aveva l'energia sufficiente per preoccuparsi; si immerse invece in un ricordo di sua madre. Anche la mamma era spesso stanchissima, al punto da trascorrere anche due o tre giorni a letto. Allora Beverly le andava accanto, la scuoteva, chiedendole di alzarsi perché non aveva mangiato. A volte la mamma si trascinava in cucina a riscaldare un po' di minestra prima di ritirarsi di nuovo; altre volte Beverly non riusciva neppure a svegliarla.

Per quanto quelle giornate fossero difficili, non erano niente paragonate a quelle in cui la madre non faceva altro che piangere, nonostante gli sforzi di Beverly per aiutarla. Ricordava quanto si spaventasse tutte le volte che accadeva. Le mamme non avrebbero dovuto piangere, aveva pensato, ma non erano solo le lacrime o i singhiozzi ad angosciarla. Era l'aspetto che aveva sua madre, i vestiti sporchi, i capelli scarmigliati e l'espressione allucinata. Si muoveva anche in maniera diversa, come se ogni passo le causasse dolore.

La mamma non era mai stata in grado di spiegare che cosa la intristisse tanto. Non aveva importanza che Beverly riordinasse o no la sua stanza, che giocasse in silenzio o facesse chiasso; i giorni tristi arrivavano sempre. Sua madre li chiamava «i giorni bui». Crescendo, Beverly immaginò che intendesse in senso metaforico; in seguito iniziò a pensare che l'espressione avesse un significato letterale, perché era la stessa sensazione che provava lei adesso; si sentiva come se una densa nebbia buia l'avvolgesse lentamente. Non aveva un colore ben definito, era scura e profonda, quasi nera ai margini, ostile e fredda e pesante, e rendeva impossibile provare una qualsiasi emozione.

«Non sono mia madre», ripeté, ma mentre pronunciava quelle parole, si domandava se fossero vere.

42

Girò per casa, cercando di scuotersi di dosso l'idea che qualunque cosa facesse per prepararsi, avrebbe comunque commesso un errore che prima o poi le si sarebbe ritorto contro.

Tirò fuori il rotolo di banconote dal barattolo dei biscotti in cucina. Le contò, ricontrollò il totale e sentì di nuovo la pressione dietro gli occhi, dovuta alla consapevolezza che non potevano bastare. I soldi erano troppo pochi e le si affacciò alla mente l'immagine di lei che chiedeva l'elemosina con in mano un cartello di cartone, per sfamare il figlio.

Che senso aveva provarci di nuovo? E anche la padrona di casa, di *quella* casa... perché non era normale come tutte le altre? Semplicemente una vecchietta che aveva bisogno di arrotondare, e non una donna che voleva approfittare di lei per i suoi loschi affari? Non era difficile immaginare l'uomo del furgone e la padrona di casa seduti a un vecchio tavolo di cucina pieno di contanti, armi e droga.

A quel pensiero le si rivoltò lo stomaco e la nebbia buia si fece più densa. Continuò a fantasticare per un po', poi si concentrò sul bancone. Vide il coltello e le carote e le macchie di sangue e ripensò al dito che le pulsava a ritmo con i battiti del cuore. Era una sensazione strana, come se il dito facesse parte di un altro piccolo ecosistema scollegato dal resto del corpo. Sciacquò il sangue dalla carota che aveva iniziato a tagliare, ma poi si disse che era impossibile farla mangiare a Tommie, anche se l'avesse pelata fino a ridurla alle dimensioni di una matita. La buttò nel lavandino e ne prese un'altra, quindi afferrò riluttante il coltello, cercando di concentrarsi, per non tagliarsi di nuovo. Una volta finito, prima di passare alla carota successiva decise che sarebbe stato meglio mettere a cuocere anche il pollo.

La carne era sul vassoio dove l'aveva lasciata, ormai scongelata e pronta. Cercò la padella di ghisa nel cassetto e, non trovandola, ricordò che era ancora sui fornelli dalla sera prima. Ne accese uno, versò nella padella tutte le cosce di pollo e tornò a occuparsi delle carote. Mentre afferrava il coltello, immaginò Tommie bagnato fradicio sotto la pioggia battente, al buio, con le macchine di passaggio che gli spruzzavano addosso altra acqua. Quanto avrebbe resistito prima di ammalarsi? Era un'immagine straziante e, in preda al tormento, Beverly cominciò a girare qua e là per la cucina. Non pensava a quello che stava facendo né a dove stesse andando; si sentiva come tirata da un filo invisibile, la mente che svaniva in niente.

Salì di sopra e si fermò sulla soglia della camera di Tommie. Sotto il letto per lungo tempo c'erano stati dei fucili e probabilmente anche Tommie doveva averli visti, ma non le aveva detto niente. Questa consapevolezza le paralizzò di nuovo la mente; era un pensiero troppo orribile da prendere in considerazione. Quando la stanza tornò a fuoco, vide *Go, Dog. Go!* e Iron Man sul comodino, e ricordò a se stessa che non doveva dimenticarli, ma anche quel proposito rimase vago e passeggero. Si domandò perché fosse andata in quella camera e solo quando sentì odore di bruciato le tornò in mente la padella sul fuoco.

La cucina era piena di fumo, e dalla padella ne veniva altro. La puzza di carne bruciata spinse Beverly a correre verso i fornelli e a impugnare istintivamente il manico. Il ferro rovente le bruciò la pelle procurandole un dolore lancinante. Lei lanciò un grido e mollò la presa, facendo cadere rumorosamente la padella sui fornelli. Rovistando in uno dei cassetti aperti, fece volare in aria gli strofinacci alla ricerca di un guanto da forno. Lo infilò e, sforzandosi di ignorare il dolore, tolse la padella dal fuoco. In un'altra vita, nella quale non doveva centellinare ogni boccone di cibo, avrebbe messo la padella sotto il rubinetto per fermare il fumo e buttato gli avanzi nella spazzatura, invece la sistemò su un fornello spento. Tirò fuori un piatto dall'armadietto, sperando di poter salvare almeno una parte del pollo. Cercò delle pinze nei cassetti per prelevare la carne, ma erano incastrate in mezzo ad altri utensili e quando tirò con forza, mestoli e spatole finirono a terra insieme agli strofinacci. Con la padella ancora fumante, staccò le cosce dal fondo, un lato carbonizzato, l'altro crudo, e le sistemò sul piatto. Terminata l'operazione, mise la padella sotto l'acqua, che sfrigolò a contatto con la superficie rovente.

A quel punto avvertì nuovamente il dolore della bruciatura, che l'assalì a ondate improvvise e inarrestabili. Si tolse il guanto e vide che si stavano già formando delle vesciche sul palmo e sulle dita. Mise la mano sotto il rubinetto, ma l'acqua gelida intensificò il dolore e lei la allontanò di scatto. Nonostante la puzza di fumo, sentiva ancora l'odore nauseabondo della carne bruciata. Era impossibile che Tommie potesse mangiare quella roba, il che stava a significare che avrebbero avuto ancora meno cibo per sfamarsi durante la fuga, l'ennesimo fallimento in una lunga lista di errori. Come aveva fatto a pensare di poter essere una buona madre?

43

Beverly trascorse le ore successive senza fare niente. Ricordava vagamente di essere uscita in veranda, insensibile a tutto a parte la densa nebbia buia che sembrava avvelenare ogni pensiero. La mano le pulsava, ma, avvolta da un senso crescente di malinconia, non la sentiva quasi.

Devo vedere Tommie, era il suo unico pensiero.

Solo così le cose sarebbero cambiate; solo così la nebbia si sarebbe dissipata. Aveva la vaga sensazione che lui fosse diventato la sua ancora di salvezza e aveva bisogno di vedere il suo faccino serio quando scendeva dall'autobus. Voleva lisciargli il ciuffo ribelle e dirgli che gli voleva bene. Si alzò, sbirciò verso l'orologio oltre la finestra e si rese conto che lo scuolabus sarebbe arrivato presto. Scese dalla veranda e si diresse verso la strada, senza preoccuparsi di eventuali SUV neri o uomini a bordo di furgoni o braccianti che la tenevano d'occhio. C'era solo una cosa importante.

Si mise seduta sul ceppo, e il dolore della bruciatura si affacciò di nuovo impetuoso alla sua mente. Si disse che forse avrebbe dovuto fasciare la mano o applicarvi una crema lenitiva, ma l'idea di non esserci all'arrivo di Tommie la mise in ansia.

Le nuvole erano sempre più minacciose e plumbee. Le foglie degli alberi frusciavano al vento. Su un paletto della staccionata dall'altra parte della strada c'era un uccellino che la osservava.

Beverly guardava lungo la via, in attesa. Il dolore alla mano l'assaliva a ondate. Con una smorfia aprì le dita, lasciandosi accarezzare il palmo dalla brezza, ma le richiuse subito, perché era addirittura peggio. L'uccellino spiccò il volo diventando sempre più piccolo in lontananza. Beverly sentiva la nebbia buia tutto intorno a lei avvolgerla tra i suoi tentacoli.

L'autobus non si decideva ad arrivare e lei rimase ad aspettare. Dopo un po' i braccianti salirono sui pianali dei furgoni, che lasciarono i campi e imboccarono la strada per poi svanire dalla vista. Il rombo del tuono era sempre più minaccioso. Ma ancora non c'era traccia dello scuolabus.

Beverly tornò in veranda per controllare l'ora dalla finestra. L'autobus era in ritardo di mezz'ora o di un'ora, non riusciva a ricordare con esattezza. Tornò sul ciglio della strada, e ben presto la confusione cedette il posto all'ansia e alla preoccupazione. Quando alla fine fu il terrore a prendere il sopravvento, la nebbia buia iniziò a diradarsi, lasciandosi però dietro altre domande e nessuna risposta.

Dov'era lo scuolabus?

Dov'era suo *figlio*?

Beverly trattenne il fiato quando finalmente comprese l'ovvia verità. Si incamminò, poi cominciò a correre verso casa entrando a precipizio. Cercò di non pensare al peggio, ma, non riuscendoci, si sforzò di concentrarsi sulle prossime mosse. L'autobus aveva avuto un guasto, oppure Tommie l'aveva perso? Era ancora a scuola? Sarebbe dovuta andare a piedi, al massimo poteva sperare di trovare un passaggio. Tutt'a un tratto rimpianse di non avere un vicino di casa, magari una dolce vecchina che avrebbe potuto presentarsi con una torta di benvenuto al loro arrivo. Invece non era passato nessuno...

Se l'autobus aveva avuto un guasto, doveva saperlo. Se Tommie era ancora a scuola, doveva andare a prenderlo. Inciampò su un mucchio di roba che aveva tirato fuori dagli armadietti e cadde a terra lunga e distesa sbattendo il ginocchio sul pavimento di linoleum, ma si rialzò immediatamente, quasi inconsapevole del dolore. Pensò a quale travestimento avrebbe dovuto usare, anche se prepararsi le avrebbe fatto sprecare del tempo prezioso che non aveva.

Salì zoppicando le scale e si bloccò paralizzata sulla porta della sua camera. Era in disordine, c'erano vestiti sparsi sul pavimento, le ante dell'armadio spalancate, persino le lenzuola erano per terra. Sbatté le palpebre, cercando di dare un senso a ciò che vedeva.

Era stata lei a fare quel macello? Il giorno prima? Quando aveva perlustrato la casa? Ricordava di aver svuotato l'armadietto sotto il lavandino e la dispensa e l'armadio e la veranda posteriore, ma quando era salita di sopra era in uno stato di agitazione tale che aveva solo ricordi vaghi. Rammentava di aver svuotato l'armadio della biancheria, ma aveva messo sottosopra anche la sua camera? Era possibile, ma se così non fosse stato...

Sentì un groppo in gola mentre ripensava all'uomo del furgone.

Era entrato in casa mentre lei era fuori a sotterrare i fucili?

Afferrò il pomello della porta per sorreggersi. Non poteva credere di aver impiegato tanto tempo a scavare, che qualcuno avesse messo a soqquadro la casa in sua assenza, non voleva neanche pensare a quello che sarebbe potuto accadere se fosse stata in casa quando l'uomo aveva fatto irruzione...

No, pensò, mentre la paura le affinava la concentrazione. Non poteva abbandonarsi a certi pensieri, non poteva finire in trappola così. In quel momento Tommie era la sua priorità assoluta.

Si fece forza ed entrò in camera da letto, osservando la devastazione. In bagno trovò la parrucca dove l'aveva lasciata insieme al berretto da baseball. Specchiandosi vide che aveva la maglietta sporca di sangue e se la tolse, prendendo quella appesa al bastone della doccia. La indossò e quando si guardò di nuovo allo specchio, faticò a riconoscere la donna smunta e allucinata che la fissava. Ma non c'era tempo per truccarsi. Il dolore alla mano e al dito la torturava mentre si raccoglieva con una smorfia i capelli. Si infilò in testa la parrucca, poi fu la volta del berretto, quindi cercò le scarpe accanto al letto, ma non le trovò da nessuna parte. Di solito le lasciava lì, e con tutti quei vestiti sparsi in giro dovette rovistare ma senza successo. Non erano nemmeno sotto il letto, e tutt'a un tratto ricordò di aver dormito sul divano. Doveva essersele tolte di sotto.

Si avviò verso la porta lanciando un'occhiata all'armadio vuoto alle sue spalle. Quando a poco a poco mise a fuoco un'immagine, le cedettero le gambe. Le venne da svenire e si lasciò cadere in ginocchio, lo sguardo fisso con raccapriccio sul paio di Christian Louboutin dalle suole rosse che Gary le aveva regalato per il compleanno, quelle che aveva lasciato nella vecchia casa.

44

Non c'erano dubbi, erano proprio le sue scarpe; riconobbe la scatola e il graffietto su una delle punte che si era fatta la prima sera che le aveva indossate per andare a cena. Non si domandò neppure come mai o perché fossero lì.

Ce le aveva portate Gary.

Aveva scoperto che lei e Tommie sarebbero scappati di nuovo; doveva aver scoperto tutto fin dal principio. Le videocamere alla stazione dell'autobus non avevano avuto alcuna importanza; lui probabilmente non aveva nemmeno tappezzato di sue fotografie le centrali di tutto il Paese. Non ne aveva avuto bisogno; sapendo che avrebbe viaggiato leggera, aveva cucito dei rilevatori GPS dentro i loro zaini. E dovunque fosse stato, magari addirittura nella loro vecchia casa, si era messo comodo e aveva seguito il loro viaggio sul telefono o sul computer. Aveva scoperto che si era fatta dare un passaggio da sconosciuti, che aveva pernottato al motel ed era stata alla tavola calda, forse l'aveva persino seguita mentre visitava la casa per la prima volta. Probabilmente l'aveva localizzata con una specie di satellite o street map, poi aveva usato le sue conoscenze per risalire alla proprietaria.

Lasciò la parrucca in bagno e scese le scale barcollando, sconvolta dalla propria stupidità. Un lampo squarciò il cielo al di là della finestra, seguito dal rombo di un tuono. Cominciò a piovere, e la casa vibrò come se ci stesse passando accanto un treno, ma, prigioniera nella morsa dei propri pensieri, Beverly non ci fece caso.

Gary aveva contattato la padrona di casa, era chiaro. Anzi, quasi sicuramente le aveva telefonato prima ancora che accettasse di mostrare la casa a Beverly. Doveva averle inventato qualche frottola sull'opportunità di aiutare le autorità in un'indagine, magari le aveva addirittura offerto dei soldi spiegandole che cosa voleva che facesse. Questo spiegava come mai la donna non le avesse fatto le solite domande di routine né le avesse chiesto i documenti e neppure referenze. Spiegava perché la donna fosse stata così disponibile ad accettare un pagamento in contanti.

Il resto era semplice. Aveva mandato degli uomini a controllarla, a bordo di vecchi furgoni per passare inosservati. E poi? Aveva fatto un po' di guerra psicologica: la prima volta che l'uomo del furgone era stato lì, aveva lasciato i fucili e la droga. Però era stato attento a togliersi gli stivali, il che spiegava come mai in casa non ci fossero state impronte. Gary la conosceva e aveva anticipato con precisione le sue mosse; sapeva che sarebbe stata assalita dal panico se avesse trovato delle orme. La seconda volta l'uomo aveva messo sottosopra la sua camera, con il preciso scopo di destabilizzarla e spaventarla. Nel frattempo, Gary aveva piazzato degli uomini nei campi perché la tenessero d'occhio in modo da sapere quando avesse deciso di fuggire di nuovo.

Beverly barcollò fino al divano, i pensieri che rallentavano a mano a mano che tutti i pezzi andavano al loro posto. Mentre lei era occupata a fare la spesa o a tinteggiare la cucina, Gary era stato alla scuola elementare di Tommie per prendere gli accordi necessari. Aveva spiegato alla preside e alla maestra e all'autista dello scuolabus che lei aveva rapito il loro figlio. Senza dubbio aveva sottolineato il fatto che Beverly fosse pericolosa e manifestato i propri sospetti che in casa ci fossero armi e droga. Forse aveva anche mostrato delle foto per suffragare la propria affermazione. Di sicuro aveva espresso grande preoccupazione per l'incolumità di Tommie. Con un tono ufficiale e pacato doveva averli convinti che sarebbe stato più semplice mettere in salvo Tommie mentre era a scuola, quando non c'erano rischi che potesse farsi del male.

E ora? Ben presto sarebbe stata avvisata la polizia, oppure lo sceriffo, e l'avrebbero arrestata. Probabilmente erano già per strada, mentre lei era seduta sul divano, ma il pensiero di trascorrere il resto della propria vita in prigione era niente in confronto all'idea di non vedere mai più il figlio.

Tommie se n'è andato, cantilenava una voce nella sua testa mentre la nebbia buia la travolgeva. Tommie se n'è andato. Non c'era modo di rimediare, nessuna via d'uscita. Non c'era futuro per lei, di nessun tipo, e mentre dentro la sua testa il disordine e la confusione crescevano, le restavano solo le emozioni buie come la nebbia e altre tessere che andavano al loro posto. Tommie se n'era andato, lei sarebbe finita in prigione e Gary avrebbe sfogato la propria rabbia sul figlio e il suo dolce bambino alla fine sarebbe diventato a sua volta un adulto violento e pericoloso.

I lampi continuavano a balenare nel cielo e i tuoni rombavano sopra la pioggia scrosciante. La casa era più buia, soffocante, ma questo non significava niente. La vita non significava niente e il futuro era più nero del mondo che stava fuori, indipendentemente da ciò che lei aveva fatto. Tutte le strade che aveva immaginato si erano rivelate senza uscita e alla fine restava solo l'oblio.

Tommie.

Non l'avrebbe mai visto giocare a baseball o segnare un gol a calcio mentre lei applaudiva sugli spalti, non l'avrebbe mai visto vestito elegante prima di una festa o del diploma. Non l'avrebbe mai visto innamorarsi per la prima volta né guidare una macchina o diventare adulto, diplomarsi o laurearsi e non avrebbe mai più sentito la sua risata.

Tutte quelle occasioni erano ridotte in cenere, ma non aveva più nemmeno senso piangere. Era inutile fare qualunque cosa e lei rimase immobile a lungo, senza trovare la forza di alzarsi. Sentì il respiro rallentare, mentre la nebbia buia si addensava, con il suo carico di angoscia e lutto e dolore incontenibile, come se la sua anima fosse stata avvelenata. Il passato era pieno di orrori e il futuro prometteva solo sofferenza, ma il presente era addirittura peggio, soffocante nella sua intensità.

Si alzò molto lentamente dal divano. Salì le scale in uno stato di trance, il dito, la mano e il ginocchio che le pulsavano di dolore, ma si meritava tutto questo perché aveva tradito suo figlio.

Sul pavimento in camera di Tommie c'era il sacchetto

della spazzatura che si era portata in giro per casa mentre cercava la droga. Beverly accese la luce e si sedette sul bordo del letto. Dentro il sacchetto c'erano i flaconcini di medicinali che aveva trovato in bagno e si mise a scavare tra la polvere sabbiosa del veleno per topi alla ricerca di quello che le serviva.

Tirò fuori i medicinali a uno a uno e lesse le etichette, scartando quelli che non conosceva. Dopo un po' trovò l'Ambien, il contenitore ancora pieno per metà. Abbandonò il sacchetto sul pavimento, uscì dalla camera e tornò di sotto.

In cucina non fece caso all'odore di carne bruciata e agli hamburger crudi che si stavano lentamente guastando. Ignorò il caos e non badò al sangue sul bancone. Riempì un bicchiere di acqua del rubinetto. Guardò fuori dalla finestra, sapendo che Gary sarebbe arrivato presto insieme ai rinforzi. Non le importava più di essere arrestata; non le importava più niente, perché non era rimasto niente che le stesse a cuore e non c'era via d'uscita.

Tornò di sopra, in camera di Tommie, e si sedette sul suo letto. Si rovesciò nella mano il contenuto della boccetta, poi ingoiò le pillole insieme all'acqua. Si sdraiò, pensando che l'odore di Tommie sembrava già completamente svanito dalle lenzuola. Ma sarebbe finita presto, e la sensazione di ineluttabilità era così impetuosa da cancellare le emozioni che aveva provato nelle ultime ore.

Chiuse gli occhi e per un istante si sentì sollevata.

Infine non sentì più niente.

PARTE SETTIMA
Colby

45

Avevo sperato che Morgan e io potessimo prendercela comoda a colazione, ma lei mi ha detto di avere le prove. Mi ha baciato, si è infilata sotto la doccia, si è rimessa il prendisole della sera prima, dopodiché io l'ho riaccompagnata in macchina al *Don*.

Nella hall dell'hotel l'ho vista posare lo sguardo su una famiglia con dei bambini piccoli, poi mi ha dato un bacio casto lasciandomi un desiderio inappagato. Mi ha invitato a raggiungerla più tardi in piscina per stare un po' con lei e le amiche; avrei preferito averla tutta per me, ma mi rendevo conto che era la loro ultima settimana insieme.

Ho fatto una corsa più breve del solito e mi sono fermato a un chiosco per comprare dei tacos per colazione. Ho mangiato al parco nonostante fossi tutto sudato, la mente rivolta a Morgan. Era stata silenziosa durante il tragitto fino all'hotel, sembrava distratta, però potevo capirla perché io mi sentivo nello stesso modo. Non era possibile innamorarsi così velocemente, ma, per qualche motivo, a noi era accaduto e credo che anche lei avesse bisogno di tempo per capire meglio i suoi sentimenti. Sospettavo inoltre che non avesse voglia di affrontare l'inevitabile discussione con le amiche: se neppure lei era in grado di comprendere quello che era successo, di certo non sarebbero riuscite a farlo loro.

Da parte mia, continuavo a pensare che ci restavano solo tre giorni per stare insieme e temevo che nelle ore successive sarebbe rinsavita, rendendosi conto di essersi sbagliata riguardo ai suoi sentimenti.

Poco dopo esserci addormentati, era tornata la corrente, così, dopo aver fatto una doccia, mi sono messo a riordinare l'appartamento. All'ora stabilita, ho raggiunto il *Don* e sono andato in piscina. Morgan e le sue amiche erano già lì; indossavano bikini colorati e si crogiolavano al sole. Sul tavolino tra le sdraio c'erano tubetti di crema protettiva, una bottiglia d'acqua e bicchieri vuoti di frullato verde. Accanto a Morgan c'era una sdraio vuota con sopra due asciugamani ripiegati.

Holly è stata la prima a vedermi e mi ha rivolto un saluto frettoloso; le altre, Morgan compresa, mi hanno fatto solo un cenno, come se non si fossero rese conto che la sera prima Morgan non era tornata in camera. Ho valutato se fosse il caso di baciarla, ma ho preferito evitare, per non metterla in imbarazzo; ho cercato di comportarmi con la massima disinvoltura, anche se la vista di lei in bikini scatenava in me immagini intriganti della notte appena trascorsa. Siamo rimasti in silenzio per qualche minuto; a tutti gli effetti, sembravamo dei completi estranei che per caso si erano ritrovati seduti vicini. Forse mi sbagliavo, ho pensato; forse Morgan e le sue amiche non avevano parlato affatto della situazione, ma poi ho sentito Maria schiarirsi la voce.

«Allora, Colby... *tu* come hai passato la notte?» mi ha chiesto.

Subito dopo sono scoppiate tutte a ridere.

Rotto il ghiaccio, ho chiesto sottovoce a Morgan: «Qualche rimpianto?»

Lei mi ha rivolto un sorriso solare. «Assolutamente no.»

46

GRAZIE al cielo nessuna di loro ha insistito per sapere da me o da Morgan che cosa avessimo fatto la sera prima, anche se, a giudicare da come evitavano l'argomento, ero abbastanza sicuro che lei gli avesse raccontato praticamente tutti i dettagli. Abbiamo invece passato il resto del pomeriggio a chiacchierare tuffandoci ogni tanto in piscina per rinfrescarci. Abbiamo preso qualcosa da mangiare al bar e poi Morgan e io siamo andati a fare una passeggiata lungo la spiaggia. Le tenevo la mano, meravigliato di come si adattasse perfettamente alla mia.

Verso sera eravamo tutti piuttosto stanchi. Morgan ha detto di voler fare un riposino e io, dopo aver gettato nel cesto gli asciugamani usati, mi sono infilato la maglietta e le infradito. Lei intanto si era già messa il copricostume.

«Ti andrebbe di cenare insieme più tardi?» le ho chiesto.

«Che cos'hai in mente?»

«Un picnic sulla spiaggia?»

Mi ha preso il viso tra le mani e mi ha baciato dolcemente. «È perfetto.»

47

Ci siamo dati appuntamento dietro l'hotel per le sette e mezzo, perché anch'io, come Morgan, avevo bisogno di dormire un po'.

Mi sono addormentato appena ho appoggiato la testa sul cuscino. Quando è suonata la sveglia, mi sentivo meravigliosamente riposato. Dopo una doccia, ho ordinato due insalate greche dal ristorante all'angolo, una con il salmone e l'altra con i gamberi alla griglia. Lungo il tragitto verso il *Don*, ho comprato un sacchetto di ghiaccio e diverse bottiglie di tè freddo e acqua.

Ho scelto un punto accanto alla duna di fianco all'hotel e ho steso sulla sabbia un telo che avevo preso dall'appartamento. Avevo giusto aperto una bottiglia d'acqua quando ho visto Morgan avvicinarsi. Mi sono alzato per andarle incontro, l'ho abbracciata e l'ho fatta accomodare su una sedia pieghevole che mi ero portato dietro.

«Che cosa hai preparato?» mi ha chiesto. «Sto morendo di fame.»

Ho tirato fuori dalla borsa frigo le due insalate e, dopo

averle finite, abbiamo usato la duna come poggiaschiena per ammirare il tramonto. Le ho cinto le spalle con un braccio e lei si è accoccolata contro di me. Il cielo stava iniziando la sua lenta e meravigliosa trasformazione: l'azzurro sfumava in giallo; striature rosa si allungavano verso l'acqua e la luce si faceva sempre più dorata. Proprio mentre il sole tramontava, quasi a comando, è apparsa la luna.

«Voglio che tu faccia una cosa per me domani», ho detto alla fine.

Si è girata a guardarmi. «Tutto quello che vuoi.»

Le ho illustrato la mia idea e lei non mi ha detto di sì, ma non si è neanche rifiutata, perciò l'ho interpretato come un segnale incoraggiante.

Siamo tornati al mio appartamento, baciandoci e spogliandoci ancora prima di arrivare in camera da letto. Abbiamo fatto l'amore con tenerezza e rinnovata urgenza, poi Morgan si è rannicchiata contro di me con la testa sul mio petto. Dopo che si è addormentata, lentamente mi sono sciolto dall'abbraccio e mi sono alzato. Con un asciugamano avvolto intorno ai fianchi, sono andato in salotto, inondato dalla luce argentea della luna che filtrava dalla portafinestra.

Mentre osservavo la luna salire sopra gli alberi, ho pensato di nuovo a quanto amassi Morgan e a quanto la mia vita sembrasse diversa vista attraverso le lenti di questo nuovo sentimento. Ovviamente ero anche dispiaciuto del fatto che fosse passato un altro giorno e che lei sarebbe partita presto. Che cosa ne sarebbe stato di noi? Mi angosciava la prospettiva di dover prendere una decisione, una decisione che mi avrebbe spezzato il cuore.

Tornato in camera, mi sono sdraiato stringendomi a Morgan. Pur nel sonno, lei ha percepito la mia presenza e si è avvinghiata a me. Ho respirato il suo profumo e mi sono sentito completo; non mi sono addormentato subito, ma quando l'ho fatto, so di averla sognata.

48

Quando ci siamo svegliati, Morgan mi ha convinto a unirmi a lei e alle sue amiche per visitare il Dalí Museum un'ora dopo la fine delle prove.

Tenendoci per mano, abbiamo girato tra le opere che, devo ammetterlo, erano più interessanti di quanto mi aspettassi. Maria conosceva molto bene l'artista e ci ha spiegato pazientemente l'importanza di questo o quel quadro; sebbene non fosse il mio genere di pittura, sono tornato indietro un paio di volte a esaminare alcune opere. Erano bizzarre, ma senza dubbio stimolanti.

Dopo il museo, siamo andati a Clearwater Beach. Abbiamo camminato a piedi nudi sull'impalpabile sabbia bianca e ci siamo tuffati nelle tiepide acque del Golfo. Sono dovuto rientrare presto per prepararmi allo show, ma, prima di andarmene, ho ricordato a Morgan la mia richiesta; anche stavolta, però, lei ha evitato di rispondermi. Dopo un lungo bacio, le ho mormorato di amarla, senza preoccuparmi minimamente dei commenti che avrebbero fatto le sue amiche appena me ne fossi andato.

Il pubblico del giovedì era di gran lunga più numeroso rispetto a quello del martedì, ma non ne ero sorpreso, dato che il tempo era splendido, e la gente ha continuato ad arrivare anche durante la prima e la seconda parte dello spettacolo. Ben presto il locale era gremito. Mi sono meravigliato ancora una volta del numero di richieste di miei pezzi originali – chiaramente la gente aveva iniziato a familiarizzare con le mie registrazioni online – e mi ha fatto piacere aggiungere canzoni alla playlist della serata. Nel complesso, il pubblico di quella sera amava anche bere – come quello dell'ultimo weekend – e il personale faticava a stare dietro alle ordinazioni.

Morgan e le sue amiche sono arrivate quando mancavano una ventina di minuti alla fine dello spettacolo, e tutte le teste si sono girate all'ingresso del gruppetto di bellissime ragazze. Ho attaccato subito con la canzone che avevo scritto ispirandomi a lei, poi ho continuato con dei pezzi orecchiabili per scaldare il pubblico. Non sapevo come avrebbe reagito Morgan, ma mi sono schiarito la voce e ho battuto sul microfono per richiamare l'attenzione generale. Quindi mi sono girato verso di lei.

«L'altro giorno ho ascoltato una cantante straordinaria e le ho chiesto di eseguire una canzone per voi, stasera. Non mi ha ancora risposto, ma se volete sentire quello che ho sentito io, domandate a Morgan Lee di salire qui con me sul palco.»

La folla alticcia ha iniziato a urlare proprio come mi aspettavo; ho visto l'espressione imbarazzata sul viso di Morgan e le ho offerto la mano per invitarla a raggiungermi, mentre Holly, Stacy e Maria esultavano spingendola verso di me. Nonostante la sua esitazione, mi sembrava più nervosa che contrariata. Quando alla fine si è incamminata nella mia direzione, l'entusiasmo della folla è esploso in un ruggito. Le amiche l'hanno scortata sotto il palco con i telefoni già a portata di mano, senza dubbio pronte a filmarla. Ho aiutato Morgan a salire sulla pedana e ho fatto un passo indietro quando si è piazzata davanti al microfono. Ho spostato di lato lo sgabello, poi ho preso un leggio che stava in un angolo. Morgan ha aperto la cartella delle foto sul telefono e ha ingrandito quella che aveva scattato al testo mentre era nel mio appartamento.

«Dammi un minuto per essere certa di ricordarmi le parole, okay?» ha bisbigliato coprendo il microfono con la mano.

«Ma certo, prenditi tutto il tempo che ti serve.»

Osservandola mentre leggeva il testo, ho capito che non ci avrebbe messo molto. «Che ne dici se inizio a suonare la prima strofa e il ritornello, e le ripeto finché tu non mi dai il segnale che sei pronta a partire?»

Ha annuito, lo sguardo sempre fisso sullo schermo del cellulare mentre ripeteva mentalmente le parole. Il suo nervosismo sembrava accrescere le aspettative del pubblico.

Ho iniziato a suonare, in attesa del suo segnale. Arrivato in fondo al ritornello, l'ho vista annuire, mentre iniziava a dondolare impercettibilmente il corpo alzando gli occhi verso la platea. Ho ripetuto gli accordi d'apertura e appena lei ha iniziato a cantare, non sono stato l'unico a restare ammaliato. C'era un silenzio assoluto mentre la sua voce profonda riempiva il locale, tutti paralizzati dalla forza e dalla limpidezza del suo timbro. Quando ha iniziato a muoversi e infine a ballare, percorrendo la pedana in tutta la sua lunghezza, il pubblico è esploso in un applauso scrosciante. Davanti a me avevo una Morgan inedita: dov'era finita la ragazza controllata che avevo visto nel mio salotto? Le amiche la filmavano immobili e concentrate, ma io sapevo che stavano facendo uno sforzo enorme per non mettersi a saltellare su e giù.

La canzone era contagiosa, e prima del secondo ritornello tutti urlavano e fischiavano e, a mano a mano che la gente si univa al canto, Morgan era sempre più ispirata.

La sua voce aveva una sonorità lirica e quando, verso la fine del pezzo, si è lanciata in un vibrato potente, il pubblico si è alzato in piedi come un sol uomo. In chiusura, con l'acuto finale, l'applauso è stato esplosivo. Morgan aveva offerto uno spettacolo sensazionale e tutti ne erano consapevoli.

La gente ha chiesto il bis, ma lei ha scosso la testa in segno di diniego mentre rimetteva il microfono sull'asta. Appena è scesa dalla pedana, è stata subito circondata dalle amiche al settimo cielo.

Siccome mi restava ancora una manciata di minuti, consapevole che sarebbe stato stupido provare a eseguire un pezzo mio dopo l'esibizione di Morgan, ho scelto un evergreen come *American Pie*. Quando ho suonato i primi accordi, l'attenzione della folla è tornata su di me e ben presto tutti si sono messi a cantare, proprio come mi ero immaginato. Le ragazze intanto si erano ritirate in fondo alla sala, emozionatissime.

Quando ho finito la canzone, ho notato che il gruppo successivo era già pronto dietro le quinte. Ho messo da parte la chitarra per fare loro spazio, poi mi sono tuffato tra la folla per raggiungere Morgan e le amiche. Quando sono arrivato da loro e ho preso Morgan per mano, mi è sembrata stranamente silenziosa.

«Sei incredibile», le ho detto. «Hai avuto un successo strepitoso.»

Mi ha baciato teneramente. «Sono sempre convinta che tu sia meglio di me.»

49

DOPO la cena di festeggiamento, siamo andati tutti a ballare in un locale di St Petersburg. Non c'era la folla del fine settimana, ma c'era abbastanza movimento per essere un giovedì sera, e noi cinque abbiamo ballato in cerchio al ritmo sostenuto della techno. O meglio, loro hanno ballato mentre io più che altro mi sono limitato a spostare il peso da un piede all'altro cercando in tutti i modi di non attirare l'attenzione.

Abbiamo fatto molto tardi e alla fine Morgan è venuta in macchina con me, mentre le sue amiche sono tornate in hotel con un Uber. Lungo il tragitto mi ha confidato che Holly e Stacy stavano già cercando di convincerla a pubblicare i video della canzone.

«Tu che ne pensi?» mi ha chiesto incerta. «Secondo te sarebbe un errore?»

«Perché dovrebbe essere un errore?»

«Non saprei... È abbastanza professionale? Mettiamo che un produttore lo veda. La qualità non è certo quella di uno studio di registrazione, e negli ultimi tempi ho la voce un po' rauca. Non ho avuto il tempo di scaldarmi e non ricordavo nemmeno bene tutto il testo...»

«Morgan.» Ho tolto una mano dal volante e l'ho appoggiata deciso sopra la sua. «Smettila.» Quando si è girata verso di me ho proseguito: «Sei stata semplicemente fantastica. Se qualcuno vedesse il video, capirebbe che hai scritto *superstar* in faccia».

Lei si è nascosta il viso tra le mani imbarazzata, ma sono riuscito a intravedere il suo sorriso.

Il mattino seguente l'ho riaccompagnata al *Don*. Abbiamo viaggiato in silenzio e, nonostante ci fossimo accordati per vederci nel corso della giornata, lei era più taciturna del solito e aveva l'espressione preoccupata.

Non le ho chiesto il motivo, del resto lo conoscevo già. Il nostro tempo insieme volgeva velocemente al termine.

50

DATO che la sera successiva avrei lavorato, volevo che quel venerdì fosse memorabile. Facendo qualche rapida ricerca in rete, sono riuscito a prenotare un giro in catamarano al tramonto. Ho avuto un sussulto sentendo il costo, ma mi sono detto che si vive una volta sola.

Volevo anche farle trovare la cena pronta al nostro rientro e dunque sono tornato al supermercato, nel timore che il pollo che avevo acquistato prima del blackout fosse andato a male. Dovevo anche trovare una ricetta raffinata ma semplice da realizzare. Alla fine sono arrivato al *Don* che erano già le undici e mezzo passate.

Ho trovato le sue amiche sulla spiaggia, e anche stavolta c'era una sdraio vuota accanto a quella di Morgan. Sebbene desiderassi invitare solo lei alla gita in catamarano, mi ero affezionato anche alle altre ragazze e ho immaginato che sarebbe piaciuto anche a loro. La reazione esaltata che hanno avuto alla mia proposta ha superato le mie aspettative. Continuavano a ripetere che non vedevano l'ora e Morgan mi ha ringraziato con un sorriso riconoscente.

Abbiamo pranzato da soli. Poi abbiamo passeggiato sulla spiaggia e ci siamo tuffati tra le onde per rinfrescarci. Se solo avessi avuto il coraggio di renderlo possibile, era facile immaginare una vita insieme a lei.

Nel tardo pomeriggio le ragazze sono tornate in camera a prepararsi; io ho fatto lo stesso e sono passato a prenderle in hotel per andare al porto. Anche se me lo sarei dovuto aspettare, le amiche di Morgan hanno tirato fuori i cellulari e hanno iniziato a scattarsi selfie appena sono salite a bordo, provocando la reazione spazientita di Morgan. Non era un'imbarcazione sontuosa – avrebbe potuto ospitare al massimo sette od otto persone –, ma le ragazze erano entusiaste della frutta e del formaggio e dello champagne serviti durante la gita. Sono rimasto sorpreso quando anche Morgan ne ha bevuto un sorso e abbiamo brindato tutti insieme alla nostra vacanza.

Siamo salpati e abbiamo navigato sotto costa; per due volte abbiamo visto dei delfini che seguivano la scia del catamarano. Dal mare, lo spettacolare tramonto sembrava più vicino, come se stessimo per entrarci per davvero. Con il vento nei capelli, Morgan si è appoggiata a me e io l'ho tenuta stretta mentre scivolavamo leggeri sulle onde. Le sue amiche continuavano a chiederci di metterci in posa per fotografarci, ma dopo un paio di scatti lei le ha mandate via, cercando in tutti i modi di riservare il momento per noi due soltanto.

Tornati in porto, le ragazze hanno suggerito di andare in centro a St Pete. Nel caso Morgan avesse avuto voglia di andarci, mi sono offerto di accompagnarla, invece lei ha scosso la testa e ha detto che preferiva tornare nel mio appartamento.

Nel cucinino, Morgan mi guardava mentre riscaldavo il forno per arrostire qualche patata; poi ho tirato fuori dal frigorifero i petti di pollo che avevo messo a marinare e li ho sistemati su della carta forno. Ho infornato anche quelli insieme a una teglia di asparagi conditi con olio e sale.

«Sono impressionata», ha detto alzando un sopracciglio.

«Macché. Ho cercato la ricetta su Google stamattina.»

Quando ho preso il pomodoro per affettarlo, lei mi ha cinto in vita da dietro e mi ha baciato sulla nuca. «Posso fare qualcosa?»

«Puoi affettare i cetrioli», ho risposto, restio a staccarmi da lei.

Ha cercato un coltello nei cassetti, poi ha sciacquato il cetriolo sotto il rubinetto ed è tornata vicino a me. Sorrideva, come se stesse pensando a una battuta segreta.

«Cosa c'è di tanto divertente?»

«Questo», ha risposto. «Preparare la cena con te. È così casalingo, però mi piace.»

«Meglio del servizio in camera?»

«Non esageriamo, adesso.»

Ho riso. «Quando stavi con i tuoi, aiutavi tua madre in cucina?»

«In realtà no. La cucina era il posto in cui la mamma si rilassava. Accendeva la radio, si versava un bicchiere di vino e faceva le sue cose. Il mio compito – e quello di mia sorella – era di riordinare dopo. La mamma odiava farlo. Non piace nemmeno a me, ma non potevo mica dire di no.»

Il timer sul telefono ha suonato e io ho tolto le teglie dal forno. Sono rimasto sorpreso vedendo che il pollo era riuscito esattamente come diceva la ricetta. Ho riempito i piatti e li ho portati in tavola insieme all'insalata e a una bottiglia di condimento comprato al supermercato. Morgan si è seduta e ha esaminato l'apparecchiatura.

«Manca qualcosa», ha detto.

Si è alzata, ha fatto il giro della camera da letto e del salotto, ed è tornata con le candele e i fiammiferi. Le ha accese e ha spento la luce in cucina.

«Meglio, non trovi?» ha chiesto riprendendo il suo posto.

Il suo viso alla luce delle candele ha fatto riaffiorare il ricordo della prima sera che abbiamo fatto l'amore e sono riuscito soltanto ad annuire.

Morgan ha molto apprezzato il pollo: ne ha mangiati due pezzi insieme a mezza patata e a una porzione generosa di insalata e di asparagi. Dopo aver sparecchiato, mi ha sorpreso chiedendomi se fosse avanzato del vino dalla sera precedente. Ha spostato le candele sul tavolino del divano e mi sono seduto accanto a lei con il bicchiere in mano. Si è messa a scorrere le foto del catamarano e io mi sono sporto per guardarle con lei.

Considerato quant'era carina di persona, non mi sarei dovuto sorprendere che fosse molto fotogenica.

«Me le invieresti?»

«Vuoi che te le mandi con AirDrop?»

«E che cos'è?»

Lei ha alzato gli occhi al cielo. «Accendi il cellulare e premi ACCETTA quando compare.»

Ho fatto come diceva e le foto sono state caricate quasi istantaneamente sul mio telefono.

«Davvero non sapevi che cos'è AirDrop?» Ed è scoppiata a ridere.

«Se davvero ti rendessi conto di com'è la mia vita di tutti i giorni, non mi faresti certe domande.»

Lei ha sorriso, ma subito è tornata seria. Ha fissato il bicchiere e ha fatto un respiro profondo. Sapevo che cosa stava per dirmi. Era una conversazione per la quale dubitavo di essere pronto. Una conversazione senza risposte.

«Che ne sarà di noi?» ha chiesto a bassa voce.

«Non lo so.»

«Tu che cosa vorresti?» ha domandato con lo sguardo sempre fisso sul vino. «Non vorresti che rimanessimo insieme?»

«Certamente.»

«Ma che cosa significa in concreto? Ci hai pensato?»

«Sì, ci penso continuamente», ho confessato. Ho cercato di guardarla in faccia.

Lei ha alzato gli occhi e io ho visto una strana fiamma nel suo sguardo. «Sai che cosa sto pensando?»

«Non ne ho idea.»

Ha appoggiato il bicchiere sul tavolino e mi ha preso le mani. «Penso che dovresti venire a Nashville con me.»

Mi sono sentito mancare il respiro. E poi: «Nashville?»

«Prima puoi sistemare le cose alla fattoria, prenderti tutto il tempo che ti occorre... e raggiungermi là. Possiamo vivere insieme, scrivere canzoni insieme, inseguire il nostro sogno insieme... È la nostra occasione. Se le cose funzioneranno, potrai assumere più personale per la fattoria, o ingrandirla o iniziare un allevamento biologico di bovini come ha suggerito tua zia. L'unica differenza è che non sarai tu a dovertene occupare direttamente.»

Mi girava la testa. «Morgan...»

«Aspetta», ha detto, con una nota di urgenza nella voce. «Ascoltami sino in fondo, okay? Io e te... cioè... non pensavo che fosse possibile innamorarsi di qualcuno nel giro di pochi giorni. Non sono un tipo romantico, di quelle che sognano il principe azzurro. Ma io e te... non lo so. Dal momento in cui ci siamo incontrati, è stato come se... fosse scattato qualcosa di speciale tra noi...»

Come gli ingranaggi che scattano al proprio posto in una serratura a combinazione, mi sono sorpreso a pensare.

«È stato come se avessi sempre saputo di potermi fidare di te, fin dal principio. Non mi era mai successo prima, e poi abbiamo composto della musica insieme...» Si è interrotta, l'espressione piena di speranza e meraviglia. «Non mi era mai capitato di sentirmi tanto in sintonia con qualcuno.» Si è girata a guardarmi. «Tu non vuoi perdere tutto questo, vero? Non vuoi perdere me, giusto?»

«No. Ti voglio e anch'io voglio rimanere insieme a te...»

«Allora vieni con me. Vieni a Nashville appena puoi.»

«Ma c'è la fattoria. Mia sorella...»

«L'hai detto tu che adesso le cose sono più facili e che hai un amministratore. E se tua sorella vuole venire a Nashville, porta anche lei. Di sicuro può gestire la sua attività in qualsiasi posto, no?»

Ho pensato a Paige, a tutte le cose su di lei che non ho ancora confessato a Morgan. «Non capisci...»

«Che cosa c'è da capire? Lei è adulta. E c'è un'altra cosa.» Ha fatto un lungo respiro e ha proseguito: «Hai una voce incredibile. Sei un paroliere incredibile. Hai un dono che altri possono solo sognare. Non dovresti sprecarlo».

«Non sono te», mi sono schermito, con la sensazione

di essere in trappola, di aver bisogno di un altro pretesto. Uno qualunque. «Non ti sei vista sul palco.»

Con espressione malinconica ha alzato una mano e mi ha scostato una ciocca di capelli dagli occhi. «Il fatto è che nemmeno tu ti vedi. Non vedi ciò che vedo io. O il pubblico. Ti rendi conto che la musica è qualcosa di potente, che la gente può condividere in tutto il mondo, vero? È un linguaggio, un modo di comunicare più grande di te o di me o di chiunque altro. Hai mai pensato a quanta gioia potresti dare alle persone? Sei troppo bravo per rimanere alla fattoria.»

Ero stordito, non sapevo cosa rispondere, se non dicendo un'ovvietà. «Non voglio perderti.»

«Allora non farlo», mi ha incalzato. «Parlavi sul serio quando hai detto di amarmi?»

«Ma certo...»

«Allora, prima che tu dica di no, anche se non vuoi venire a Nashville perché te l'ho chiesto io, o perché così potremo stare insieme, fallo per te stesso.» Ha sollevato le gambe e si è inginocchiata sul divano di fronte a me. «Lo farai? Ci penserai almeno?»

Sentendola parlare, per me era stato facile immaginare tutto quanto. Scrivere canzoni insieme, scoprire insieme una nuova città, costruire una vita per noi due. Godere la vita, senza le ansie e gli stress che adesso caratterizzavano la mia esistenza. E aveva ragione riguardo alla zia e agli amministratori che sarebbero stati in grado di mandare avanti la fattoria. Ora che avevamo stabilito un ritmo e una routine, le cose erano più facili, ma...

Ma...

Paige.

Ho fatto un respiro profondo, turbato dai pensieri e dalle emozioni che mi si agitavano dentro.

«D'accordo», ho detto alla fine. «Ci penserò.»

51

Non ne abbiamo più parlato per tutta la sera e io ero confuso e preoccupato. Pur avendo previsto che mi avrebbe chiesto di trovare il modo per mantenere una relazione a distanza, la sua proposta di seguirla a Nashville mi aveva colto del tutto impreparato.

Mentre eravamo sdraiati insieme sul divano, mi sono reso conto che il sogno di dedicare la vita alla musica non si era spento. Inoltre, non potevo pensare di perdere Morgan e quando lei ha iniziato a baciarmi sul collo, ci siamo spostati senza parlare dal divano alla camera da letto, dove il nostro desiderio si è manifestato senza spiegazioni né dubbi.

Al mattino l'ho lasciata al *Don*. Invece di andare a correre, ho fatto una doccia e ho camminato sulla spiaggia per un paio d'ore, riflettendo su tutto quello che lei aveva detto la sera prima, per poi dirigermi lentamente verso l'hotel. A mano a mano che mi avvicinavo, ho notato che la spiaggia era stranamente affollata nonostante fosse ancora presto. Non ci ho fatto troppo caso, finché mi sono reso conto che dipendeva dalla seduta di registrazione delle ragazze.

Dietro l'hotel dovevano essersi raccolte diverse centinaia di persone, in maggioranza ragazze adolescenti. Aprendo TikTok, ho notato che tutte e quattro – singolarmente e sul loro account di gruppo – avevano pubblicato diversi post negli ultimi giorni, con anteprime delle prove, oltre a un video del dietro le quinte mentre si truccavano o facevano le stupide in camera. Il tutto era accompagnato dalle indicazioni riguardo al luogo e all'ora della loro successiva performance e dall'invito a partecipare numerosi.

Sono rimasto sorpreso dal sincero interesse che suscitavano. Pur consapevole della loro popolarità, chissà perché non avevo immaginato che centinaia di persone si sarebbero ritagliate del tempo per assistere dal vivo a una loro registrazione.

Ho scritto a Morgan per avvisarla che ero arrivato, mentre guardavo ammirato la folla. Nel giro di qualche minuto mi ha risposto, chiedendomi se mi andasse di aiutarle a filmare. Io ho risposto subito di sì.

Mezzogiorno è arrivato e passato, ma delle ragazze non c'era traccia. Il pubblico però continuava ad aumentare, con decine di persone che accorrevano dalla spiaggia. Io ho dato un'occhiata alla zona, cercando di individuare il punto di osservazione migliore da cui registrare l'esibizione, ma mi sono subito reso conto di non sapere nemmeno da che parte cominciare.

All'improvviso, ho sentito un brusio alzarsi dal pubblico più vicino all'hotel. Nonostante fossi più alto della maggior parte dei presenti, sono riuscito a scorgere solo sprazzi dei capelli delle ragazze che si muovevano sulla terrazza vicino alla spiaggia, probabilmente per capire dove posizionarsi.

Centinaia di cellulari si agitavano in aria, tutti facevano a gara per scattare delle foto.

Le quattro ragazze sono rimaste sulla terrazza per diversi minuti, a fare selfie con le fan e a firmare autografi, mentre io cercavo di avvicinarmi. A un certo punto, rendendomi conto che sarebbe stato impossibile farmi largo tra la folla, mi sono portato davanti all'hotel e ho raggiunto la piscina passando da dentro. Quando le ragazze mi hanno visto, si sono mostrate sollevate.

«È pazzesco!» ha esclamato Morgan quando l'ho raggiunta. «Non avremmo mai immaginato una cosa del genere. Dubitavamo che si sarebbe presentato qualcuno, figurarsi così tanta gente.»

«Non sappiamo neppure come liberare abbastanza spazio sulla spiaggia», ha aggiunto Stacy in preda all'agitazione.

«Perché non vi esibite qui sulla terrazza?»

«Dubito che quelli dell'hotel sarebbero contenti...» Maria aveva la fronte aggrottata.

«Voi siete ospiti dell'hotel», ho fatto notare, «quindi potete stare qui in terrazza. E poi sono solo tre canzoni, giusto? Avrete finito prima che il personale si accorga di qualcosa.»

Le ragazze si sono consultate tra loro e alla fine hanno deciso che la mia idea era la soluzione più ragionevole. Holly e Stacy hanno appoggiato le borse in un angolo e sono tornate con due sofisticate videocamere, insieme a cavalletti che hanno montato ai bordi della terrazza. Maria e Morgan hanno sistemato i loro cellulari su altri cavalletti. Nel frattempo, Holly mi aveva dato una terza videocamera e aveva posizionato anche una cassa acustica.

«Tu dovrai tenere la gente a distanza e filmare il pubblico, okay? Per il B-roll che monteremo in seguito. E devi far partire la musica quando ti daremo il segnale.»

«Ho capito», ho risposto prendendo la videocamera.

Mentre le ragazze passavano in rassegna per l'ultima volta il trucco e l'outfit e facevano qualche esercizio di stretching, io ho allontanato la folla di qualche passo dalla terrazza. Ho chiesto alle persone in prima fila di sedersi, per dare modo anche a quelle più indietro di vedere e, con mia sorpresa, mi hanno ubbidito. Nel frattempo, Holly mi ha indicato dove piazzarmi e mi ha dato istruzioni sul genere di inquadrature che desiderava – in sostanza un mix di grandangoli e primi piani dei fan. Mi sono avvicinato alla cassa mentre le ragazze si mettevano in posizione.

La folla si è zittita quasi immediatamente. Ho fatto partire la musica, sorpreso dal volume dell'altoparlante. Non c'era il minimo dubbio che tutti riuscissero a sentire. Ho iniziato a filmare la folla, osservando Morgan e le sue amiche con la coda dell'occhio. Ovviamente erano sincronizzate alla perfezione mentre eseguivano la loro complessa coreografia. Erano così precise e controllate che mi sembrava di assistere all'intermezzo del Super Bowl.

La folla era in visibilio e io ho filmato molte ragazze che cercavano di imitare i passi che preferivano o che si abbandonavano alla musica inventandone di propri. In tutto Morgan e le sue amiche hanno ballato per un po' più di dieci minuti.

Alla fine il pubblico ha iniziato ad applaudire ed esultare, urlando il nome delle quattro interpreti. «Morgan, da questa parte!» «Stacy, ti vogliamo bene!» Ho girato un video delle ragazze che insegnavano qualche passo alle fan, ma, consapevoli che la loro presenza impediva agli ospiti dell'hotel l'accesso in spiaggia, hanno subito radunato le loro cose e mi hanno chiesto di mettere via l'attrezzatura. Ho eseguito all'istante, prendendo per ultimo l'altoparlante. Con un rapido cenno di saluto e di ringraziamento e una miriade di baci in aria, Morgan e le sue amiche sono tornate verso la piscina con me al seguito, carico come un mulo.

Quando ci siamo avventurati di nuovo in piscina era pomeriggio inoltrato. Ho portato delle sdraio nell'angolo più lontano e ho preso alcuni asciugamani. Quando è arrivata la cameriera, hanno ordinato una brocca di margarita alla fragola e cinque bicchieri. A quanto pareva, era arrivato il momento di festeggiare.

In quel preciso istante il mio telefono ha iniziato a vibrare sul tavolino accanto alle sdraio. Riconoscendo il numero dell'amministratore della fattoria, ho risposto subito alla chiamata.

Dopo meno di trenta secondi, mi sono allontanato dalle ragazze, attonito. Dopo un minuto, mi sono sentito mancare e quando ho chiuso la telefonata, avevo la sensazione che il mondo mi fosse crollato addosso. Ho composto il numero di mia sorella, ma non mi ha risposto.

Le ragazze devono essersi accorte della mia espressione quando sono tornato da loro, perché Morgan è balzata in piedi di scatto e mi ha afferrato la mano. «Cos'è successo? Chi era al telefono? C'è qualcosa che non va?»

Perso nei miei pensieri vorticosi, ho fatto fatica a risponderle.

«Era Toby», ho spiegato. «L'amministratore della fattoria. Mi ha detto che zia Angie ha avuto un malore.»

Morgan si è portata una mano alla bocca. «Oddio! Sta bene?»

«Non lo so. Ma devo tornare a casa...»

«Subito?»

«Mia sorella non risponde al telefono.»

«Sei preoccupato?»

Ho deglutito, pregando in cuor mio che non avesse risposto perché era in ospedale con la zia. Ma è stato inevitabile ripensare al passato, chiedendomi se il peggio dovesse ancora arrivare.

«Non mi ha nemmeno chiamato.»

«Che cosa significa?»

Mentre la paura mi invadeva, ho registrato a stento la sua domanda. «Niente di buono.»

Profondamente turbato, ho salutato Morgan con un bacio e sono corso a prendere la macchina per poi tornare di volata all'appartamento. Ho fatto i bagagli e meno di dieci minuti dopo ero già per strada.

In circostanze normali, il viaggio fino a casa sarebbe durato undici ore.

Io speravo di farcela in meno di nove.

52

Con l'acceleratore a tavoletta, sfrecciavo sulla sopraelevata diretto a Tampa, parlando in vivavoce con Toby.

«Raccontami di nuovo tutto», gli ho detto. «Dal principio.»

Conoscevo Toby da una vita e mi era sempre sembrato un tipo imperturbabile, ma adesso era chiaramente scosso.

«Martedì mattina», ha detto dopo un istante, «quando sono arrivato, Angie era in ufficio, come al solito. L'ho aggiornata sui lavori di manutenzione al sistema di irrigazione – è quello di cui ci stiamo occupando al momento –, infine ci siamo incontrati alla serra con il capocantiere per discutere dei progetti di espansione. C'è voluta circa un'ora. Angie è tornata in ufficio e mi sembrava a posto. Se avessi saputo, o almeno sospettato che qualcosa non andava...»

«Non è colpa tua», gli ho garantito. «Poi che cos'è successo?»

«Xavier è passato in ufficio da lei giusto prima di pranzo. C'era un problema con il Mopak...» ha continuato, riferendosi al sistema di confezionamento delle uova. «E si è accorto che un occhio di tua zia aveva qualcosa di strano. Aveva la palpebra abbassata e quando le ha chiesto se stesse bene, lei ha farfugliato parole sconnesse. Lui si è spaventato e mi ha chiamato, così io sono andato di corsa in ufficio. Ho capito subito che qualcosa non andava e ho chiamato l'ambulanza. Quando sono arrivati, hanno detto che aveva un'ischemia in corso e l'hanno portata subito in ospedale.»

«Perché non mi hai telefonato?»

«Ho pensato che l'avesse fatto Paige», ha risposto, chiaramente agitato. «L'ho chiamata subito dopo l'ambulanza e lei è arrivata di corsa. È andata in ospedale e so che è rimasta là mentre operavano tua zia. A quanto ne so, non si è allontanata per tutto il tempo. Mi dispiace.»

Mi sono reso conto di stringere il volante con una tale foga da avere le nocche bianche e ho cercato di rilassarmi.

«L'hanno operata?»

«Per togliere il coagulo», ha spiegato. «Almeno è quello che mi ha detto Paige.»

«Come sta adesso la zia?»

«Non ho parlato con i medici...»

«Quando l'hai vista, intendo», l'ho interrotto. «È cosciente? È in terapia intensiva?»

«Secondo Paige l'intervento è andato bene. Angie non è in terapia intensiva. È sveglia, ma ha il lato sinistro del viso parzialmente paralizzato, quindi a volte è difficile capire quello che dice. Anche il braccio e la gamba sinistra sono molto deboli.»

«Paige è con lei in questo momento?»

«Credo di sì.»

«Quando sei stato in ospedale l'ultima volta?»

Doveva aver colto la mia ansia, perché ha iniziato a parlare ancora più velocemente.

«Oggi, subito prima di telefonarti. Mi sono fermato una mezz'ora. Ma è stata la mia prima visita da martedì.»

«Hai visto Paige?»

«No, ma dove avrebbe potuto essere? Negli ultimi giorni non era a casa. Sono passato un paio di volte e ho controllato anche nel fienile.»

«Quando l'hai vista per l'ultima volta?»

«Martedì all'ospedale.»

Nonostante la velocità già elevata, ho accelerato ulteriormente, superando le macchine senza rendermene conto. Pur sapendo che era rischioso, con una mano ho attivato l'applicazione *Trova i miei amici* sul cellulare, nel tentativo di localizzare il telefono di Paige. Ho visto che era a casa e ho tirato un sospiro di sollievo. Era buon segno.

Oppure no?

53

Ho provato a telefonare a Paige. La chiamata è stata subito trasferita alla segreteria.

Una volta imboccata la I-95, l'ho richiamata.

Stesso risultato.

Ho controllato l'applicazione. Sempre uguale.

Ho accelerato ancora di più.

54

Allora ho telefonato all'ospedale e, dopo avermi rimbalzato da un interno all'altro, finalmente sono riuscito a parlare con un'infermiera che aveva appena iniziato il turno e non aveva lavorato nei giorni precedenti. Non è stata in grado di darmi informazioni utili riguardo alla zia, ma mi ha promesso che qualcuno al corrente della situazione mi avrebbe richiamato.

La telefonata è arrivata dopo più di un'ora. L'infermiera mi ha detto che, a quanto ne sapeva, le condizioni della zia erano stabili, ma che dovevo sentire il neurologo per avere notizie più precise.

Sforzandomi di mantenere la calma, ho chiesto di parlare con lui. L'infermiera mi ha informato che al momento non era in ospedale – in fin dei conti, era sabato –, ma che più tardi sarebbe passato a fare il giro di visite. Gli avrebbe lasciato un messaggio raccomandandogli di telefonarmi.

Dopo aver riagganciato, ho fatto un altro tentativo con mia sorella, ma senza esito.

Mi si è chiuso ancora di più lo stomaco.

55

L'INTERSTATALE assomigliava a un miraggio vago quando ho lasciato la Florida e sono entrato in Georgia.

Morgan mi ha chiamato per la terza volta; le prime due ero al telefono e non le avevo risposto. Dopo essermi scusato, le ho riferito ciò che sapevo, aggiungendo che non avevo ancora parlato con il neurologo.

«Ho sentito i miei genitori», mi ha detto. «Ho chiesto delucidazioni sulle ischemie e mi hanno spiegato che se tua zia non è in terapia intensiva, allora è molto probabile che ce la farà. Tuttavia, a seconda della gravità del caso, potrebbero esserci conseguenze a lungo termine.»

Una paralisi parziale, ho pensato. «È possibile curarle?»

«Non saprei. A quanto pare, dipende dall'entità dell'ostruzione iniziale. Negli ultimi anni, comunque, la riabilitazione ha fatto grandi progressi. Spero che non ti dispiaccia, ma la mamma ha fatto qualche ricerca sul Vidant Medical Center e ha scoperto che è un centro di eccellenza per le ischemie, e questo è molto importante. Offrendo un approccio interdisciplinare, significa che anche dopo le dimissioni potranno garantire a tua zia le cure più appropriate. Secondo la mamma è in buone mani.»

«Tua madre è stata gentile a interessarsi. Ma come facevi a sapere che mia zia era stata portata al Vidant?»

«Ho cercato su Google. È l'ospedale più grande vicino a Washington. Non ci è voluto molto a capirlo.»

Anche mentre lei parlava, la mia mente era un turbinio di pensieri. «Le infermiere non vogliono dirmi niente.»

«Non spetta a loro. È compito del medico.»

«Però non mi ha chiamato.»

«Lo farà. Probabilmente dopo aver finito il giro di visite. Se ha molti pazienti, potrebbe telefonarti tardi. I miei genitori fanno così. Che cos'ha detto Paige?»

All'inizio non ho risposto. E poi: «Non sono ancora riuscito a contattarla».

«Cosa?» Morgan era incredula. «Perché non ti ha telefonato quando è successo?»

Era una domanda che non ero ancora pronto ad analizzare. Ho risposto con un semplice: «Non lo so».

56

Mi sono fermato a fare il pieno, poi ho ripreso il viaggio. I fari delle macchine sulla carreggiata opposta erano puntini in lontananza che si ingrandivano a mano a mano che si avvicinavano per sparire all'improvviso, rimpiazzati da altri. La luna in cielo era chiara e luminosa, ma io mi rendevo conto solo vagamente del paesaggio che mi circondava.

Ho richiamato Toby. Dopo la nostra telefonata, forse perché l'avevo messo in ansia, era tornato in ospedale pur essendoci stato da poco. Mi ha detto che si era potuto fermare solo alcuni minuti dato che l'orario di visita era quasi terminato, ma che le condizioni della zia sembravano stabili. «Stava dormendo», mi ha spiegato.

«Paige dov'era?»

«Non c'era, ma una delle infermiere ha detto che le sembrava di averla vista poco prima. Forse era andata a prendere qualcosa da mangiare.»

«Ottimo!» ho esclamato con sollievo.

«Ho fatto anche un salto a casa sua tornando indietro»,

ha aggiunto. «Le luci erano spente e la sua macchina non era nel vialetto.»

Il senso di sollievo che avevo provato nel corso della telefonata stranamente è stato di breve durata. In un recesso della mia mente, continuavano a suonare campanelli d'allarme.

Ho chiamato di nuovo Paige e, ancora una volta, si è inserita la segreteria.

57

Quando finalmente il dottore mi ha telefonato, avevo attraversato la Georgia ed ero arrivato in South Carolina. Viaggiavo a centoquaranta all'ora, pregando che la polizia non mi fermasse, ma ero più che disposto a correre il rischio.

«Sua zia ha avuto un'ischemia», mi ha detto. «Succede quando un coagulo di sangue ostruisce una delle arterie che vanno al cervello. La buona notizia è che l'ostruzione non è stata totale.» Mi ha parlato dell'intervento chirurgico – io mi ero immaginato qualcosa di complesso, invece lui mi ha spiegato che non era durato molto – e ha sottolineato l'importanza cruciale del fatto che Toby avesse chiamato tempestivamente i soccorsi. Mi ha aggiornato sulle condizioni della zia e sui farmaci che assumeva, aggiungendo di essere fiducioso che sarebbe stata dimessa nel giro di pochi giorni.

«E per quanto riguarda la paralisi?» gli ho chiesto alla fine.

«Questo è un po' più complicato», ha risposto, «ma il fatto che riesca a muovere un minimo braccia e gambe è un buon segno.» Poi mi ha illustrato le eventuali complicanze e la riabilitazione post-ospedaliera, ma, nel mio stato di agitazione, ho capito soltanto che al momento c'erano ancora parecchie domande alle quali non era in grado di dare una risposta. Ho apprezzato la sua sincerità, ma non per questo mi sono sentito meglio.

«Ha detto tutte queste cose anche a mia sorella, giusto? Paige? È informata della situazione?»

«Inizialmente sì.» Sembrava sorpreso. «Ma non le ho parlato di recente.»

«Non è venuta in ospedale?»

«Io non l'ho vista, ma a volte mi capita di fare il giro dei pazienti dopo l'orario di visite.»

Ho richiamato Toby, però stavolta neanche lui mi ha risposto.

Mi sembrava che fosse passata un'eternità quando finalmente ho varcato il confine del North Carolina.

58

MORGAN mi ha richiamato, all'incirca un'ora dopo essere entrato in North Carolina.

«Ciao», mi ha detto assonnata. «È un viaggio lungo e so che sei sconvolto, quindi volevo assicurarmi che andasse tutto bene.»

«Sto bene, grazie.» Le ho riferito quello che mi aveva detto il dottore, o almeno quello che ricordavo.

«Quanto ti manca prima di arrivare?»

«Circa un paio d'ore.»

«Sarai esausto.»

Non ho commentato, così Morgan mi ha chiesto: «Che cos'ha detto Paige?»

«Non sono ancora riuscito a parlarle.»

Tra noi è sceso un attimo di silenzio, tanto che ho pensato che fosse caduta la linea. Alla fine: «C'è qualcosa che non mi vuoi dire, Colby?»

Le ho mentito per la prima volta da quando ci siamo conosciuti.

«No.»

Ho capito che non mi credeva. Dopo un istante ha detto soltanto: «Fammi sapere, va bene? Terrò il telefono vicino per tutta la notte. Chiamami a qualunque ora».

«Grazie.»

«Ti amo.»

«Anch'io ti amo», ho risposto automaticamente, ma avevo la mente altrove.

59

A SUDEST di Raleigh, mentre ero ancora sull'interstatale, ho capito di dover prendere una decisione. Avrei potuto proseguire dritto e imboccare la superstrada per Greenville e il Vidant. Oppure avrei potuto imboccare un'altra strada e tornare alla fattoria.

Dubitavo che a quest'ora mi avrebbero fatto entrare in ospedale e, in ogni caso, l'istinto mi diceva di rientrare prima a casa.

Per sicurezza.

60

Ho percorso la superstrada che avevo fatto migliaia di volte, viaggiando con il pilota automatico. In lontananza vedevo il bagliore dei lampi, quel che restava di un temporale ormai passato. Quando sono arrivato nei pressi di Washington erano quasi le undici di sera e avevo le spalle e il collo contratti.

Lasciata la superstrada e fatte le ultime curve, ho raggiunto la strada sterrata che divide una parte della fattoria dall'altra. La luna era bassa sull'orizzonte e la ghiaia era bagnata per il recente acquazzone. Al buio era difficile scorgere la sagoma della casa, ma mi sono accorto che sembrava deserta come l'aveva descritta Toby.

Avvicinandomi, tuttavia, mi sono reso conto che non era proprio così; dalla cucina proveniva un chiarore, appena visibile tra la vegetazione e quindi quasi impossibile da notare.

Ho svoltato sul vialetto a una velocità tale che sono stato costretto a inchiodare. La macchina ha sbandato sul fango. Sono saltato giù, finendo in una pozzanghera e, mentre raggiungevo di corsa la veranda anteriore, ho notato che la macchina di Paige non c'era.

Mi sono precipitato dentro e mi è bastato dare un'occhiata in giro per avere la conferma alle mie peggiori paure. Ho cercato dappertutto al pianterreno, poi sono corso su per le scale, in preda al terrore.

Ho trovato Paige sul mio letto, sembrava che dormisse. L'ho chiamata a gran voce e lei si sarebbe dovuta svegliare, ma non è stato così. Mi sono sentito raggelare quando ho visto accanto a lei un flacone di pillole vuoto e altre sparse sul pavimento. Ho iniziato a urlare.

61

Il petto si muoveva appena e quando le ho tastato il polso, non sono riuscito a sentire il battito. Le ho appoggiato le dita sulla carotide e ho avvertito un lievissimo palpito. Aveva la faccia smunta e mortalmente pallida e, dopo essermi messo in tasca la boccetta vuota, l'ho presa in braccio e l'ho portata di sotto. Non sapendo se avrebbe resistito fino all'arrivo dell'ambulanza, sono corso in macchina e l'ho messa seduta sul sedile del passeggero.

Ho fatto manovra con il motore su di giri e mi sono lanciato sulla strada sterrata. Appena ho raggiunto l'asfalto, ho premuto il tasto di emergenza sul telefono.

La centralinista mi ha risposto subito e io le ho spiegato la situazione. Ho dato il mio nome e quello di mia sorella e le ho detto che stavo andando in ospedale. Ho indicato anche il nome di un medico che conoscevo al Vidant. La donna dall'altra parte mi ha rimproverato di non aver chiamato un'ambulanza; ignorando il suo commento, l'ho pregata di allertare il pronto soccorso del Vidant per informarli del mio arrivo. Poi ho chiuso la comunicazione, concentrandomi sulla guida.

Ho superato tutti i limiti di velocità, ma, per fortuna, a quell'ora di notte il traffico era scarso, persino a Greenville. Rallentavo in prossimità dei semafori rossi e mi assicuravo che l'incrocio fosse libero prima di superarlo, collezionando una lunga serie di infrazioni. Intanto continuavo a chiamare Paige, nella speranza di svegliarla, ma lei rimaneva piegata in avanti sul sedile, immobile, la testa china. Non sapevo se fosse viva o morta.

Davanti al pronto soccorso, l'ho ripresa in braccio e l'ho portata oltre le porte automatiche, chiamando aiuto. Ci sono emergenze ed *emergenze* – credo che tutti in sala d'aspetto si siano resi conto che il mio era un codice rosso – e nel giro di un minuto un'infermiera è spuntata da dietro una porta chiusa con una barella.

Vi ho disteso sopra Paige e ho seguito la barella, ripetendo all'infermiera ciò che avevo detto alla centralinista e consegnandole il flacone vuoto di pillole. Un secondo più tardi la barella è scomparsa oltre una porta e mi è stato chiesto di ritornare in sala d'attesa.

E così, come se qualcuno avesse premuto un pulsante, all'improvviso il mondo ha iniziato a muoversi al rallentatore.

Le altre persone in sala d'aspetto si sono calmate dopo il trambusto che avevo causato, immergendosi di nuovo nei loro mondi. Dovevo firmare per il ricovero di Paige, così mi sono accodato a una fila che procedeva lentamente, finché mi sono ritrovato davanti allo sportello. Ho compilato i moduli, indicando il numero di polizza di mia sorella e altre informazioni. Quando ho finito, mi è stato detto di accomodarmi.

Svuotato di ogni energia dopo la scarica di adrenalina, sono crollato sulla sedia di plastica, disorientato. C'erano uomini, donne e bambini di ogni età, ma me ne rendevo conto solo vagamente. Ho ripensato invece a tutto quello che era successo. Ero arrivato in ospedale in tempo? mi chiedevo. Paige si sarebbe salvata? Ho cercato di immaginare che cosa stessero facendo per soccorrere mia sorella, gli ordini che un dottore stava impartendo, ma non mi è venuto in mente nulla.

Ho aspettato e aspettato. Il tempo scorreva sempre più lento. Controllavo l'ora sul telefono, convinto che fossero passati almeno venti minuti, invece ne erano passati solo cinque. Ho provato a distrarmi navigando in rete e cercando informazioni sulle overdose, ma non c'era molto sul farmaco che pensavo avesse preso, a parte l'avvertenza di chiamare immediatamente i soccorsi, se necessario. Un po' più tardi, abbondantemente dopo mezzanotte, ho pensato di telefonare a Morgan, ma non sapevo che cos'avrei potuto dirle, perché non avevo risposte. Seduta di fronte a me c'era una donna che sferruzzava con movimenti ipnotici.

Era sabato sera – o meglio, domenica mattina – e il pronto soccorso era molto affollato. Era un continuo viavai di persone. Dopo aver aspettato per un'eternità, mi sono avvicinato allo sportello dell'accettazione e ho chiesto all'infermiera di darmi notizie su mia sorella. Con la fantasia, la vedevo intubata mentre i dottori compivano riti di magia nera per tenerla in vita. L'infermiera mi ha detto che avrebbe cercato di sapere qualcosa e mi avrebbe informato subito.

Sono tornato al mio posto, spaventato e arrabbiato, esausto

e teso. Mi veniva voglia di piangere e, subito dopo, di rompere qualcosa. Avrei voluto sfondare con un calcio una porta o una finestra e poi mettermi di nuovo a piangere. Com'era possibile che fossero successe tante cose orribili in un lasso di tempo così breve? E perché nessuno mi aveva avvertito?

Avrei voluto prendermela con Toby. Mi aveva detto che mia sorella era stata vista in ospedale poche ore prima e, siccome gli avevo creduto, non lo avevo mandato a controllare a casa. E quando mi ero reso conto che forse era il caso che ci andasse comunque, non mi aveva risposto al telefono. Se lo avesse fatto, avrebbe potuto portare subito Paige in ospedale. O, addirittura, avrebbe potuto impedire che si intossicasse con i farmaci.

Ma in realtà non era colpa sua. Era delle infermiere che si erano sbagliate dicendo di aver visto mia sorella; però, in fondo, sapevo che non era vero neppure questo. La colpa era soltanto mia. Perché ero andato in Florida. Perché non avevo telefonato tutti i giorni, anche se sapevo che avrei dovuto farlo. Ero arrabbiato con me stesso e mi sono odiato, perché, se fossi rimasto a casa, mia sorella sarebbe stata viva e vegeta.

Intanto l'attesa continuava. Il mondo fuori procedeva come al solito, mentre per me non c'era niente di normale. Le infermiere chiamavano un nome dopo l'altro, i pazienti sparivano oltre le porte chiuse. Spesso erano accompagnati da famigliari o amici, a volte erano soli. Qualcuno ricompariva, altri rimanevano intrappolati nelle viscere dell'ospedale. Un bambino che piangeva disperato è stato visitato subito. Un uomo con un braccio appeso a una benda di fortuna aspettava da più tempo di me.

Sono passate altre ore. Non avendo avuto nessuna informazione su Paige, ho chiesto di nuovo all'infermiera. Mi ha ripetuto che mi avrebbe fatto sapere. Sono tornato al mio posto, stremato per la tensione, ma consapevole che non sarei riuscito a dormire. Un'ora prima dell'alba, finalmente un'infermiera è venuta a chiamarmi. Paige era stata trasferita in un altro reparto e non potevo vederla, ma, se non altro, sono stato presentato a una dottoressa dall'aria stressata poco più grande di me.

Con sguardo serio mi ha detto che era ancora troppo presto per dire se Paige ce l'avrebbe fatta; ha aggiunto che per tenerla in vita ha dovuto richiedere l'intervento di uno specialista in terapie intensive. Le prossime ore sarebbero state decisive; per il momento non poteva dirmi altro. Alla fine, cogliendomi di sorpresa, mi ha appoggiato una mano sulla spalla in un gesto di conforto, poi è tornata al suo lavoro.

62

HO preso una camera in un albergo poco distante. Ero troppo sfinito per guidare ma, soprattutto, il caos dentro casa mi avrebbe riportato alla mente Paige e quello che aveva fatto nell'ultima settimana e io non avevo né la forza né l'energia di affrontarlo.

Ho tirato le tende e mi sono addormentato di botto, per svegliarmi di soprassalto poche ore più tardi.

Paige.

Zia Angie.

Mi sono fatto la doccia e ho indossato abiti puliti, quindi ho percorso il breve tragitto fino all'ospedale. Al pronto soccorso ho chiesto di Paige, ma i turni erano cambiati ed è passata più di mezz'ora prima che qualcuno mi dicesse il numero della stanza in cui era stata trasferita. L'infermiera però non ha saputo darmi altre informazioni.

Al banco dell'accettazione ho saputo dov'era la zia, ma ho preferito andare prima da mia sorella. Era intubata e collegata a una serie di macchinari e flebo, priva di conoscenza. L'ho baciata sulla guancia e le ho mormorato all'orecchio che sarei tornato, poi mi sono diretto verso un'altra ala dell'ospedale.

Zia Angie era sveglia e aveva solo una flebo nel braccio, ma la parte sinistra della faccia era floscia e tutto quel lato del corpo sembrava stranamente flaccido e inerte. L'altra metà della bocca si è sollevata comunque in un sorriso, quando mi ha visto, e le si sono inumiditi gli occhi mentre avvicinavo una sedia al letto per parlare con lei. Cercando di mantenere un tono leggero e allegro, le ho raccontato di Morgan e del viaggio in Florida mentre lei annuiva impercettibilmente. Le dita della mano sinistra si contraevano a scatti e alla fine si è appisolata. Allora sono tornato da Paige.

Mentre le tenevo la mano, fissavo i parametri sul display. Erano normali o preoccupanti? Sono andato nella sala delle infermiere e ho chiesto di parlare con uno dei medici che avevano in cura mia sorella, ma, dato che il giro di visite della mattinata era già terminato, non c'era nessuno.

Tornato in camera di Paige, mi sono sentito oppresso dal silenzio. Allora ho iniziato a chiacchierare a vanvera, raccontandole gli stessi aneddoti con cui avevo intrattenuto la zia. Lei non si è mossa né ha dato alcun segno di essere consapevole della mia presenza.

63

Uscito dall'ospedale, ho chiamato Morgan dal parcheggio. Mi ha risposto al primo squillo e io l'ho aggiornata sulle condizioni della zia. Non ho trovato il coraggio di parlarle di mia sorella. Morgan non mi ha chiesto niente; evidentemente ha intuito che non ero ancora pronto a farlo.

«Come stai?» mi ha domandato con sincera preoccupazione. «Ce la fai a resistere?»

«A fatica», ho ammesso. «Non ho dormito molto.»

«Vuoi che venga lì?»

«Non potrei mai chiederti una cosa del genere.»

«Lo so che non me lo stai chiedendo. Sono io che te lo propongo.»

«Pensavo che tornassi a casa oggi.»

«Infatti. Ho quasi finito di fare i bagagli e tra un'ora andremo all'aeroporto.»

«Ah, bene», ho mormorato.

«Sono stata al *Bobby T's* ieri sera», ha aggiunto. «Ho raccontato a Ray quello che era successo. Non sapevo se te ne fossi ricordato.»

«Grazie davvero... mi era sfuggito di mente», ho ammesso. «Ray se l'è presa?»

«Credo che in questo momento sia l'ultima delle tue preoccupazioni, comunque ha detto che capiva.»

«Bene», ho commentato, mentre il pensiero di Paige mi è balzato alla mente. Dopo una lunga pausa di silenzio, ho sentito di nuovo la voce di Morgan.

«Sei sicuro di stare bene, Colby?»

64

Dopo aver chiuso la telefonata sono tornato dalla zia. Dormiva, così l'ho lasciata riposare. Quando si è svegliata, l'ho aiutata a mettersi seduta e le ho infilato delicatamente dei cubettini di ghiaccio nell'angolo destro della bocca, assicurandomi che potesse deglutirli. Parlava biascicando, come se la lingua fosse una presenza estranea nella sua bocca, ma con qualche sforzo è riuscita a spiegarmi che cos'era successo.

Quando quel giorno era andata in ufficio, si era accorta di avere le dita della mano sinistra intorpidite e poco dopo le si è annebbiata la vista. Aveva l'impressione che la stanza girasse e si inclinasse, e lei non riusciva a tenersi in equilibrio. Proprio in quel momento era entrato Xavier. Stranamente non riusciva a capire che cosa lei gli stesse dicendo. Poco dopo era arrivato anche Toby e infine Paige, ma nessuno era stato in grado di capirla. Lei allora aveva sospettato un ictus – conosceva i sintomi perché li aveva visti in una serie televisiva sui medici –, ma non aveva potuto avvisarli e questo aveva peggiorato le cose. Mentre la caricavano sull'ambulanza, aveva continuato a chiedersi angosciata se gli effetti sarebbero stati permanenti. Le ho stretto la mano sinistra per confortarla; lei ha piegato le dita, ma quasi senza forza.

«Tornerai presto come nuova», le ho assicurato, cercando di mostrarmi più fiducioso di quanto mi sentissi. Non le parlai di Paige.

«Non voglio restare paralizzata», ha borbottato pronunciando l'ultima parola in modo quasi incomprensibile.

«Ti rimetterai», ho risposto.

Quando si è appisolata, sono tornato da Paige.

Ho passato il resto della giornata facendo la spola tra le due camere, andando avanti e indietro tra la zia e mia sorella.

In tutto quel tempo, Paige non ha mai ripreso conoscenza.

65

APPENA prima di lasciare l'ospedale, quella sera, sono riuscito a parlare con i medici. Il primo è stato il neurologo della zia, che avevo sentito solo telefonicamente durante il viaggio dalla Florida.

Nonostante si fosse trattato di un attacco severo, mi ha ripetuto che sarebbe potuta andare molto peggio. Considerata la velocità con cui stava recuperando, contava sempre di dimetterla entro un paio di giorni, ma mi ha avvisato che a casa avrebbe avuto bisogno di assistenza, date le difficoltà che avrebbe riscontrato nel camminare, vestirsi e in altre attività quotidiane. Se non ero in grado di provvedere io, o qualche altro famigliare, raccomandava di richiedere l'assistenza domiciliare. Ha aggiunto che la zia avrebbe avuto bisogno anche di fare fisioterapia e che si stava già attivando per fornirci assistenza. Nonostante tutto, era abbastanza ottimista sulla prognosi.

Subito dopo ho incontrato lo specialista di terapia intensiva che era stato chiamato per occuparsi di Paige al pronto soccorso. Ho avuto la fortuna di parlargli di persona perché era tornato per caso in ospedale a recuperare una cosa che aveva dimenticato e l'infermiera gli aveva detto di me.

«Per un po' la situazione è stata critica», ha dichiarato, confermando le parole della dottoressa. Nonostante i capelli grigi, lo sguardo vivace e l'energia giovanile suggerivano che non dovesse avere più di una quarantina d'anni. «Dato che non ha ancora ripreso conoscenza è difficile valutare l'entità dei danni», ha dichiarato, «ma ora che i parametri vitali hanno iniziato a migliorare, sono cautamente ottimista.»

Solo in quel momento mi sono reso conto che mi ero aspettato il peggio.

«Grazie», gli ho detto con un sospiro.

Colto da una fame improvvisa, mentre tornavo in hotel ho comprato dei cheeseburger e delle patatine e ho finito tutto prima di arrivare in camera. Mi sono addormentato all'istante, troppo stanco persino per spogliarmi.

66

Ho dormito più di dodici ore di fila e al risveglio mi sentivo quasi umano. Dopo una doccia e un'abbondante colazione sono tornato in ospedale.

Sono andato direttamente da mia sorella, ma, stranamente, la sua camera era deserta. Dopo qualche istante di panico, ho scoperto che era stata trasferita su un altro piano. Le infermiere me ne hanno spiegato il motivo, ma, nonostante tutto, ero terrorizzato mentre mi avviavo verso la stanza che mi era stata indicata.

Paige era sveglia e non era più intubata. Aveva sempre la faccia smunta e cerea e, quando sono entrato, ho avuto l'impressione che avesse difficoltà a mettermi a fuoco. Poi, finalmente, mi ha rivolto un debole sorriso.

«Ti sei tagliato i capelli», ha mormorato con una voce così flebile che ho faticato a sentirla.

Pur sapendo che l'avrebbe detto, ho sentito qualcosa dentro di me spezzarsi. «Sì», ho mentito.

«Bene», ha detto con le labbra secche e screpolate. «Stavo per prendere l'aereo e venire a tagliarteli io.»

La sua vecchia battuta, ho pensato. Sapevo che cercava di essere spiritosa, ma non ho potuto evitare di dare uno sguardo alle cinghie che aveva ai polsi. Mi sono seduto accanto a lei e le ho chiesto come si sentiva.

Invece di rispondere alla mia domanda, si è accigliata, evidentemente confusa. «Come mi hai trovato?»

Mentre cercavo una risposta che placasse la sua ansia crescente, lei si è agitata sul letto. «Ti ha mandato lui?» Mi ha scrutato in viso. «Gary?» Stropicciando le lenzuola con le mani ossute, ha proseguito: «Ho pianificato la fuga per mesi, Colby. Non immagini quanto fosse diventato violento. Ha fatto del male a Tommie...»

E poi ha attaccato con la storia che ben conoscevo. A mano a mano che delirava, era sempre più agitata finché le sue grida e gli strattoni alle spondine del letto hanno attirato l'attenzione di un'infermiera. Quando è entrata nella stanza, mi ha detto, sovrastando le suppliche disperate di Paige, che lo psichiatra voleva parlarmi.

Non uno psichiatra qualsiasi. Quello di Paige, un uomo che già conoscevo.

È arrivato venti minuti dopo e mi ha condotto in una stanza dove avremmo potuto parlare da soli. Gli ho detto tutto ciò che sapevo. Annuiva mentre gli raccontavo che Paige era sempre irraggiungibile al telefono, del frenetico viaggio di ritorno e delle condizioni della casa al mio arrivo, ma si è drizzato sulla sedia quando ha saputo della zia. Non aveva idea che fosse in ospedale, ma mi sono accorto che stava mettendo in ordine tutti i pezzi così come avevo fatto io.

Mi ha raccomandato di interrompere le visite a Paige per quel giorno e magari anche per il successivo, spiegandomene il motivo. Ho annuito, perché ho compreso il suo ragionamento e l'ho trovato sensato. In fin dei conti, ci ero già passato.

Allora sono andato dalla zia e le ho detto di Paige. Le si sono riempiti gli occhi di lacrime, tormentata dagli stessi sensi di colpa che provavo io, dalla stessa impotenza.

Quando ho concluso il racconto, si è pizzicata l'attaccatura del naso e si è asciugata le lacrime.

«Torna a casa», mi ha detto, fissandomi con sguardo severo. «Sei esausto.»

«Ma io voglio rimanere», ho protestato. «Ho bisogno di stare qui.»

Mi ha guardato torva, anche se metà del viso è rimasta inespressiva.

«Colby, in questo momento devi prenderti cura di te stesso.»

Non si è preoccupata di ricordarmi che avrei avuto un sacco da fare alla fattoria nelle settimane successive, né che non sarebbe servito a nessuno se fossi crollato. Erano cose che sapevamo entrambi.

67

Tornato in hotel, ho messo via le mie cose. La vacanza in Florida sembrava ormai un sogno lontano. Sono salito in macchina con le spalle e il collo ancora contratti, e il ricordo delle suppliche disperate di Paige mentre uscivo dalla sua camera non faceva che peggiorare le cose.

Ho imboccato l'uscita di Washington e alla fine ho raggiunto la strada sterrata che portava alla fattoria. Guardando ai lati della carreggiata, ho visto i braccianti nei campi e le automobili parcheggiate accanto all'ufficio e al capannone del confezionamento delle uova. Apparentemente sembrava che non fosse successo nulla, invece io sapevo che era cambiato tutto.

Quando ho scorto la casa da lontano, ho soffocato l'angoscia al pensiero di dover entrare. Imboccando il vialetto, ho notato una figuretta seduta in veranda, con un piccolo trolley e una borsa da viaggio accanto. Ho sbattuto le palpebre per metterla a fuoco, ma solo quando ho parcheggiato e lei mi ha rivolto un cenno di saluto, mi sono reso conto che era proprio Morgan.

Stupefatto, sono sceso dall'auto e le sono andato incontro. Indossava jeans, stivali e una camicia bianca senza maniche, i folti capelli neri sciolti sulle spalle. È affiorata in superficie una miriade di ricordi e sensazioni lasciandomi stordito. «Che cosa ci fai qui?»

«Ero preoccupata per te», ha risposto. «Al telefono, mi è sembrato che non stessi troppo bene e non avendoti più sentito quando sono tornata a casa, ho prenotato il primo volo disponibile per stamattina e poi dall'aeroporto ho preso un Uber.» Si è alzata dondolandosi nervosa da un piede all'altro. «Sei arrabbiato con me?»

«Nemmeno per sogno», ho detto, allungando la mano per toccarle il braccio e indugiando con i polpastrelli sul polso. «È da molto che aspetti?»

«No, più o meno un'ora.»

«Perché non mi hai avvisato che stavi arrivando?»

«Ti ho lasciato un messaggio. Non l'hai ricevuto?»

Ho tirato fuori il telefono e ho visto la notifica di un messaggio vocale. «Non ho guardato. Scusa se non ti ho chiamato. Non ce l'ho fatta.»

Si è passata una mano fra i capelli e ha annuito. Dal suo silenzio ho capito che le mie parole l'avevano ferita. Ho distolto lo sguardo, odiandomi ancora di più. «Come facevi a sapere di trovarmi a casa?»

«L'alternativa era l'ospedale.» Si è stretta nelle spalle. «Era più vicino all'aeroporto, ma non conoscendo il cognome di tua zia, non ero sicura di trovarti. Quindi eccomi qui. Ma non so ancora se ho fatto bene a venire.» Si è stretta le braccia intorno al corpo.

«Sono contento che tu sia qui», ho detto, facendo un

altro passo verso di lei e stringendola a me. Al contatto del suo corpo le emozioni che avevo soffocato dopo il mio ritorno sono riaffiorate e mi hanno travolto. Ho cominciato a singhiozzare disperato mentre Morgan mi stringeva forte mormorandomi che sarebbe andato tutto bene. Non so per quanto tempo siamo rimasti così, ma, confortato dal suo abbraccio, alla fine mi sono calmato.

«Mi dispiace tanto», ho detto, staccandomi da lei, che mi ha interrotto scuotendo la testa.

«Non devi scusarti se sei un essere umano. Non farlo mai. Tua zia ha avuto un ictus, è naturale che tu sia sconvolto.» Mi ha guardato negli occhi, intensamente. «Mi ami ancora, giusto?»

«Più che mai.»

Si è alzata in punta di piedi e mi ha baciato. Cogliendo l'ansia nel mio sguardo, ha preferito aspettare che fossi pronto prima di chiedermi notizie aggiornate. Invece, ha allungato un braccio verso i campi. «Allora è questa? La fattoria?»

«Sì.» Ho sorriso, mentre lei osservava con aperta curiosità l'ambiente circostante.

«Non me la immaginavo così.»

«Che cosa immaginavi?»

«Non saprei di preciso, non sono mai stata in una fattoria, quindi ho fatto un giro nei dintorni mentre ti aspettavo. Credo di aver visto quegli *schooner* di cui mi hai parlato.»

Ho seguito il suo dito puntato. «Sono loro», ho confermato. «E dietro c'è la serra. È lì che seminiamo i pomodori prima di piantarli nel campo. D'inverno li coltiviamo direttamente al chiuso.»

«Sembra enorme.»

«E sta crescendo», ho detto. «Continuiamo a espanderci.»

«Tutta questa proprietà appartiene a te e a tua zia?» ha chiesto, girandosi verso di me.

«In gran parte.»

Ha annuito in silenzio e poi: «Come sta?»

Le ho raccontato della mia ultima visita, comprese le incognite della sua condizione.

«In generale la prognosi è positiva, giusto?» mi ha domandato guardandomi in faccia. «Verrà dimessa presto, anche se avrà bisogno di aiuto?»

«Indubbiamente», ho confermato. «Ma c'è un'altra cosa di cui non ti ho parlato.»

Ha piegato la testa di lato senza distogliere lo sguardo. «Ti riferisci a Paige.»

Ho annuito, cercando il modo migliore per spiegarle la situazione. Alla fine l'ho presa per mano e l'ho condotta verso il fienile. Mentre camminavamo, avvertivo la sua curiosità, ma non le ho detto niente. Ho preferito aprire la porta del fienile, lasciando che la luce del sole inondasse il pavimento di cemento che avevo posato anni prima. Ho girato un interruttore industriale e le luci sul soffitto si sono accese con un ronzio, così intense da essere quasi abbaglianti.

Metà del fienile era usato come ricovero per gli attrezzi che immaginavo altre persone tenessero nei capanni in giardino: una carriola, un tosaerba, secchi, utensili vari e cose del genere. L'altra metà era utilizzata da Paige come laboratorio. A prima vista sembrava disordinato, ma sapevo che mia sorella riusciva a trovare velocemente tutto ciò che le serviva. Secondo lei, gli atelier artistici dovevano essere per forza sempre un po' caotici.

Una serie di tavoli disposti a U costituivano il banco da lavoro di Paige; in un angolo alle loro spalle c'era un altro tavolo e, lungo la parete di fondo, degli scaffali con barattoli di plastica pieni di vetri colorati. Decine di lastre di vetro più grandi erano sistemate di taglio come libri; su altre mensole erano impilate scatole di steli per lampade che Paige ordinava da un artigiano in Virginia, che li realizzava seguendo disegni originali Tiffany. Sul bancone principale si trovavano due paralumi quasi ultimati; uno degli altri tavoli era usato per tagliare il vetro. Su un terzo c'erano delle cassette di legno con un assortimento di attrezzi per tagliare il vetro, pennarelli, nastro adesivo di rame, flussante e stagno, e qualunque strumento potesse servirle, il tutto a portata di mano.

Ho condotto Morgan verso il laboratorio di mia sorella e l'ho guardata osservare ogni cosa, cercando di immaginare il flusso di lavoro. Persino un non addetto ai lavori sarebbe stato in grado di riconoscere la qualità delle creazioni. Ho visto Morgan chinarsi a esaminare i paralumi, studiandone gli intricati dettagli.

«Come ti ho detto, ha un talento incredibile.» Ho indicato gli stampi di plastica che servivano per fare i paralumi. «Prima di realizzare la lampada, deve creare il modello preciso in modo che il paralume conservi la forma che desidera durante tutta la lavorazione.» Mi sono spostato verso il bancone adiacente e ho indicato uno dei pezzi di vetro tagliato. «Per mia sorella le lampade sono opere d'arte – e i clienti la pagano profumatamente per avere le sue creazioni – perciò taglia e ritaglia il vetro finché ha eliminato tutte le imperfezioni. E fa lo stesso quando rifinisce i bordi con il nastro di rame e anche quando salda. Dai un'occhiata.»

Sul tavolo erano sparse decine di pezzi di vetro, alcuni già rifiniti con il rame, insieme a un modello di cartone che mostrava il disegno da realizzare. Morgan unì qualche pezzetto di vetro come se costruisse un puzzle e sorrise accorgendosi che ogni tessera combaciava perfettamente.

«Da quella parte», ho continuato, indicando il tavolo separato, «è dove si occupa degli altri aspetti del suo lavoro.» Il portatile era aperto accanto a un organizer di metallo traboccante di posta, una pila di taccuini, una tazza da caffè piena di penne e una bottiglia d'acqua mezzo vuota. C'erano anche degli schedari spaiati con sopra una pila di libri assortiti, che andavano dalla storia delle vetrate a volumi illustrati sulle collezioni Tiffany. «Nell'archivio ci sono copie di tutti i disegni Tiffany originali, informazioni sui clienti e dettagli delle creazioni che ha già realizzato e venduto. Mi sembra di averti già detto che ha un discreto giro di affari, ma credo di non averle reso giustizia. È una delle poche persone in tutto il Paese a fare certi lavori ed è di gran lunga la migliore. Le sue creazioni si trovano in alcune delle residenze più belle e costose qui e anche in Europa. È incredibile, se ci pensi, dal momento che ha passato quasi tutta la vita alla fattoria, tranne i pochi anni in cui è stata sposata. L'artigiano locale da cui ha imparato era esperto di vetrate, nient'altro; realizzava soprattutto finestre o decorazioni per finestre, e lavorava con il piombo, non con lo stagno... quindi, in pratica, è un'autodidatta. E poi ha capito come trovare i clienti e il mercato e come promuovere il suo lavoro. Non credo che la fattoria ce l'avrebbe fatta senza di lei. Gran parte dei soldi necessari per i primi investimenti li aveva guadagnati Paige. Ce li ha dati senza pensarci un secondo.»

Morgan ha esaminato attentamente il laboratorio, poi ha riportato di nuovo lo sguardo su di me. «Perché mi stai mostrando tutto questo?»

«Perché ti ho detto che è una donna intelligente, di talento e generosa. E non voglio che dimentichi queste cose. Così come non voglio che dimentichi che è la mia migliore amica, né che di sera giochiamo o guardiamo i film insieme, e nemmeno che è un'ottima cuoca. Inoltre è lei che mi ha cresciuto. Non so che cosa sarei diventato senza Paige.»

«Non ho mai dubitato di queste cose», ha detto.

Ho sorriso, sfinito dalla stanchezza degli ultimi giorni. «Lo farai.»

«Non capisco...»

Ho abbassato lo sguardo e le ho dato la mano. «Vieni con me.»

Ho chiuso il fienile e ho condotto Morgan verso casa, fermandomi davanti alla porta. «È stata lei a dipingere di rosso la porta. A me sembrava una sciocchezza, ma mi ha spiegato che in passato, negli Stati Uniti, una porta rossa significava che gli ospiti erano i benvenuti. Per esempio, se viaggiavano a cavallo, sapevano che lì avrebbero potuto passare la notte o trovare qualcosa da mangiare. È quello che secondo lei dovrebbe offrire una casa.»

Mi sono fatto forza, poi ho afferrato la maniglia e ho aperto la porta. Ho invitato Morgan a entrare e ho visto il suo sguardo spostarsi velocemente da sinistra a destra. Mi sono incamminato verso la cucina. Ho sentito i suoi passi incerti seguirmi nel silenzio.

L'aria era permeata dalla puzza di cibo bruciato e andato a male mescolata al lieve odore di pittura fresca. In cucina c'erano piatti impilati nel lavandino, sui fornelli e sul tavolo. C'era un vassoio di ali di pollo, carbonizzate da una parte e crude dall'altra; su un altro un hamburger crudo già guasto. Su uno dei fornelli c'era una pentola di fagioli in ammollo. Sul tavolo c'erano avanzi di cibo e un cartoccio di latte inacidito. Mi è sembrato di intravedere un girino morto dentro un barattolo di vetro sporco con accanto un mestolo impiastricciato. Tutti i cassetti e le ante degli armadietti erano spalancati. Le pareti erano tinteggiate di giallo, ma la pittura era stata stesa in maniera frettolosa e approssimativa con sbafi sui pensili e chiazze sul pavimento. C'erano utensili da cucina sparsi dappertutto e davanti al lavandino c'era un mucchio di detersivi, spugne e altri articoli per le pulizie chiaramente tirati fuori in fretta e furia. Da un barattolo di marmellata spuntava un mazzo di fiori ormai secchi e il piano di lavoro era macchiato di sangue. Morgan è trasalita quando se n'è accorta. Sul tavolo c'era il disegno di una casa fatto a matita, ma incredibilmente realistico, che mi ricordava il posto dov'era vissuta Paige in Texas. Entrando nel ripostiglio, abbiamo notato gli scaffali vuoti e la roba ammassata sul pavimento. Morgan è rimasta in silenzio mentre ci spostavamo in salotto – passando, le ho indicato senza parlare l'armadio svuotato in corridoio –, ma ha notato con evidente sgomento la credenza storta e il muro mezzo tinteggiato, i torsoli di mela anneriti sul tappeto, i mucchi di DVD, i libri e gli album, un paio di scarpe di Paige e altra roba sparsa ovunque. Il televisore era per terra e quando l'ho acceso con il telecomando per controllare se funzionasse ancora, ho visto che era sintonizzato sul canale dei cartoni animati. Uscendo nella veranda posteriore, abbiamo notato che, a parte un trapano e una sega, tutto il resto era stato tolto dagli scaffali e appoggiato a terra, come nello sgabuzzino.

Siamo quindi saliti di sopra dove distrattamente ho indicato a Morgan i mucchi di biancheria sparsi nel corridoio. In camera mia c'erano una pila di indumenti da bambino e un paio di scarpe da ginnastica insieme a un libro che leggevo da piccolo intitolato *Go, Dog. Go!* Sul comodino c'era un pupazzo di Iron Man che non avevo mai visto prima. Non so perché la mia federa era tutta sporca di fango, e Morgan sgranò gli occhi alla vista di un mucchio di cerotti insanguinati sul pavimento del bagno insieme ad altre macchie di sangue sul lavandino.

La stanza di Paige era in condizioni peggiori della mia. Anche qui, come in cucina, tutti i cassetti e le ante dell'armadio erano spalancati e gli indumenti e gli effetti personali erano stati sparsi dovunque. Sul ripiano basso dell'armadio, quasi in bella vista, c'era la scatola delle scarpe preferite di mia sorella, le Christian Louboutin che suo marito Gary le aveva regalato per un compleanno.

Nel secondo bagno, Morgan ha lanciato un'esclamazione alla vista di una maglietta insanguinata appallottolata sul pavimento. Inoltre, c'erano una parrucca e una fascia elastica sul piano dell'armadietto.

«Devo uscire da qui», ho borbottato. «Mi fa troppo male.»

Ho girato la testa e sono sceso di corsa al piano di sotto e poi fuori in veranda, dove mi sono seduto su una delle sedie a dondolo. Morgan mi ha seguito e ha preso posto sull'altra. Io mi sono piegato in avanti con le mani giunte.

«Ti starai chiedendo che cosa significa ciò che hai appena visto», ho iniziato. «Cioè... sembra... folle, giusto? Ma io ho capito che cosa significava appena ho messo piede qui dentro. Ho trovato Paige di sopra. Aveva preso una boccetta di sonniferi e se l'è cavata per un soffio. Stamattina, per la prima volta, sono riuscito a parlare con lei.»

Morgan è sbiancata leggermente. «È stato un incidente?»

«No», ho risposto, consapevole del peso delle mie parole. «E non è la prima volta che tenta il suicidio.»

Morgan ha appoggiato una mano sulla mia. «Mi dispiace tanto, Colby. Non so come fai a sopportare tante preoccupazioni.»

Ho chiuso gli occhi per qualche secondo, poi li ho riaperti. «Immagino che tu abbia tante domande da farmi, ma al momento ce ne sono molte a cui io stesso non so dare una risposta. Per esempio... Paige aveva una mano bruciata quando l'ho trovata, ma non so che cosa sia successo. Non so perché la casa sia ridotta in queste condizioni. Non so perché non mi abbia telefonato per informarmi del malore della zia. Quando riuscirò a parlare con lei, sono sicuro che troverò le risposte, ma non è ancora pronta. Quando l'ho vista, stamattina, sai qual è stata la prima cosa che mi ha detto?»

«Non ne ho idea.»

«Era contenta che mi fossi tagliato i capelli. Ha detto che se non l'avessi fatto, sarebbe venuta apposta lei dal Texas per tagliarmeli. E mi ha chiesto come avevo fatto a trovarla.»

Morgan mi ha guardato confusa.

«Era convinta che frequentassi ancora le superiori», le ho spiegato.

«Non capisco», ha detto lei accigliandosi.

Ho deglutito. «Mia sorella è bipolare. Sai che cosa significa?»

«Mi hai detto che pensavi che tua madre lo fosse, ma non so molto al riguardo.»

«Il disturbo bipolare provoca un'alternanza di periodi maniacali e depressivi. Nella fase maniacale Paige non mangia, non dorme ed è sostenuta dall'energia nervosa. Poi, quando subentra la depressione, i sintomi sono quelli classici. Pianti, lunghi sonni, pensieri bui. A volte tendenze suicide.»

«Ed è quello che è successo?»

«In parte», ho risposto. «Nel caso di Paige c'è di più. Soffre del disturbo bipolare di tipo 1, che è la forma più grave. Ogni tanto cade in una crisi psicotica, con tanto di visioni e allucinazioni. Ecco perché quando mi ha visto credeva che fossi ancora alle superiori. Ed è per questo che lo psichiatra mi ha raccomandato di non andare a trovarla finché non si sarà stabilizzata.»

«Ma sei suo fratello...»

«È legata al letto, Morgan. Se è come l'ultima volta, crede di essere appena arrivata in città e di essere in fuga dal marito. Allora era anche convinta che suo figlio Tommie fosse stato rapito. Ma non è vero niente.» Mi sono strofinato gli occhi, in preda a una stanchezza infinita. «È tornata a farsi chiamare Beverly.»

«Beverly?»

Ho sospirato, maledicendo la biologia e la genetica per il fardello ereditato da mia sorella, odiando me stesso per non essere stato alla fattoria quando avrebbe avuto bisogno di me.

«È il suo primo nome, ma dopo la morte della mamma ha iniziato a usare il suo secondo nome, Paige. È quello che conoscono tutti. Si fa chiamare Beverly soltanto quando soffre di queste crisi.»

«Non ci sono cure farmacologiche che possano aiutarla?»

«Sì, prende dei medicinali. O almeno dovrebbe. Non so se abbiano perso efficacia oppure se si sia dimenticata di prenderli dopo il malore della zia, ma...» Mi sono girato verso di lei allargando le mani. «So quello che stai pensando, e fidati se ti dico che capisco quanto possano far paura le parole 'attacco psicotico'. Ma ti prego di tenere a mente che in quelle fasi, come adesso, Paige non è pericolosa per nessuno, tranne che per se stessa. Sai qualcosa di psicosi bipolare? O di delirio e allucinazioni?»

Lei ha scosso la testa, così io ho proseguito. «Il delirio è una convinzione sbagliata ma incrollabile. Per esempio, l'ultima volta lei era davvero convinta di essere in fuga dal marito, Gary, che cercava di toglierle Tommie e alla fine c'è riuscito. Le allucinazioni, invece, sono di natura visiva e uditiva. In altre parole, credeva che Tommie fosse qui con lei. Lo vedeva e gli parlava proprio come stiamo facendo io e te adesso. Per lei era reale.»

Morgan cercava di concentrarsi per registrare tutte queste informazioni. «Assomiglia un po' alla schizofrenia.»

«Sono due condizioni diverse, ma a volte i sintomi sono gli stessi. Visioni e allucinazioni sono più rare nei pazienti affetti da disturbo bipolare, ma possono essere provocate da una serie di cause diverse: forte stress, privazione del sonno, mancanza di farmaci, a volte la marijuana. In ogni caso, a mano a mano che la fase maniacale va a scemare, Paige ha sempre più difficoltà a mantenere in vita la sua illusione e così cade in depressione. A volte la sua mente non riesce a reggere la pressione e, come in questo caso, si innesca una spirale discendente verso il suicidio. Ti ho fatto solo un quadro generale, ma è sufficiente.»

Morgan è rimasta a riflettere in silenzio per un po', poi mi ha posto la domanda più ovvia.

«Non mi avevi detto che aveva un figlio.»

«Tommie», ho confermato con un cenno.

«Adesso dov'è? Vive con Gary?»

Ho soffiato fuori l'aria. «Gary e Tommie sono morti in un incidente stradale più di sei anni fa.»

Morgan si è portata una mano alla bocca, scioccata. «Oddio...»

«All'epoca Tommie era ancora molto piccolo», ho spiegato a voce bassa. «È stato uno di quegli stupidi incidenti: una macchina è passata con il rosso. Il tizio alla guida non era ubriaco, ma si è distratto con il cellulare. Poco dopo il funerale, Paige ha avuto il primo attacco psicotico. L'abbiamo trovata in Arkansas. Ci ha chiamato lo sceriffo: era stata arrestata per vagabondaggio. La zia le aveva spedito una lettera con su scritto l'indirizzo del mittente e Paige ce l'aveva nella borsa. Ed è stata una fortuna, perché non aveva documenti con sé. Lo sceriffo ci ha detto senza mezzi termini che mia sorella aveva bisogno di assistenza medica, così io e mia zia siamo andati a prenderla. Alla fine lo psichiatra che ce l'ha ancora in cura e con cui ho parlato stamattina le ha diagnosticato la malattia e le ha prescritto i farmaci giusti. Dopo essersi ristabilita, ha deciso di tornare a vivere alla fattoria e io le ho allestito il laboratorio nel fienile.»

«Da dove nasce il suo delirio? Cioè, ammesso che ci sia una risposta.»

Ho scosso le spalle, dato che anch'io faticavo a capirlo. «A quanto ne so, nel delirio mescola frammenti del suo passato; infila tutto ciò che vede nella storia che si è creata e che spesso contiene briciole di verità. Per esempio, so che lei e Gary avevano grossi problemi di coppia, al punto che si erano separati. Sono sicuro che la sua malattia abbia avuto qualcosa a che fare con la fine del matrimonio, dal momento che all'epoca non le era stata ancora diagnosticata; in ogni caso, Gary aveva ottenuto la custodia temporanea del figlio, ma voleva richiedere quella definitiva. Lavorava per il Dipartimento della sicurezza nazionale, non nella sicurezza vera e propria o nell'antiterrorismo, ma per il FEMA, l'ente federale per la gestione delle emergenze. Riguardo ai particolari di questo specifico episodio, non so risponderti. Alcune delle cose che mi ha raccontato stamattina in ospedale ricordavano le allucinazioni dell'ultimo episodio, ma altre erano nuove. Per esempio... continuava a ripetere che Gary era andato alla John Small, la scuola elementare che frequentavamo noi da piccoli, quindi questa parte non aveva senso. Finché non si sarà stabilizzata completamente, non potrò saperlo.»

«Hai detto che aveva già tentato il suicidio...»

Ho annuito, travolto da un'ondata di sconforto. «Mentre tornavamo dall'Arkansas, ha cercato di saltare giù dalla macchina in corsa sull'autostrada. Alla fine siamo stati costretti a legarla con del nastro adesivo per impedire che ci riprovasse. Ci ha provato un'altra volta un paio d'anni dopo essere tornata alla fattoria. In quel caso, i medicinali avevano smesso di fare effetto, ma noi non ci eravamo resi conto che aveva iniziato a curarsi con l'erba. Una mattina mi sono svegliato e ho scoperto che era scappata nel cuore della notte. Aveva attraversato mezzo Paese in autobus e in autostop, ma fortunatamente in quel caso si era portata il telefono e sono riuscito a rintracciarla con *Trova i miei amici*. Era in una tavola calda vicino a una stazione di autobus. Aveva davanti una tazza d'acqua calda e usava le bustine di ketchup per fare una zuppa di pomodoro. Era nella fase maniacale e non mi ha riconosciuto, ma quando le ho offerto un passaggio, ha accettato. Non so perché era convinta che fossi un venditore di tappeti. Nel tragitto di ritorno non ha fatto che dormire e piangere, e quando ci siamo fermati in un hotel per la notte, ha cercato di buttarsi dal balcone. Avrei dovuto immaginarlo, ma ero andato un attimo in bagno. L'ho afferrata mentre era già mezza fuori dalla ringhiera. Se non l'avessi trovata, e quella notte fosse rimasta da sola, non lo so...»

Ho fatto una pausa e ho visto Morgan che cercava di farsi un'idea della situazione. «È stata una fortuna che la app *Trova i miei amici* fosse attiva, così sei riuscito a localizzarla», ha detto.

«Credimi, mi accerto sempre che sia attiva e anche stavolta ho controllato mentre venivo a casa. Ma non è servito a molto.»

«Si rimetterà?»

«Fisicamente sì, una volta che si sarà stabilizzata. Ma sarà dura a livello emotivo, almeno per un po', perché ricorderà buona parte di ciò che ha fatto e tutto quello che ha pensato e non riuscirà a capacitarsi. Si sentirà terribilmente in colpa e impiegherà del tempo a perdonare se stessa. In un certo senso la capisco», ho ammesso, passandomi una mano tra i capelli. «Mentre ti accompagnavo in casa, ho avuto la sensazione di aggirarmi dentro la sua mente e vedendo quella devastazione...» Mi è mancata la voce. «So che sembra spaventoso.»

Morgan ha scosso la testa comprensiva. «Lei è malata e non può farci niente.»

«Vorrei che ci fosse più gente che la pensa come te.»

«È per questo che non hai voluto dirmi niente di lei? Perché avevi paura di quello che avrei potuto pensare?»

«Non spetta a me raccontare la sua storia», ho ribattuto. «E devi sapere una cosa: quella di adesso non è la vera Paige. Lei è una sorella con un sacco di doti, è spiritosa, generosa, è un'ottima cuoca e sa farmi ridere. Non volevo che pensassi a lei come a una donna malata di mente o pazza. Ma sapevo che, indipendentemente da quello che ti avrei raccontato di lei, appena avessi pronunciato le parole 'bipolare', 'mentalmente disturbata', 'incline a crisi psicotiche' o 'con tendenze suicide', queste etichette le sarebbero rimaste appiccicate, perché non l'hai conosciuta per quella che è veramente.»

Morgan ha guardato verso i campi, riflettendo su tutto quello che le avevo detto, e per un po' siamo rimasti tutti e due in silenzio. «Paige ha avuto una vita terribilmente difficile», ha mormorato.

«Senza dubbio. Il destino non è stato generoso con lei», ho concordato.

«Non è facile nemmeno per te», ha osservato Morgan, voltandosi verso di me.

«Non sempre.»

Mi ha stretto dolcemente la spalla. «Sei un bravo fratello.»

«Lei è una sorella stupenda.»

Ha abbassato la mano posandola sulla mia, come se fosse arrivata a una specie di conclusione. «Sai che cosa dovremmo fare, secondo me? Sempre che tu sia d'accordo.»

Ho alzato un sopracciglio.

«Mi piacerebbe aiutarti a risistemare la casa. Non è giusto che tu debba farlo da solo. E poi ti preparerò la cena.»

«Non credo che sia rimasto molto cibo in casa.»

«Possiamo andare a fare la spesa», ha ribattuto imperturbabile. «Non sono granché come cuoca, ma la nonna mi ha insegnato una ricetta a prova di stupido e penso di saperla cucinare.»

«Da queste parti non troverai molti ingredienti ricercati», ho detto mettendo le mani avanti.

«Basteranno degli spaghetti di riso e della salsa di soia. Il resto posso improvvisarlo», ha risposto scrollando le spalle. «E aspetta di assaggiare il *pancit bihon* della nonna. Gli spaghetti fritti sono insuperabili come comfort food, fidati di me.»

«D'accordo», ho detto, sforzandomi di sorridere anche se era l'ultima cosa che mi andava di fare.

Ci siamo alzati e siamo tornati dentro, ma io sono rimasto fermo appena oltre la soglia, troppo spaventato da tutto quel caos per sapere da dove cominciare. Morgan invece mi ha superato con aria decisa ed è andata dritta in cucina. Si è inginocchiata davanti al mucchio di detersivi davanti al lavandino e ha chiesto: «Tutte queste cose vanno qui sotto, giusto? C'è qualcosa che dovrei sapere in particolare? Tipo il detersivo per i piatti a sinistra o roba del genere?»

Io ho scosso la testa e lei ha iniziato a sistemare. La sua intraprendenza mi ha spinto ad agire. Ho sparecchiato, gettando il cibo nella spazzatura. Ho buttato via anche i fagioli, le cosce di pollo bruciate e la carne andata a male, insieme a decine di fogli di pellicola usati. Poi è toccato al barattolo di vetro e al mazzo di fiori e a tutto quello che mi capitava sotto mano e che ritenevo andasse eliminato. Quando ho aperto il bidone della spazzatura per infilarci il sacchetto, ho visto il cibo che Paige aveva buttato via. Ho richiuso il coperchio domandandomi ancora una volta che cosa le fosse passato per la testa. Tornato in cucina, la roba sul pavimento era sparita e gli strofinacci erano ripiegati in una pila ordinata. Morgan aveva anche raccolto tutti gli utensili sparsi in giro e li aveva messi nel lavandino. Stava già riempiendo d'acqua un catino.

«Non ho trovato la lavastoviglie.»

«Perché non c'è.»

Lei ha sorriso. «In tal caso, preferisci lavare o asciugare?»

«Come vuoi tu.»

«Allora io lavo», ha detto e ci siamo messi al lavoro. Sapeva che non bisognava usare il detersivo sulla padella in ghisa, così l'ha passata sotto l'acqua calda strofinandola fino a ripulirla. Mi ha chiesto se ci fosse dell'olio in casa.

«C'era, ma Paige l'ha buttato via», ho risposto.

Ha evitato di chiedermi il motivo e mi ha allungato la

padella da asciugare, quindi ha passato un panno insaponato sul piano di lavoro e sui fornelli. Stranamente, invece, il forno era pulito come non lo vedevo da anni. Notando il mio vecchio zaino di scuola in un angolo, l'ho aperto e ci ho trovato dentro mezza dozzina di panini con burro di arachidi e marmellata spiaccicati e qualche mela. Ho buttato tutto in pattumiera, poi ho portato lo zaino e i panni da cucina nella veranda posteriore per caricare la lavatrice. Chissà perché gli scaffali là fuori sono vuoti, mi sono chiesto.

Siamo passati allo sgabuzzino, e non c'è voluto molto per riordinarlo. Morgan mi passava le cose e io le mettevo sulle mensole; abbiamo fatto la stessa cosa nella veranda posteriore. Anche per sistemare l'armadio in corridoio abbiamo impiegato poco tempo. In salotto, Morgan mi ha aiutato a spostare la credenza, quindi io ho rimesso al loro posto il televisore, l'antiquato lettore DVD e il decoder, e ho ricollegato tutti gli apparecchi. Morgan ha buttato via i torsoli di mela e mi ha passato gli album, i libri e i DVD. La parete mezza dipinta era assurda, come la tinteggiatura caotica in cucina, ma se non altro adesso il pianterreno era di nuovo vivibile.

«Se ti stai chiedendo perché abbia dipinto le pareti, non ne ho idea. Le aveva appena ritinteggiate, forse un mese fa. Le piace molto l'arancione di Hermès e non faceva che ripetere che una cucina di quel colore sarebbe stata fanta stica. Lo stesso vale per questa parete.»

«Di sicuro aveva le sue ragioni.» Morgan non avrebbe potuto dire una cosa più carina di così.

Di sopra abbiamo ripiegato e rimesso via le lenzuola, pulito il mio bagno; io ho raccolto i vestiti da bambino e la federa e li ho lasciati momentaneamente in cima alle scale.

Nella camera di Paige ho esitato, riluttante a invadere lo spazio personale di mia sorella. Morgan invece ha iniziato senza indugio a scegliere e a piegare gli indumenti. «Io li piego e tu li metti via», mi ha ordinato. «Potresti anche appendere quello che va nell'armadio, d'accordo?»

Non ero sicuro di quale fosse il posto di tutte le cose, ma ho fatto del mio meglio. In bagno, ho portato via la maglietta insanguinata, già sapendo che sarebbe finita nella spazzatura, e ho esaminato la parrucca, cercando di capire perché Paige avesse sentito il bisogno di indossarla.

«Un paio di anni fa, per Halloween, si era messa un costume anni Venti», ho mormorato, facendo ruotare la parrucca sulla mano. «Questa era parte del costume.»

«Ehi, anch'io mi sono vestita così lo scorso anno!» ha esclamato Morgan, spruzzando il detergente sul lavandino e sui sanitari. «Le grandi menti pensano allo stesso modo.»

Devo ammettere che era molto più facile riordinare con il suo aiuto. Se fossi stato solo, avrei esaminato ogni singolo oggetto, cercando di capire che significato avesse nel delirio di mia sorella, mentre Morgan non si fermava finché ogni stanza non era a posto. Alla fine, pur non sentendomi completamente sereno, ero abbastanza rinfrancato e fiducioso che prima o poi le cose sarebbero tornate alla normalità.

«C'è un supermercato da queste parti?» ha chiesto Morgan lavandosi le mani in cucina.

«C'è il *Piggly Wiggly*», ho risposto con una scrollata di spalle. «Comunque possiamo andare fuori a mangiare, se preferisci riposarti dopo questa sfacchinata...»

«Tu mi hai preparato la cena in Florida, adesso tocca a me», ha ribattuto.

Miracolosamente, Morgan è riuscita a trovare un pacchetto di spaghetti di riso nel reparto di cucina orientale del *Piggly Wiggly*, oltre a una boccetta di salsa di soia. Dopo aver riempito il carrello con aglio, gamberi surgelati, petti di pollo, cavolo e qualche altra verdura, insieme a una decina di uova, si è spostata trionfante nel corridoio delle bibite e ha preso una confezione da sei di birra.

Tornati a casa, si è messa a cucinare. Ha lavato e tagliato le verdure e ha messo una pentola d'acqua sul fuoco. Dopo aver tirato fuori un'altra padella, mi ha cacciato via con un gesto della mano. «Lascia fare a me. Mettiti comodo in veranda con una birra e rilassati», mi ha ordinato, con un tono di voce che non ammetteva repliche.

Allora ho preso una bottiglia di birra, ho recuperato la chitarra dalla macchina e mi sono sistemato nella veranda anteriore. Ho giocherellato con gli accordi che mi venivano in mente, ripensando agli ultimi giorni. Ogni tanto mi fermavo a bere un sorso, mentre nella mia testa cominciava a prendere forma una ballata malinconica.

«Bella», ha detto Morgan alle mie spalle. Mi sono girato e l'ho vista sulla porta, i capelli raccolti in una coda. «È nuova?»

Ho annuito. «Sì... ma non sono ancora sicuro di che cosa sia. E di certo avrò bisogno di aiuto con le parole, dato che tu sei così brava con le frasi a effetto.»

Morgan si è illuminata. «Dopo cena», ha detto. «Sarà pronto tra un quarto d'ora», ha aggiunto, prima di tornare in cucina.

Il profumo che arrivava dalla porta aperta mi faceva venire l'acquolina in bocca e lo sfrigolio dell'aglio e delle cipolle messi a rosolare alla fine mi ha convinto a lasciare la chitarra e a tornare in casa. Morgan stava friggendo i gamberetti, il pollo e le verdure in un mix celestiale di salsa di soia, pepe nero e altre spezie, tenendo d'occhio nel frattempo la cottura degli spaghetti.

«Puoi apparecchiare», mi ha detto, scostandosi distrattamente dal viso una ciocca di capelli che era sfuggita dalla coda.

Ho preparato la tavola, ho stappato due bottiglie di birra e le ho messe accanto ai piatti proprio mentre Morgan portava in tavola un vassoio di spaghetti guarniti di fette di lime e uova sode.

«Wow!» ho esclamato. «Così fai impallidire la mia cena in Florida.»

«Non essere sciocco», ha risposto sedendosi di fronte a me. «Questa ricetta è davvero semplicissima, ma fa un figurone.» Ha alzato una bottiglia di birra. «Alla famiglia», ha detto.

Abbiamo brindato e abbiamo bevuto prima di avventarci sugli irresistibili spaghetti. Morgan sapeva che avevo bisogno di distrarmi dal pensiero della zia e di Paige, così mi ha raccontato aneddoti sui suoi viaggi a Manila con la sua famiglia e sugli sforzi della nonna di insegnarle a cucinare. «Non ero un'allieva modello», ha detto ridendo. «Una volta ho appiccato un piccolo incendio cercando di usare il wok, ma comunque sono riuscita a imparare qualcosa.» Ha addentato un gamberetto e ha bevuto un altro sorso di birra. «Alla fine ha detto a papà che per fortuna ero una ragazza intelligente, perché nessuno mi avrebbe sposato per le mie doti culinarie.»

Mi sono sporto in avanti per baciarla. «A me piace come cucini. Mi piace tutto di te.»

Poi mi ha raccontato com'era stata l'ultima giornata con le sue amiche al *Don CeSar*. Ha ammesso che la mia partenza improvvisa aveva un po' smorzato l'atmosfera del loro ultimo pomeriggio, e che le cose sono peggiorate quando un gruppo di ragazzi, che aveva monopolizzato le sdraio vicino alle loro in piscina, ha iniziato a importunarle insistendo per uscire insieme quella sera.

«Una gran rottura. Noi volevamo solo passare un tranquillo pomeriggio al sole.»

«Siete uscite l'ultima sera?»

«Sì, ma per fortuna non ci siamo imbattute in quei tipi. Però non abbiamo fatto tardi. Eravamo tutte stanche. È stata una settimana impegnativa.»

«Impegnativa ma divertente, giusto?»

«Non posso parlare per le mie amiche, ma a me è sembrato di vivere in un sogno.»

Ho sorriso. «Cos'hanno detto i tuoi genitori vedendoti ripartire subito?»

Ha fatto una smorfia. «Gliene ho parlato solo dopo aver prenotato il volo. Certo, non erano entusiasti, ma non hanno cercato di fermarmi. Comunque, se vuoi saperlo, appena ho messo piede in casa, la mamma ha cercato di nuovo di convincermi ad accettare quel lavoro da insegnante di musica a Chicago, invece di andare a Nashville.»

Mormorando qualche frase di circostanza, mi sono alzato e ho iniziato a sparecchiare. Abbiamo lavato i piatti insieme, ormai perfettamente sincronizzati. Mentre rimettevo a posto, lei ha indicato la veranda. «Sediamoci un po' fuori. Voglio aiutarti con la canzone che hai appena composto.»

Ci siamo accomodati sulle sedie a dondolo, godendoci

i profumi di quella serata di tarda primavera. L'aria era tiepida e le stelle punteggiavano il cielo come brillanti. Dal ruscello oltre il fienile veniva un coro di rane e grilli. La luna inondava il paesaggio di una luce d'argento.

«È così bello qui», ha sospirato Morgan incantata. «E...» Si è interrotta con una risata. «Stavo per dire che c'è silenzio, invece non è così. Sono solo suoni diversi rispetto a quelli di casa mia. O della Florida.»

«Si chiama 'vivere in capo al mondo'.»

«Invece non è poi così male. In fin dei conti, a Greenville ho trovato un Uber, ed era una vera automobile.» Ha appoggiato la testa all'indietro. «Prima, mentre ti ascoltavo suonare, ho ripensato alla nostra settimana insieme. So che stai vivendo un periodo di grande stress e sei preoccupato per tua sorella e tua zia, ma quando scrivi una canzone, devi attingere a un ricordo felice, altrimenti non funzionerà. La tristezza è potente, ma bisogna guadagnarsela, sai? Così stavo pensando che il primo verso potrebbe parlare di un luogo speciale e segreto...» Ha fatto un respiro profondo e ha cantato sugli accordi iniziali. «*There's a place that I know, where only you and I can go...*»

Ho capito subito che aveva ragione. «E poi?»

«La canzone è tua, non mia. Ma dato che me lo chiedi...» Ha sorriso inarcando un sopracciglio. «Secondo me l'apertura dovrebbe essere più complessa, da un punto di vista strumentale. Quasi orchestrata. Deve essere molto romantica.»

Ho preso la chitarra. «Perché pensi che dovrebbe essere una canzone su di noi, giusto?»

«Perché no?» ha domandato. «E sarebbe meglio lavorarci subito, dal momento che partirò domani.»

«Così presto?»

«Non posso rimanere di più. Devo passare un po' di tempo con la mia famiglia prima di partire per Nashville la settimana prossima. E poi ho tantissime cose da fare a Nashville... arredare l'appartamento, aprire un conto in banca, allacciare le utenze. E comunque, tu adesso hai un sacco di cose di cui occuparti e io sarei solo una distrazione.»

Aveva ragione, ma le sue parole mi hanno intristito un po', e non volevo pensarci in quel momento. Ho strimpellato gli accordi d'apertura della canzone. In un lampo, ho capito che cosa mi serviva. Ho ricominciato e lo sguardo di Morgan si è acceso di entusiasmo. Non appena ha cantato il primo verso, quello successivo è venuto quasi automaticamente. Per sicurezza, ho suonato la prima strofa una seconda e una terza volta, sapendo che la canzone stava già spiccando il volo.

Com'era già successo in Florida, abbiamo lavorato in perfetta sintonia. Mentre io definivo e rifinivo la melodia, Morgan integrava il testo, trasformando la ballata in un inno di speranza, amore e inevitabile perdita. È stata lei a ideare il ritornello, semplicemente perfetto.

Hold on to Dreamland
Forever, not just today
Someday Dreamland will be ours
Hold fast, don't fall away

Quando abbiamo finito la prima stesura, la luna aveva attraversato il cielo e sui campi era sceso il silenzio. Ho messo via la chitarra e sono salito di sopra con Morgan.

Abbiamo fatto l'amore al buio, ed è stato come se ogni nostro movimento e ogni nostra carezza seguissero una loro coreografia. Lei anticipava ogni mio respiro e la sua voce si fondeva con la mia nel silenzio della stanza. Dopo, siamo rimasti sdraiati a lungo senza parlare, Morgan stretta a me, il respiro sempre più lento finché si è addormentata.

Io invece non riuscivo a dormire. Inquieto, mi sono alzato, mi sono infilato un paio di jeans e una maglietta e sono sceso di sotto. Mi sono seduto al tavolo in cucina, cercando di dare un senso agli avvenimenti degli ultimi dieci giorni. Se pensavo a Morgan, la mia vita mi sembrava completa; se invece pensavo a Paige, la vita che desideravo davvero si allontanava e diventava irrealizzabile. Sono rimasto lì combattuto tra emozioni contrastanti, a volte in pace, a volte in subbuglio, finché è sorta l'alba. Appena c'è stata abbastanza luce, ho preso un foglio e una matita e ho annotato il testo che avevamo composto la sera prima.

Avevo ancora in macchina le valigie da disfare, così ho camminato a piedi nudi sull'erba bagnata di rugiada, ho tirato fuori le mie Vans e sono andato al minimarket a comprare caffè, uova, pane e latte, afferrando al volo anche una confezione di tè verde. Stavo sorseggiando il caffè in cucina quando Morgan è scesa. Vedendomi seduto a tavola, si è coperta la bocca con la mano.

«Vorrei baciarti, ma non mi sono ancora lavata i denti.»

«Nemmeno io.»

«Allora non puoi baciarmi.»

Ho sorriso. «Caffè o tè?»

«Del tè, se possibile.»

Ho riempito il bollitore e, quando ha fischiato, ho versato l'acqua nella tazza, ci ho aggiunto una bustina e gliel'ho portata in tavola.

«Ti sei alzato presto», ha detto. «Quasi come un contadino.»

«Non riuscivo a dormire.»

Lei mi ha preso la mano. «Mi dispiace davvero tanto che tu debba gestire una situazione così complicata.»

«Anche a me.»

«Tua zia sarà dimessa oggi?»

«Probabilmente domani o dopodomani.»

«E Paige?»

«Sarà una faccenda un po' più lunga. Impiegherà qualche giorno a stabilizzarsi. A che ora parti?»

«Ho il volo alle due, per cui dovrò essere all'aeroporto entro l'una.»

Calcolando la durata del tragitto, ci restavano poche ore per stare insieme e non volevo assolutamente sprecarle. «Vuoi fare colazione?» le ho chiesto. «Posso prepararti delle uova e del pane tostato.»

«Per adesso mi basta il tè. Non ho tanta fame. Sai, però, che cosa mi piacerebbe fare dopo essermi lavata i denti?»

«Baciarmi?»

«Questo è sicuro», ha detto con un sorriso. «Ma vorrei anche vedere la fattoria, così potrò collegare i tuoi racconti a immagini concrete.»

«Ottima idea.»

«E magari potrei farti una foto sul trattore. Oppure addirittura un video, da mandare alle mie amiche.»

Sono scoppiato a ridere. «Come desideri.»

68

Ho fatto una doccia e sono uscito in veranda ad aspettarla. In lontananza, ho visto il furgone di Toby parcheggiato davanti all'ufficio e il sistema di irrigazione automatico che innaffiava le coltivazioni. I braccianti erano già al lavoro nei campi di tabacco mentre un altro gruppo trasportava le ceste di uova al capannone del confezionamento. Osservando la scena, mi sono reso conto di quanto tempo avrei impiegato a mettermi in pari, soprattutto senza l'aiuto della zia. Ho messo da parte le mie preoccupazioni e sono andato verso il fienile.

Ho frugato tra i documenti ammucchiati sulla scrivania di Paige, cercando l'ordine a cui stava lavorando. Dovevo chiamare il cliente per avvisarlo che, a causa di un'emergenza, la consegna sarebbe stata ritardata. Non riuscendo a trovare niente di utile, sono uscito dal fienile chiedendomi quando Paige sarebbe stata abbastanza lucida da potermelo dire.

Nel frattempo, Morgan era tornata in cucina e stava scaldando l'acqua per prepararsi un'altra tazza di tè. Vedendola, ho ripensato alle sensazioni che avevo provato quando l'avevo tenuta tra le braccia, così le ho spostato i capelli da una parte per baciarla sulla nuca.

Terminata la seconda tazza di tè, abbiamo iniziato il nostro giro. L'ho portata dentro uno degli *schooner*, tra le galline chioccianti, e le ho mostrato il capannone dove controllavamo e confezionavamo le uova. Nella serra, le ho spiegato come preparavamo i pomodori per la spedizione e le ho mostrato il magazzino dove venivano lavorate le foglie di tabacco. Siamo passati nell'ufficio – che io chiamavo «centro scartoffie» – e abbiamo attraversato i campi di pomodori e di tabacco, e alla fine le ho permesso di girare un video di me che guidavo il trattore. A parte Toby, i braccianti hanno continuato a lavorare, salutandoci al massimo con un «buongiorno» o un cenno della mano da lontano, ma io ero comunque consapevole dei loro sguardi incuriositi. Ho impiegato un po' per capire che forse era la prima volta che mi vedevano girare per la fattoria con una donna che non fosse mia zia o mia sorella. Michelle non si era mai interessata ai particolari della mia vita quotidiana.

Abbiamo pranzato presto in un posto che si chiamava *Down* su Main Street, nel cuore del quartiere lungo il fiume. Nonostante l'ottima cucina, ero troppo nervoso per mangiare e credo che anche per Morgan fosse lo stesso, visto che ha soltanto spiluccato la sua insalata. Poi abbiamo passeggiato tenendoci per mano e ammirando gli incantevoli scorci del fiume Pamlico, con l'acqua che brillava sotto il cielo terso. Una barca a vela solcava le acque lentamente, come se non avesse fretta di arrivare da nessuna parte.

«Hai pensato alla mia proposta di venire a Nashville?» mi ha chiesto Morgan fermandosi per guardarmi negli occhi. «So che in un momento come questo non avrei dovuto parlartene, e mi rendo conto che potrebbe volerci del tempo prima che tu riesca a raggiungermi, però non mi hai ancora dato una risposta.»

Alla luce del sole, ho notato delle pagliuzze nocciola nei suoi occhi che non avevo mai notato prima. «Non credo di potermi trasferire. Non posso lasciare mia zia e mia sorella proprio adesso che hanno più bisogno di me. Sono stato via per tre settimane e guarda che cos'è successo.» Sono state le parole più dolorose che abbia mai dovuto pronunciare.

«Già», ha commentato lei con gli occhi lucidi. «È quello che ho pensato anch'io. Però verrai a trovarmi, vero? Dopo che mi sarò sistemata?»

Ho esitato, avrei voluto parlare di qualunque altro argomento, avrei voluto che tante cose nella mia vita fossero diverse.

«Non credo sia una buona idea...» ho risposto, lasciando la frase a metà.

«E perché? Non mi ami?»

«Certo che ti amo.»

«Allora la nostra sarà una relazione a distanza. Al giorno d'oggi non è difficile. Possiamo sentirci su FaceTime, possiamo venirci a trovare a vicenda, telefonarci e scriverci...»

Ha allungato una mano facendomi voltare verso di lei. Infilandole una ciocca di capelli dietro l'orecchio, le ho risposto: «Hai ragione. Potremmo fare tutte queste cose. Solo che non so se sarebbe giusto».

«E questo che cosa vorrebbe dire?»

Ho stretto le labbra, quasi a voler bloccare le parole che sapevo di dover pronunciare: «Mentre ero in ospedale, ho avuto molto tempo per riflettere su di noi e sul nostro futuro, ma in qualunque modo lo immaginassi, restavo sempre dell'idea che d'ora in poi vivremo in due mondi diversi».

«E allora?»

«Sono due mondi inconciliabili, Morgan, il che significa che per noi sarebbe *sempre* solo una relazione a distanza. Tu andrai a Nashville e io non posso lasciare la zia. Non posso lasciare Paige e, per quanto riguarda la fattoria, è l'unica cosa che so fare bene. È il mio lavoro.»

«Ma hai delle doti di cantante e paroliere che non dovresti sprecare. Hai visto quanta gente è venuta ad ascoltarti in Florida. Hai visto la reazione del pubblico alle tue canzoni...» ribatté Morgan stizzita.

«Anche se fosse vero, non ha importanza. Chi si prenderebbe cura della mia famiglia? Noi due siamo diversi, e questo che cosa comporterebbe alla lunga? Staremmo insieme consapevoli che le nostre vite saranno sempre diverse, che ci vedremo solo occasionalmente? Per quanto tempo potremmo andare avanti? Un anno? Cinque? Per sempre? Le storie a distanza funzionano se hanno una durata limitata, ma per noi le cose non cambierebbero mai. Io sono bloccato qui, forse per sempre, mentre tu hai tutta la vita davanti e un mondo che ti aspetta. E, soprattutto, desideri davvero una relazione di questo genere? Quante volte riusciremo a stare insieme? Hai solo ventun anni...»

«Quindi mi stai lasciando? Vuoi finirla qui?» Aveva la voce incrinata e le si sono riempiti gli occhi di lacrime.

«Non era destino che durasse», ho detto, odiando me stesso. Tuttavia sapevo che era la verità e che stavo lasciando morire la parte migliore di me. «Stai per iniziare una nuova vita, ma io non posso farlo. E questo inevitabilmente cambierebbe le cose tra noi, anche se ti amo, anche se non potrò mai dimenticare i giorni passati insieme.»

Per la prima volta da quando la conoscevo, Morgan è rimasta senza parole.

«Ti sbagli!» ha esclamato alla fine, asciugandosi rabbiosamente una lacrima sulla guancia. «Tu non vuoi nemmeno provarci.»

Ma sapevo che stava pensando a mia zia e a Paige e alla fattoria, e che capiva ciò che avevo detto. Ha incrociato le braccia e ha rivolto lo sguardo verso l'orizzonte, senza vedere davvero. Io ho infilato la mano in tasca e ho tirato fuori il foglietto che avevo scritto quella mattina.

«So di non avere il diritto di chiederti niente», ho detto, «ma, ti prego, prendi la nostra canzone e falla diventare famosa, okay?»

Lei ha afferrato controvoglia il foglio e l'ha guardato, sbattendo le palpebre nel tentativo di ricacciare indietro le lacrime che minacciavano di sopraffarla.

There's a place that I know
Where only you and I can go
Far from the darkness of the past
Where love can bloom at last

Hold on to Dreamland
Forever, not just today
Someday Dreamland will be ours
Hold fast, don't fall away

In my mind we're living there
In that place we're meant to share
No more talk of what we owe
Just what our hearts already know

In Dreamland, down in Dreamland
Hold fast, don't fall away... *

Ha infilato il foglio nella borsa senza finire di leggerlo e per qualche istante siamo rimasti lì, insieme, nella cittadina da cui sapevo che non me ne sarei mai andato, un posto troppo piccolo per il futuro di Morgan. Le ho messo un braccio intorno alle spalle e ho osservato un falco pescatore spiccare il volo sull'acqua increspata. La grazia dei suoi movimenti mi ha ricordato Morgan che pagaiava tra i canali in un luogo che sembrava già lontanissimo.

Dopo un po' siamo tornati alla macchina e ci siamo diretti all'aeroporto di Greenville. Davanti al piccolo terminal c'era una decina di altre auto che scaricava i passeggeri con inserite le quattro frecce. Io mi sono accodato e ho preso la borsa di Morgan. Lei se l'è messa in spalla, mentre io trascinavo il trolley verso l'ingresso.

Con un nodo allo stomaco, le ho affondato il viso nei

* C'è un posto che conosco / Dove solo tu e io possiamo andare / Lontano dall'oscurità del passato / Dove finalmente l'amore può sbocciare / Aggrappiamoci alla Terra dei Sogni / Per sempre, non solo oggi / Un giorno la Terra dei Sogni sarà nostra / Aggrappiamoci forte, non lasciamoci andare / Nella mia mente noi viviamo là / In quel posto che eravamo destinati a condividere / Basta parlare dei nostri doveri / Parliamo di quello che il nostro cuore sa già / Là, nella Terra dei Sogni / Aggrappiamoci forte, non lasciamoci andare...

capelli. Sapevo di aver detto la verità. Indipendentemente dai progetti che avremmo fatto o da quanto ci saremmo impegnati perché le cose tra noi funzionassero, prima o poi lei mi avrebbe lasciato. Era destinata a grandi cose e alla fine avrebbe trovato una persona con una vita più simile alla sua, una vita che io non potevo offrirle.

Però sapevo anche di averla ferita profondamente. Lo capivo da come si teneva stretta a me, dalla disperazione con cui mi abbracciava. Ero sicuro che non avrei mai amato nessun'altra donna come amavo lei, ma mi rendevo conto che l'amore non sempre era sufficiente.

Quando ci siamo staccati, Morgan mi ha guardato negli occhi.

«Ti chiamerò lo stesso», ha detto con voce strozzata. «Anche se sono arrabbiata con te.»

«Va bene», ho risposto con voce roca.

Ha afferrato la maniglia del trolley, si è sistemata la tracolla della borsa, poi si è diretta verso il terminal con un sorriso coraggioso. Io sono rimasto a guardare le porte automatiche aprirsi e richiudersi dietro di lei e, con le mani in tasca, sono tornato verso la macchina, soffrendo indicibilmente per lei, per me. Mentre mi mettevo al volante, mi sono ricordato di quello che una volta mi aveva detto Paige sull'amore e sul dolore, che sono le due facce della stessa medaglia, e finalmente ho capito che cosa aveva voluto dire.

Sono ripartito, cercando di immaginare Paige e mia zia come le avevo viste l'ultima volta. Con un senso di oppressione al petto, mi sono reso conto che, per quanto le amassi, erano diventate la mia prigione.

Epilogo
Colby

Febbraio

SEBBENE Morgan e io ci tenessimo in contatto, le chiamate e i messaggi con il tempo sono diminuiti. Alla fine, è stato più per causa sua che mia. Nelle settimane successive al suo trasferimento a Nashville, con estrema fatica avevo dovuto mandare avanti la fattoria e contemporaneamente occuparmi di Paige e zia Angie. Verso la fine dell'autunno, la nostra vita si era in parte stabilizzata, mentre, al contrario, quella di Morgan aveva preso slancio come un masso che rotola sempre più veloce lungo un pendio. Ero rimasto strabiliato dai repentini cambiamenti avvenuti nella sua carriera musicale dopo gli esordi; a un certo punto, era talmente impegnata che, quando le lasciavo un messaggio, a volte passavano due o tre giorni prima che mi richiamasse. Era giusto così, mi ripetevo – come avevo spiegato a lei, era inutile impegnarci in una relazione a distanza visto che sarebbe inevitabilmente finita. Quando riuscivamo a sentirci – spesso mentre era in aeroporto, tra una riunione e l'altra o durante una pausa nello studio di registrazione –, ascoltavo con orgoglio e interesse gli ultimi sviluppi della sua sfavillante ascesa professionale.

Neppure nei suoi sogni più sfrenati avrebbe potuto immaginare di avere tanto successo. Appena arrivata a Nashville, era stata in uno studio di registrazione e, demo alla mano, aveva incontrato gli agenti di cui mi aveva parlato, e tutti si erano dimostrati piuttosto interessati. Su suggerimento di uno di loro («Perché no?»), aveva pubblicato il video della sua esibizione durante il mio show su tutti i suoi social. Le sue amiche avevano fatto un ottimo lavoro di editing, alternando filmati girati allo studio di registrazione a scene del *Bobby T's*, oltre a clip di Morgan che ballava su TikTok. La canzone aveva suscitato l'interesse di alcuni influencer di un certo calibro – comprese alcune celebrità con un grandissimo seguito –, scatenando un vero e proprio inferno. Nel giro di poche settimane aveva avuto decine di milioni di visualizzazioni e Morgan aveva pubblicato un secondo video nel quale interpretava *Dreamland*. Ovviamente aveva avuto un enorme seguito sui social, e ben presto gli agenti e le etichette discografiche più prestigiose avevano iniziato a corteggiarla. Veniva spesso definita «la nuova Taylor Swift», e paragonata a star di livello internazionale come Olivia Rodrigo, Billie Eilish e Ariana Grande.

L'agente con cui aveva firmato alla fine era un vero genio del marketing e, cavalcando l'onda del successo, aveva presentato Morgan come una professionista già affermata. I suoi pezzi venivano trasmessi alla radio ed era stata organizzata una campagna promozionale che l'aveva portata da una città all'altra con apparizioni nei talk-show di New York e Los Angeles. Il suo volto compariva regolarmente negli articoli sulle celebrità e quando, a novembre, si era esibita al *Saturday Night Live* – dove era stata presentata come «fenomeno globale» –, avevo avuto la sensazione che ormai fosse conosciuta a livello mondiale. In tutto questo, era riuscita anche a trovare il tempo per registrare un album. Prodotto da un marchio stellare, raccoglieva canzoni originali sue e collaborazioni con i nomi più prestigiosi dell'hip-hop, del pop e del R&B.

Mi aveva raccontato che in origine avevano pensato di mandarla in tour come artista di apertura per qualche nome affermato, ma quando, dopo la sua esibizione al *Saturday Night Live*, aveva pubblicato sui social una terza canzone come anteprima al lancio del suo album di debutto, il pezzo era arrivato in vetta alle classifiche. Adesso si parlava di un suo tour personale per l'autunno successivo, con tappe già fissate in trenta città del Nord America ma con la possibilità di aggiungerne altre.

Si era ritrovata nel bel mezzo di un vero ciclone, e non mi sorprendeva che ci sentissimo sempre più di rado. Tutte le volte che il dolore per la sua assenza si faceva insopportabile, ricordavo a me stesso le parole che le avevo detto l'ultima volta che eravamo stati insieme.

Quanto a me, avevo assunto una persona che mi dava una mano con la zia dopo che era stata dimessa dall'ospedale; non l'aiutava soltanto in casa, ma l'accompagnava anche alle sedute di fisioterapia. Il recupero del lato sinistro del corpo era molto lento e solo ad Halloween la zia si era sentita abbastanza in forze da decidere di rinunciare all'assistenza. Zoppicava ancora, il braccio sinistro era debole e aveva la bocca leggermente storta, ma era tornata a gestire l'ufficio a tempo pieno e girava per la fattoria sulla carrozzella. La fattoria, più di me o di Paige, rimaneva il centro della sua vita.

Paige...

Aveva impiegato sei giorni a stabilizzarsi, dopodiché era stata in grado di rimettere insieme i pezzi della sua crisi. Come avevo sospettato, era corsa in ospedale quando la zia era stata ricoverata, lasciando a casa le medicine e il telefono, ed è per questo che non mi aveva chiamato subito. Avrebbe voluto tornare alla fattoria a prendere i medicinali, ma le condizioni della zia erano talmente gravi che non se l'era sentita di lasciarla sola in ospedale. Nel giro di un paio di giorni l'equilibrio elettrochimico nel suo cervello aveva iniziato ad alterarsi andando in cortocircuito e modificando le sue percezioni; poco dopo, gli effetti dell'astinenza avevano distorto la realtà. Tra le altre cose, era convinta di avermi telefonato e di avermi parlato delle condizioni della zia, non una volta, bensì due o tre; solo quando le avevo mostrato l'elenco delle chiamate, aveva accettato il fatto di essersi immaginata intere conversazioni. Da quel momento in poi i suoi ricordi erano confusi e incompleti. Ricordava di essere uscita dall'ospedale, ma non di aver fumato erba, anche se l'esame del sangue aveva evidenziato un livello elevato di THC.

Dopo essere tornata a casa, per molto tempo non aveva voluto parlare dell'accaduto. Come avevo immaginato, si vergognava profondamente e si sentiva in imbarazzo. Dopo quasi un mese si era decisa a raccontarmi tutta la storia. Chiaramente, aveva inserito nel nuovo delirio alcuni elementi dei precedenti episodi psicotici, compresi i viaggi in autobus, l'autostop e la sosta alla tavola calda con la tazza d'acqua e le bustine di ketchup. Mi aveva anche spiegato perché la casa fosse sottosopra e aveva ammesso di aver preso i fucili che tenevo sotto il letto e di averli sepolti in riva al ruscello. Ricordava vagamente di aver comprato l'action figure di Iron Man in un negozio nei pressi dell'ospedale; avrebbe voluto darlo alla zia per rincuorarla, scherzando sulla sua fibra robusta. Ma gli aspetti di cui aveva più difficoltà a parlare, quelli che sembravano assurdi anche a lei, erano i più ovvi: come aveva fatto a non riconoscere la città in cui era nata? Come aveva fatto a non riconoscere Toby, un amico di vecchia data, quando era stato a casa sua? Non ne aveva idea, così come in passato non aveva saputo dire come mai non avesse riconosciuto me. Per quanto riguardava le altre allucinazioni, le avevamo già vissute entrambi e non sentivamo il bisogno di addentrarci di nuovo in quei dolorosi dettagli.

Avevo recuperato i fucili, li avevo ripuliti e oliati, ringraziando il cielo di averli dotati già da tempo di lucchetti di sicurezza e di portare sempre con me le chiavi, così che nessuno potesse usarli. Avevo preso questa precauzione subito dopo il primo tentativo di suicidio di Paige, ancora prima che fosse dimessa dall'ospedale, per non correre ulteriori rischi. Tuttavia, per maggior sicurezza, avevo deciso di comprare un armadietto per le armi e di metterceli dentro. Avevo ridipinto le pareti e gli armadietti della cucina insieme al salotto prima che lei tornasse a casa. Arancione e bordeaux, i colori che lei aveva scelto di recente.

Una volta dimessa dall'ospedale, Paige era tornata subito al lavoro per distrarsi. Anche se, per fortuna, gli affari andavano sempre bene c'erano voluti alcuni mesi prima che tornasse quella di un tempo. Cucinava ancora per entrambi diverse volte alla settimana, ma, spesso, mentre mangiavamo, distoglieva lo sguardo e a volte la sorprendevo a piangere in silenzio in veranda.

«Odio essere ridotta così male», aveva detto in un'occasione. «E odio l'idea di non poter nemmeno controllare i miei pensieri.»

«Non sei ridotta male, Paige», l'avevo consolata sedendomi accanto a lei e accarezzandole il braccio. «È stato solo un brutto periodo. Capita a tutti.»

Lei aveva riso suo malgrado. «La differenza è che le mie giornate no sono decisamente molto più brutte rispetto a quelle degli altri.»

«Su questo non posso darti torto», avevo riconosciuto, e lei aveva riso di nuovo, tornando però subito seria.

«Grazie», aveva detto girandosi verso di me. «Di avermi salvato la vita, intendo. Un'altra volta.»

«Anche tu l'hai fatto.»

Le avevo raccontato del mio viaggio in Florida e di Morgan, senza tralasciare niente. In quel periodo Morgan aveva pubblicato il primo video della sua esibizione al *Bobby T's* e Paige – come tutti – era rimasta stupefatta dal suo talento. Alla fine del video, si era voltata verso di me con le sopracciglia inarcate. «E lei pensava che quello bravo fossi *tu*?»

Ero scoppiato a ridere perché in realtà a Paige piaceva tanto quando cantavo. Ma era anche molto sensibile e sapeva quanto fosse difficile per me stare a guardare mentre Morgan si allontanava sempre di più con il passare del tempo. So che anche lei aveva visto la fotografia pubblicata su tutti i siti di gossip un paio di settimane prima di Natale: un paparazzo aveva sorpreso Morgan camminare mano nella mano con un famoso giovane attore di Hollywood. Paige amava seguire le celebrità, ma aveva avuto la delicatezza di non parlarmi della foto. In ogni caso, avrei dovuto vivere su Marte per non vederla.

Non dico che quell'immagine non mi abbia fatto male, così come non dico di esserne rimasto sconvolto. Sebbene le nostre vite avessero preso strade diverse, proprio come avevo previsto, non avevo dimenticato la decisione che avevo preso la prima volta che io e Morgan avevamo fatto l'amore, quando mi ero ripromesso di cambiare vita per non finire come lo zio. Anche se sono stato costretto ad aspettare che la zia e Paige fossero guarite, mi piace pensare di aver mantenuto la promessa. Ero riuscito ad andare sulla costa con la tavola da surf quattro volte dopo il mio viaggio in Florida e mi tenevo libera qualche ora del venerdì e della domenica per suonare o scrivere musica, senza preoccuparmi dei lavori lasciati a metà. Avevo ristabilito i contatti con qualche vecchio amico e ogni tanto ci incontravamo il sabato sera, anche se a volte l'atmosfera mi ricordava molto quella del film *Ricomincio da capo*.

Inoltre, di tanto in tanto mi sforzavo di rallentare il ritmo, così, un martedì mattina, ho deciso di cambiare le pastiglie dei freni del mio furgone, nonostante avessi un sacco di cose da fare. A differenza di molte persone, per le quali la manutenzione di routine di una macchina non ha niente di divertente, a me piaceva; a differenza di tutte le altre attività alla fattoria, era un lavoro che alla fine poteva dirsi concluso. In una realtà in cui tutto è in continua evoluzione, completare qualcosa può essere molto gratificante.

Per fortuna non faceva troppo caldo e io mi sono messo all'opera rimboccandomi le maniche della camicia. Il destino, però, a volte è strano: subito dopo aver acceso la radio, mentre mi infilavo sotto la macchina, ho sentito la voce di Morgan provenire dalle casse. Era *Dreamland*. Anche se ormai avevo già sentito quella canzone un centinaio di volte, mi bloccavo sempre ad ascoltarla. La voce di Morgan era piena e malinconica. Aveva cambiato una parte del testo per ottenere quel meraviglioso effetto che ero sicuro sarebbe riuscita a trovare e, per un attimo, mi sono concesso di ricordarla com'era quella sera in veranda.

In quel momento ho sentito il rombo di una macchina che si avvicinava. Ho strizzato gli occhi per capire chi fosse e sono rimasto sorpreso di vedere che l'auto rallentava, poi imboccava il vialetto fermandosi alle mie spalle.

Morgan è scesa dal sedile posteriore. Per un attimo sono rimasto paralizzato e solo quando l'Uber ha fatto manovra per ripartire mi sono sbloccato.

«Che cosa ci fai qui?» ho balbettato.

Lei si è stretta nelle spalle, gettandosi indietro una ciocca di capelli e io mi sono stupito di trovarla ancora più bella rispetto all'ultima volta che ci eravamo incontrati.

«Sono venuta a trovarti, perché mi sono stufata di aspettarti.»

Ancora sciocato dalla sua improvvisa comparsa, per qualche secondo non ho parlato. «Perché non mi hai detto che saresti venuta?»

«E rovinarti la mia sorpresa di San Valentino? Nemmeno per sogno.»

Si è avvicinata e mi ha abbracciato come se fosse la cosa più naturale del mondo, come se lo facessimo tutti i giorni.

«Oggi non è San Valentino», le ho mormorato tra i capelli.

«Manca poco. Il 14 sarò a L.A., quindi meglio di così non potevo fare.»

Quando ci siamo staccati, ho scorto nei suoi occhi il solito lampo malizioso.

«Credevo che stessi con un altro», ho detto, cercando di assumere un tono disinvolto quando ho fatto il nome dell'attore in questione.

«Siamo usciti un paio di volte, ma non era quello giusto», ha risposto liquidando la cosa con un cenno della mano. «Gli mancava quel qualcosa di speciale, capisci? Come... Quando eravamo insieme, continuavo a pensare all'invasione di zombie e mi domandavo se sarebbe stato capace di coltivare l'orto, aggiustare le macchine e fare tutte le cose che servono per sopravvivere.»

«Davvero?»

«Amiamo ciò che amiamo, giusto?»

Ho sorriso, sollevato di constatare che non era cambiata per niente.

«Giusto», ho confermato. «Ma sono comunque sorpreso di vederti qui. So che sei impegnatissima.»

«E tu no?»

«È diverso.»

«Siamo tutti impegnati, perché la vita è impegnativa per chiunque. Sono venuta anche per dirti una cosa.»

«E cioè?»

«Ricordi il discorso solenne che mi hai fatto l'ultimo giorno che siamo stati insieme? Quando hai deciso di troncare la nostra storia adducendo nobili motivi?»

Io l'avrei descritta in altri termini, ma ho annuito, sempre con il sorriso sulle labbra.

«Ci ho pensato un sacco, sai, e sono arrivata alla conclusione che ti sbagli al cento percento su tutto.»

«Ah, sì?»

«Come ti ho detto allora, ero arrabbiata. Non mi sarei mai aspettata che un tipo carino come te potesse essere tanto crudele da spezzarmi il cuore. Ma, alla fine, sono andata oltre e ho deciso di darti un'altra occasione. Quindi, a partire da ora, faremo a modo mio.» Mi ha guardato severa. «Cioè, proveremo con la relazione a distanza. Per cui io verrò a trovare te e tu verrai a trovare me e, nel frattempo, ci scriviamo e ci telefoniamo e ci sentiamo su FaceTime, perché siamo di nuovo una coppia.»

Appena ha pronunciato queste parole, ho capito che era esattamente ciò che volevo sentire. «Quanto ti fermi?»

«Solo un paio di giorni, ma ho del tempo libero il mese prossimo. Toccherà a te venire a Nashville.»

Il mio pensiero è andato immediatamente a Paige e alla zia, ma, all'improvviso, ho avuto la certezza che sarei riuscito a organizzarmi.

«Agli ordini, signora», ho risposto.

«E adesso dimmi che mi ami. Non me lo scrivi più da qualche settimana e la cosa non mi piace. Ma ho deciso di perdonarti anche questo.»

«Ti amo, Morgan», ho detto con assoluta sincerità.

Lei si è alzata in punta di piedi e mi ha baciato: aveva le labbra morbide come le ricordavo.

«Anch'io ti amo», ha bisbigliato. «Cerchiamo di sfruttare al massimo questi giorni, che ne dici?»

Era stata una tale sorpresa che faticavo ancora a rendermi conto di quello che stava succedendo.

«Che cos'hai in mente?»

Lei si è guardata intorno, poi ha posato di nuovo gli occhi su di me. «Sai che cosa mi piacerebbe fare prima di tutto? Prima di qualsiasi altra cosa?»

«Non ne ho la minima idea.»

«Vorrei tanto conoscere tua sorella.»

«Paige?»

«Voglio che mi racconti qualche aneddoto buffo di quando eri piccolo. Scommetto che ne conosce un sacco di interessanti. E voglio anche ringraziarla.»

«Perché?»

«Mi hai detto che ti ha cresciuto lei, e adoro l'uomo che sei diventato. Perché non dovrei ringraziarla?»

L'ho baciata con trasporto, se non altro perché ho avuto la certezza che mi capisse veramente, sino in fondo. Quando mi sono staccato, le ho posato una mano sul fianco.

«Allora entriamo in casa», ho detto, prendendola per mano. «Sono sicuro che anche Paige sia ansiosa di conoscerti.»

Ringraziamenti

Come molte persone in tutto il mondo, anch'io ho trascorso gli ultimi due anni in relativo isolamento a causa del Covid-19. E, come è successo a tanti, il periodo di distanziamento forzato mi ha fatto riflettere a fondo sulla natura delle mie relazioni. Alcune si sono atrofizzate in quel periodo di crisi; altre sono sbocciate e si sono rinsaldate. Incredibilmente, sono nati anche nuovi legami, che riflettono i mutamenti nelle mie priorità e il desiderio di cambiamento che milioni di persone hanno sperimentato durante la «Grande Pausa».

In particolare, una relazione di lunga data si è addirittura rinsaldata negli ultimi anni: l'amicizia e la collaborazione con la mia agente letteraria e coproduttrice Theresa Park. T, dopo ben ventisette anni, la nostra stretta collaborazione è una delle costanti fondamentali della mia vita. Insieme ai responsabili della mia magnifica squadra alla Park & Fine – ai quali è dedicato questo libro –, mi hai aiutato a mantenere viva una carriera che ha superato le mie stesse aspettative. Ancora più significativo, però, è stato il viaggio che abbiamo condiviso come amici e compagni di avventura lungo la strada della vita.

Tra i nuovi rapporti che ho instaurato durante la pandemia c'è quello professionale con la Penguin Random House. Sono infinitamente riconoscente a Madeline McIntosh per aver accompagnato il mio ingresso nella famiglia della PRH, e a Gina Centrello per gli sforzi profusi per mettermi a mio agio in ogni occasione. Kara Welsh e Kim Hovey, è stato un piacere conoscervi: ora capisco perché il vostro comparto sia così professionale, efficiente e disponibile. La vasta esperienza e l'infaticabile ricerca dell'eccellenza sono sicuramente alla base della vostra lunga lista di bestseller, e ciò nonostante il vostro stile manageriale è sempre connotato da una profonda umanità. Inoltre, vorrei ringraziare dal profondo del cuore e manifestare tutta la mia sincera ammirazione a Jennifer Hershey, che ha curato meticolosamente ogni aspetto della pubblicazione di questo libro, dalla strategia di marketing al più piccolo dettaglio nella fase di correzione delle bozze.

A Jaci Updike e al suo incomparabile team commerciale dono il mio cuore e la mia anima (ricorda che in fondo rimarrò sempre un commesso viaggiatore!). È un onore sapere che la vendita dei miei libri è gestita da una squadra di professionisti di tale levatura.

Quinne Rogers e Taylor Noel del marketing danno costantemente prova di originalità, caparbia tenacia e incrollabile ambizione; è raro trovare una dedizione così assoluta e un'ambizione così sconfinata nel raffinato mondo dell'editoria, eppure loro riescono a infonderle ogni giorno nel loro lavoro. Allo stesso modo, nel settore delle addette stampa, non riesco a immaginare una dedizione maggiore e un sostegno più appassionato di quelli mostrati da Jennifer Garza, Karen Fink e Katie Horn.

Le strategie sofisticate e innovative della divisione audio della PRH sono merito del suo team d'eccellenza: Ellen Folan, Nicole McArdle, Karen Dziekonski, Dan Zitt e Donna Passannante. Aspetto con impazienza ottime versioni audio dei miei libri nei prossimi anni.

Ovviamente, il romanzo che avete in mano o che state leggendo sul tablet non esisterebbe se non fosse per il gruppo di professionisti scrupolosi, accurati e tecnologicamente all'avanguardia che lavora senza sosta per realizzare un prodotto impeccabile e bello: Kelly Chian, Kathy Lord, Deborah Bader, Annette Szlachta-McGinn, Maggie Hart, Caroline Cunningham, Kelly Daisley e David Hammond. Si vede che siete orgogliosi del vostro lavoro.

Infine, ma non per ultimi, vorrei ringraziare la mia nuova squadra alla PRH: i geniali art director Paolo Pepe ed Elena Giavaldi, che hanno ideato la meravigliosa veste grafica di questo romanzo. Sono stregato dalla magia che sapete infondere nelle vostre creazioni.

Devo il successo dei miei tanti libri, film, collaborazioni e social media alla fedele (e sempre paziente) squadra che gestisce e sovrintende a tutte le mie attività commerciali e pubbliche. Nel mondo del cinema e della tv, un grazie speciale va al mio grande amico, nonché agente dalle doti magiche, Howie Sanders, di Anonymous Content: Howie, sono sempre più stupito dalla tua abilità nel cogliere il momento, la storia e il mercato giusti; custodisco come un tesoro la tua incrollabile amicizia decennale. Allo stesso modo, il mio agguerrito e tenace avvocato, Scott Schwimer, impiega ogni sua energia per strappare sempre le condizioni migliori, e coltivare la nostra amicizia; Scottie, spero che tu sappia che sei sempre stato nel mio cuore durante gli alti e bassi della vita. Ai miei nuovi collaboratori e amici di Anonymous Content, il CEO Dawn Olmstead e il produttore e manager Zack Hayden: vi sono riconoscente per il vostro sostegno e per la vostra visione del nostro futuro creativo. A tale proposito, sono elettrizzato alla prospettiva di lavorare con Peter Cramer, Donna Langley e Lexi Barta alla Universal Pictures su una serie di nuovi progetti basati sui miei libri: grazie per aver scommesso sulle storie che scrivo e di aver infuso tanto entusiasmo ed energia nella nostra collaborazione.

La mia PR Catherine Olim alla Rogers & Cowan mi ha guidato nei momenti migliori e peggiori, con sensibilità e spirito pratico: Catherine, non esiti mai a dirmi la verità e io apprezzo le tue opinioni, che nascono sempre da un senso d'amore e protezione. LaQuishe Wright («Q»,) è di gran lunga la social media manager più brillante, energica e sofisticata del mondo dell'intrattenimento – oltre a essere un'amica fidata dall'integrità ineccepibile. Mollie Smith, è grazie a te se sono sul Web e ho contatti con i fan: senza di te non saprei come interagire con i miei lettori. Le tue idee e la tua pazienza nel gestire i cambiamenti e gli sviluppi avvenuti nella mia carriera negli ultimi decenni sono stati per me una forza stabilizzante. Charlotte Gillies si è rivelata insostituibile nel gestire la logistica, il calendario, i contratti e i pagamenti supervisionati da Theresa alla Park & Fine, in costante contatto con la mia squadra. Quando si tratta di gestire gli aspetti pratici del lavoro con cui mi guadagno da vivere trasformandoli in numeri per me comprensibili, Pam Pope e Oscara Stevick, le mie fedeli e rigorose commercialiste, regnano incontrastate: grazie, amiche mie, per riportarmi all'ordine e darmi sicurezza.

Ovviamente, la mia vita professionale di scrittore è legata indissolubilmente alle persone che mi circondano: i miei figli Miles, Ryan, Landon, Lexie e Savannah; Victoria Vodar; Jeannie Armentrout; Tia Scott Shaver; Christie Bonacci; Mike Smith; Buddy e Wendy Stallings; Angie, Linda e Jerrold; Pat e Bill Mills; Todd e Gretchen Lanman; Lee e Sandy Minshull; Paul Minshull; Eric e Kin Belcher; Tony e Shellie Spaedy; Tony Cain; Austin e Holly Butler; Gray Zuerbregg; Jonathan e Stephanie Arnold; David e Morgan Shara; Andy Sommers; David Geffen; Jim Tyler; Jeff Van Wie; Paul DuVair; Rick Muench; Bob Jacob; Chris Matteo; Pete DeCler; Joe Westermeyer; Dwight Carlblom; David Wang; Missy Blackerby; Ken Gray; John Hawkins... La mia gratitudine va anche alla mia famiglia: Monty, Gail, Adam e Sean, Dianne, Chuck, Todd e Allison, Elizabeth, Sandy, Nathan, Josh, Mike e Parnell, Matt e Christie, Dan e Kira e Amanda e Nick... nonché, ovviamente a *tutti* i loro figli.

PEFC
PEFC/18-31-226

Certificato PEFC

Questo prodotto è realizzato con materia prima da foreste gestite in maniera sostenibile e da fonti controllate

www.pefc.it

Sperling & Kupfer usa carta certificata PEFC
che garantisce la gestione sostenibile delle risorse forestali

Finito di stampare presso Grafica Veneta S.p.A.
Via Malcanton, 2 – Trebaseleghe (PD)
Printed in Italy